dianus

trikont

Jakob von Uexküll (Hg.)

Der alternative Nobelpreis

aus dem Englischen übersetzt von
Erika Ifang

dianus-trikont
metapolitik

88 87 86 85
6 5 4 3 2 1

CIP–Kurztitelaufnahme der Deutschen Bibliothek

von Uexküll, Jakob: Der alternative Nobelpreis/Jakob von Uexküll.-
1. Auflage, 1.-2. Tsd. – München: Dianus-Trikont Verlag 1985
ISBN 3-88167-142-0

Buchgestaltung: Eckart Menzler
Umschlaggestaltung: Elisabeth Petersen, Lindenstraße 4, Netterndorf, 8019 Baiern
Satz, Druck und Bindung: Hieronymus Mühlberger, 8900 Augsburg

Printed in Germany

Inhaltsverzeichnis

Jakob von Uexküll
Vorwort

Die Rebellen der 60er Jahre blieben noch innerhalb des politischen Systems, glaubten noch an den Fortschritt und unbegrenzte Möglichkeiten. Sie wollten den Kuchen sofort gerecht verteilen, zweifelten aber nicht daran, daß er weiter wachsen würde. Sie wollten radikale Veränderungen, aber innerhalb des existierenden rechts-links Spektrums.

Zwar gab es damals schon warnende Stimmen. Bücher wie Rachel Carson's „Stummer Frühling“ und Murray Bookchin's „Lebensgefährliche Lebensmittel“ erschienen schon Anfang der 60er Jahre. Aber Rebellen wie Establishment meinten, Industrie und Technologie würden solchen Probleme schon lösen, wenn sie nur in den richtigen Händen wären. Der Teil-Atom-Teststopp weckte die Hoffnung, auch der Rüstungswettlauf sei irgendwie unter Kontrolle.

1969 warnte der damalige UN-Generalsekretär U Thant, die Welt habe noch ca. 10 Jahre Zeit, ihre wichtigsten Probleme – Armut, Umweltzerstörung, Rüstung – zu lösen, wenn es nicht zur Katastrophe kommen solle. Die 70er Jahre wurden das Jahrzehnt der Suche nach Lösungen, – für die einen vor allem auf riesigen internationalen Konferenzen, für die früheren Rebellen oft in kleinen Gemeinschaften und Meditationszentren, weitab von der Konsumgesellschaft, auf der Suche nach dem tieferen Sinn oft in fremden und vergangenen Kulturen. Wenig weise alte Männer erklärten bald triumphierend, die Jugendrevolte sei nur ein Aufbegehren der Übersättigten und Verwöhnten gewesen, die aber im härteren wirtschaftlichen Klima der 70er Jahre bald in den Schoß des Komsumparadieses zurückkehren würden.

Doch das Gegenteil geschah: aus Landkommunen, Indianerdörfern und nepalesischen Klöstern kehrten oft viel radikalere Rebellen zurück, die jetzt nicht nur innerhalb der herrschenden Weltordnung die Gewichte verschieben wollten, sondern die Relevanz dieser Ordnung zur Erfüllung menschlicher Bedürfnisse überhaupt in Frage stellten. Dagegen haben die großen Konferenzen wenig bewirkt, außer Worte und Kosten. In mehreren Fällen kostete die Konferenz nachweislich viel mehr Geld als die danach zur Verwirklichung der dort vorgeschlagenen Lösungen bereitgestellten Mittel! Die Public-Relations-Maschinerie der großen Institutionen wollen uns oft wahrmachen, daß sie offen für alternative Lösungen sind, doch in Wirklichkeit fristen diese dort meist ein kümmerliches Dasein am Rande, während 99 % weiterhin aus „Business as Usual" bestehen. „Wir sind einfach zu groß, um ihr Input in die Praxis umzusetzen", sagten die Manager einer solchen Institution zu Amory und Hunter Lovins, die ihnen einen Energiesparplan ausgearbeitet hatten.

Die oft aus der 3. Welt zurückgekehrten Ex-Rebellen brachten von dort – egal ob sie ihre Zeit als frustrierte Entwicklungshelfer oder meditierende Sucher verbracht hatten – die Erkenntnis mit, daß traditionelles Wissen nicht Aberglaube ist, traditionelle Technologien nicht primitiv sind, sondern oft genial und wertvoll und oft Lösungen für Probleme bieten, denen wir machtlos gegenüberstehen.

So brachten die Rückkehrer die Erkenntnis mit, daß der Informationsfluß in beide Richtungen gehen muß, daß auch wir von den materiell Armen lernen können. Für unsere fortschrittsüchtigen Experten ist dies eine höchst ketzerische Erkenntnis. So wurde 1979 in Wien eine UNO-Konferenz über Wissenschaft und Technologie für Entwicklung einberufen unter dem Motto „Austausch von Wissen zwischen allen Völkern". Doch in der endgültigen Tagesordnung war dann nur noch von dem einseitigen Fluß von „modernem" Wissen, nämlich von der industrialisierten in die 3. Welt, die Rede. Als ich den Generalsekretär fragte, was denn aus dem „Austausch" geworden sei, meinte er, dafür sei die Welt noch nicht reif ...

Das Ergebnis ist ein Erziehungssystem, das Absolventen hervorbringt wie jener ägyptische Student, der stolz erklärte, in der Bibliothek seines plötzlich verstorbenen Vaters seien leider nur alte handgeschriebene Bücher gewesen, er selbst habe aber diese verbrennen lassen und durch lauter neue gedruckte Bücher ersetzt ...

Wir leben heute in einer Welt, wo nichts mehr so ist wie es scheint. Die Mächtigen in Ost und West, politisch von rechts bis links, beschwören öffentlich weiter eine Magie, die nicht mehr funktioniert und geben gleichzeitig im kleinen Kreise ihre Machtlosigkeit zu. Sie haben im eigenen System so wenig Vertrauen wie in das des ideologischen Gegners, mit dem sie einen Wettlauf angefangen haben, um herauszufinden, wer die Erde schneller in eine Mondlandschaft verwandeln kann. Sie machen eine Politik des „letzten Hurras" (Hazel Henderson), das heißt noch ein „Aufschwung" vor der nächsten Wahl, egal was die nächste Generation dafür bezahlen muß. Es ist verharmlosend, hier von „Alternativen" zu sprechen, denn es gibt zu den „Alternativen" oft keine Alternative als der breite, bequeme Weg in die Katastrophe. Die bekannten Daten (Bodenerosion, Waldsterben, immer kürzere Vorwarnzeiten im Rüstungswettlauf) sind schlimm genug, die unbekannten vielleicht noch schlimmer (zum Beispiel die Gefahren von zigtausend neuen chemischen Stoffen, die nicht vorhergesehen oder in der Praxis getestet werden können).

Der Right-Livelihood-Preis, als „Alternativer Nobelpreis" bekannt, ist ein Versuch, Freiräume für „alternative" Experimente zu schaffen, für praktische exemplarische Lösungsansätze für die großen Probleme von heute. Mit „Freiraum" ist sowohl die finanzielle Unterstützung gemeint, wie die Stärkung und der Schutz, den diese Projekte durch den Preis erfahren. Die Nobelpreise sind die höchsten Auszeichnungen innerhalb der bestehenden Weltordnung, und ich schlug der Nobelstiftung 1979 vor, einen neuen Preis zu schaffen, speziell ausgerichtet auf die Bedürfnisse der Mehrheit der Menschheit in der Dritten Welt und auf die Bedürfnisse unserer Erde. Der Vorschlag wurde abgelehnt und so sah ich nur die Möglichkeit, selbst einen solchen Preis mit begrenzten Mitteln zu schaffen. Dieser Preis trägt sich nicht von selbst, sondern ist von Spenden abhängig, um auf einem wirksamen Niveau wirken zu können. Zur Zeit teilen meist drei Preisträgerprojekte einen Geldpreis von zusammen ca. DM 140.000,--, wobei betont werden soll, daß das Geld an das Projekt, nicht an die Person geht. Außerdem wird seit 1982 ein unentgeltlicher Ehrenpreis an Personen und/oder Projekte verteilt, wo der Geldbedarf nicht vorrangig ist, die aber von der Publizität der Preisverleihung Nutzen ziehen können. Kandidaten für den Preis vorschlagen kann jeder. Die Vorschläge werden untersucht und anschließend einer internationalen Jury vorgelegt. Die Jury arbeitet ehrenamtlich und per Konsens. Die Mitgliedschaft der Jury verändert sich, jede paar Jahre, um ein möglichst breites Meinungsspektrum einzubeziehen. Bisher gehörten oder gehören ihr u.a. an:

– Botschafter James George,
  Mitglied der UN-Abrüstungskommission
– Birgitta Hambraeus,
  Mitglied des Schwedischen Parlaments
– Sven Hamrell,
  Direktor der Dag Hammarskjöld-Stiftung
– Thor Heyerdahl,
  Entdeckungsreisender
– Robert Muller,
  Vize-Generalsekretär der UNO
– Michaela Walsh,
  Präsidentin von Womens's world Banking
– Ponna Wignaraja,
  Generalsekretär der Society for International Development
– Monika Griefahn,
  Greenpeace

Die Preisverleihung findet seit 1980 jährlich am 9. Dezember – dem Tag vor der Nobelpreisfeier – in Stockholm statt, ab diesem Jahr (1985) im schwedischen Parlament. Die bisherigen Preisträger decken ein sehr weites Spektrum ab, sowohl geographisch wie in ihrer Arbeit. Der Preis trägt dazu bei, neue Koalitionen und Netzwerke zu schaffen zwischen Gruppen, die sich bisher der parallelen und gegenseitigen Bedingtheit ihrer Arbeit selten bewußt waren.

Der asiatische Verbraucherschutzaktivist Anwar Fazal und der britische Mystiker Sir George Trevelyan lernten sich bei der Preisverleihung als Verbündete kennen und schätzen im Kampf gegen den skrupellosen Materialismus, der sowohl für die geistige Armut und Sinnleere unserer Konsumgesellschaft wie für die profitsüchtige Ausbeutung der Dritten Welt verantwortlich ist.

Diese neue Koalition ist unsere Hoffnung. Die früheren Rebellen müssen sich mit ihren neuen Erkenntnissen verbünden mit denjenigen, die am Marsch durch die Institutionen nicht zerbrochen sind. Zusammen mit unseren Alliierten in der Dritten Welt, die den trügerischen Hoffnungen an eine weltweite Wegwerfgesellschaft nicht erlegen sind, können wir vielleicht diese Erde vor Krieg, Zerstörung und Verblendung noch retten. Von den Herrschenden können wir nichts positives mehr erwarten, denn sie sind in ihren Institutionen und in den Gefängnissen ihres veralteten Denkens gefangen. Aber wir müssen verlangen, daß sie uns nicht blockieren und gleichzeitig anbieten, ihnen zu helfen aus ihren Zellen zu entkommen.

Ob wir es schaffen, ob unsere Lösungen in der kurzen, uns verbliebenen Zeit sichtbar, verbreitet und stark genug werden, um zu überleben, ist eine offene Frage. Aber so lange sie offen ist, müssen wir unser Bestes tun, müssen wir bereit sein alles zu riskieren; denn es geht wirklich um alles – um das Überleben der Menschheit und der Erde. Es liegt an uns, ob, wie Ernst Bloch sagte, der große Augenblick auf ein zu kleines Geschlecht trifft oder nicht. Denn die hier vorgestellten Projekte sollen vor allem zur Nachahmung anregen, nicht unbedingt auf denselben Gebieten – aber sie sollen beispielhaft zeigen, was „einfache“ Menschen machen können, um positive Veränderungen herbeizuführen. Wir leben in einer Zeit, wo es Mode ist, wie E. F. Schumacher sagte, alles skeptisch zu betrachten, was etwas von uns verlangt. Sollten wir nicht lieber skeptisch gegenüber dieser Skepsis sein, die gar nichts von uns verlangt?

Es liegt an uns, auch an Dir, lieber Leser, wenn nicht jetzt, wann denn, und wenn nicht Du, wer sonst?

Die Preisträger des Jahres 1980

Professor Hassan Fathy ist der Vater der Renaissance der afrikanischen neuen Lehmbauarchitektur

Stephen Gaskin von der „Farm Community“ in Tennessee (USA) ist Repräsentant der Hilfsorganisation „Plenty International“

Jakob von Uexküll
Die richtige Lebenshaltung

Right Livelihood, eine „richtige Lebenshaltung“, ist keinesweg bloß eine abstrakte Moralvorstellung, sondern ein Aufruf an jeden von uns, persönlich die Verantwortung zu übernehmen für sein Tun und Lassen in unserer Welt und Umwelt und eine Gesellschaft zu schaffen, in der solches auch praktizierbar ist. Die äußeren Grenzen des wirtschaftlichen „Wachstums“ treten immer deutlicher zutage in unserer verschmutzten und vergifteten Umwelt. Gleichzeitig zeigen sich die inneren Grenzen rein materiellen Wachstums in dem allgemein zunehmenden Gefühl des Unbehagens, das mit der spirituellen Verarmung in unserer reichen Welt einhergeht, wo jedes zweite Krankenhausbett bereits mit einem seelisch Kranken belegt ist.

Vor ein paar Jahren hat E. F. Schumacher uns aufgerufen, eine Gesellschaft menschlichen Maßes zu schaffen statt einer Gesellschaft, die den Bedürfnissen von Maschinen angepaßt ist. „Die Technik ist auf dem besten Wege, eine solche Perfektion zu erreichen, daß die Menschen glauben, sie brauchen sich selbst nicht mehr“, schrieb der polnische Autor Boleslaw Lesz.

Inzwischen ist es offenkundig, daß die Folgen eines fortgesetzten Wirtschaftswachstums negativ, ja katastrophal sein werden. Probleme treten auf, die nicht mehr zu lösen sein werden. Wenn wir bis zum Jahr 2000 warten, ehe wir neue Werte und Lebensweisen akzeptieren, ist es zu spät. Bis dahin wird das Gleichgewicht zwischen Natur und Menschheit unwiederbringlich verloren sein, selbst wenn dies dann noch nicht sichtbar sein sollte. Ein gesunder Organismus wächst, bis er seine optimale Größe erreicht hat, um dann zu reifen und sich zu stabilisieren. Unbegrenztes materielles Wachstum ist ein Zeichen für einen kranken Organismus.

Wenn unsere Vorfahren so verschwenderisch gelebt hätten wie wir, wären wir nicht mehr hier. Wenn sie ihre Erkenntnisse patentiert hätten, um sie teuer verkaufen zu können (wie wir es heute gegenüber der Dritten Welt tun), wären wir jetzt arm. Wir reden heute von einer Wissensexplosion, von einer Informationsflut, aber dabei handelt es sich eher um eine Wissens- und Informationsinflation: um ein enormes Mengenwachstum von qualitativ immer minderwertigeren bruchstückhaften Kenntnissen, denen gegenüber echtes traditionelles Wissen oft einfach ignoriert oder vergessen wird, nur weil es angeblich „veraltet" ist. Erwin Chargaff sieht eine Entwicklung voraus, bis wir so viel Blei im Kopf haben, daß niemand mehr die Computerprogramme versteht, die unser Leben kontrollieren. Wir sind mit unserer Bewunderung für das immer Neue so weit gediehen, daß wir nicht einmal mehr Worte für gegenteilige Gefühlsregungen finden. Erwin Chargaff macht einen Versuch: „Wenn ich jünger wäre", schreibt er, „würde ich den Verdecker-und Entfinder-Club gründen."

Die Right-Livelihood-Stiftung will verbindendes, ganzheitliches, heilsames Wissen unterstützen im Gegensatz zum spaltenden, mechanistischen, reduktiven Wissen. „Das heutige wissenschaftliche System", sagt sogar der langjährige Präsident des Verbandes deutscher Wissenschaftler, Klaus Meyer-Abich, „ist der institutionelle Ausdruck einer wachsenden Schwäche im Wahrnehmungsvermögen einzelner, wie auch der Gesellschaft. Die Natur wird genauso unvollkommen wahrgenommen wie der Mensch, der nur als denkende Sache gesehen wird."

Der Hauptkonflikt unserer Zeit zwischen den miteinander wetteifernden materialistischen Wachstumssystemen in Ost und West ist ein Wettrennen mit dem Ziel, festzustellen, wer die Erde schneller in eine Mondlandschaft verwandeln kann. Wer in seinem Leben die Elenden dieser Welt täglich vor Augen hat, kann wenig zugunsten solcher „Alternativen" sagen. So faßte Mutter Theresa aus Kalkutta die Eindrücke ihres Europabesuches wie folgt zusammen: „Hier finde ich eine andere Art von Armut, eine Armut der Einsamkeit, des Unerwünschtseins, eine spirituelle Armut – und das ist das schlimmste Leiden in der heutigen Welt." Der Glaube an eine tote mechanistische Welt, in der alle Probleme rein technisch lösbar sind, ist ein Beispiel für diese Armut, für das lineare Denken, das nicht dazu fähig ist, seine eigenen Grenzen zu erkennen. Vor 20 Jahren versprachen uns wissenschaftliche

Symposien und Fachzeitschriften für 1980 das Paradies auf Erden: Es gäbe keine Armut mehr, und keine stumpfsinnige Arbeit, schwere Krankheiten wären besiegt, die Tauben könnten hören, die Blinden sehen, die Geheimnisse des Universums würden endlich durchschaut, sobald das erste Stück Mondgestein zur Hand wäre, und so fort. Dieser Täuschung gab man sich zehn Jahre lang hin, bis der Club of Rome zu dem Schluß kam, auch den optimistischsten Vorhersagen über den technischen Fortschritt zum Trotz würde noch vor dem Jahr 2100 der Zusammenbruch der modernen Zivilisation erfolgen.

Keine einzige technische Lösung kann das natürliche Gleichgewicht auf unserem Planeten ersetzen, denn die Technik von Menschenhand läuft, genauso wie andere menschliche Aktivitäten, innerhalb dieses ausgewogenen Systems ab. Die richtige Art der Lebenshaltung bedeutet, der uns anvertrauten Erde „nicht zur Last zu fallen", nicht mehr von ihren Schätzen zu nutzen, als unseren gerechten Anteil. Unbegrenztes Wachstum gibt es nur im Bereich des Geistigen. Luxus können wir uns bei Konsumgütern nicht leisten, sondern nur dort, wo wir für die Ewigkeit bauen, was unsere Vorfahren sehr gut begriffen haben – man betrachte nur einmal ihre Kathedralen.

Wir müssen auf allen Gebieten lebensfähige neue Wirklichkeiten schaffen, Alternativen, die Auswege aus dem Chaos aufzeigen für einen Zeitpunkt in nicht allzuferner Zukunft, wenn die Technobürokratie zu einem Stillstand kommt, weil all ihre Energien von internen Transaktionen aufgezehrt werden und das materialistische Paradies auch den letzten Hauch seines Zaubers verliert.

Der Right-Livelihood-Preis ist Teil dieses alternativen Mosaiks, zu dem es keine Alternative gibt, wenn wir überleben wollen. Wir möchten diejenigen auszeichnen, die ihre Kenntnisse lieber zum Heilen als zum Aufspalten der Welt einsetzen, die das Wissen bewahren, und wiederentdecken, daß wir keine Maschinen in einem toten Universum sind, sondern lebendige Teilhaber an einem unteilbaren organischen Ganzen. Aber mit diesem Preis werden keine schönen Theorien belohnt. Er ist für die bestimmt, die ihr Wissen im täglichen Leben verantwortungsvoll in praktische Arbeit umsetzen.

Um unsere Welt zu verändern, brauchen wir nur unsere

Erfolgskriterien zu verändern. „Eherne ökonomische Gesetze" werden zu irrelevanten Statistiken, wenn die Güter, nach denen wir am sehnlichsten verlangen, Weisheit und spirituelle Bewußtheit sind, wenn wir nicht länger von unseren Besitztümern besessen sind. Sobald die Maximierung von Produktion und Konsum für uns nicht mehr den absoluten Vorrang genießt, sondern vielmehr dem Wunsch gewichen ist nach einem natürlichen Gleichgewicht, nach Gerechtigkeit, Erhaltung des Lebens, Genügsamkeit, Kooperation und einer vollen, ganzheitlichen Identität, dann haben die „unveränderlichen Gesetze" der Materialisten soviel Relevanz wie die dogmatischen Dispute mittelalterlicher Kirchenmänner. Heute sind immer mehr Männer und Frauen in der reichen Welt willens, materielle Opfer zu bringen, um mit den Armen zu teilen und die Naturressourcen zu erhalten. Was sie auf sich nehmen, ist aber nicht etwa die freudlose Armut fanatischer Asketen, es ist im Gegenteil die freudige Genügsamkeit derer, die der Tyrannei des unbegrenzten Habenwollens entronnen sind, die nicht länger von ihren Besitztümern besessen sind. In einer kürzlich erschienenen Studie über die Prioritäten, die schwedische Kinder für ihr zukünftiges Leben setzen, rangierte ein „hohes Einkommen" ganz unten auf der Liste (an 90. Stelle von 99 Möglichkeiten). Gleichzeitig wird man sich in der Dritten Welt in zunehmendem Maße bewußt, daß der westliche Weg der „Entwicklung" eine Sackgasse ist, da er schon weit vor dem Ziel seine äußeren und inneren Grenzen erreicht haben wird. (Siehe Albert Tvodjrs Buch „Armut – Reichtum der Völker").

Unser immer mehr auf Technik und Manipulation beschränktes Wissen hat uns blind gemacht für den Verlust jener Kreativität und Bewußtheit, aus der heraus vergangene Generationen wußten, daß sie Teil eines größeren Ganzen sind. Hassan Fathy und Stephen Gaskin repräsentieren das sichtbare Wiederaufleben dieses Bewußtseins und dieser Kreativität. Professor Fathy, Architekt, Erfinder, Musiker und Autor, hat ein halbes Jahrhundert lang daran gearbeitet, die alten Kenntnisse und Fertigkeiten im Hausbau mit traditionellen einheimischen Materialien zu bewahren, praktisch zu nutzen und zu modernisieren. Viel eher als andere sah er bereits die Gefahr, die uns droht, wenn wir unser Grundbedürfnis nach Obdach den Regeln und Launen der modernen Marktwirtschaftsgesellschaft unterwerfen.

Stephen Gaskin gründete vor 10 Jahren die Farm-Kommune, um damit die Ideale der Hippie-Bewegung – Gewaltlosigkeit, Gastfreundlichkeit, Miteinanderteilen – zu erhalten und im Alltagsleben in die Tat umzusetzen. Die Farm ist ein Musterbeispiel für die heutige spirituelle Revolution, die keineswegs zum Rückzug aus allen weltlichen Aktivitäten bewegen will. Zur Rettung und Veränderung des Planeten braucht sie statt Neid und Habgier die Liebe und das Miteinanderteilen, das unserem innersten Selbst am meisten entspricht.

Wir betrachten diese Preise heute als notwendige Alternative und Ergänzung zu den Nobelpreisen. Das sollte nicht in einem antagonistischen Sinne verstanden werden, sondern als Impuls und Ansporn. Sir Brian Pippard, der für den Nobelpreis in Frage kommende Persönlichkeiten vorschlägt, beklagte kürzlich, daß bei den wissenschaftlichen Nobelpreisen viel zuviel Gewicht auf Elementarteilchen gelegt wird: „Was hat die Entdeckung all dieser Elementarteilchen eigentlich mit den wirklichen Problemen in der wirklichen Welt zu tun?“ Das Werk Hassan Fathys und Stephen Gaskins hat rundum mit den wirklichen Problemen in der wirklichen Welt zu tun.

Hassan Fathy
Paläste aus Lehm

Wir brauchen eine neue Art von Wissen. Das uns aufgezwungene akademische Schulwissen hat uns genauso von der Natur entfremdet, wie uns die Industrialisierung gewaltsam die Möglichkeiten genommen hat, selbst an der Befriedigung unserer Bedürfnisse teilzuhaben. Wir haben nur vorgefertigte Ideen auszuführen. In den Bereichen des Lebens, die eine hohe Kaufkraft erfordern, wie im Haus- und Wohnungsbau, können wir unsere Probleme nicht lösen, indem wir unsere Hände und unsere potentiellen Fähigkeiten benutzen.

Wir sind in die Geldökonomie integriert. Auf diese Weise haben wir unsere Geldwirtschaft auch auf die armen Länder übertragen, die keinen Bargeldumlauf kannten. Das jährliche Pro-Kopf-Einkommen in der Dritten Welt beträgt zwischen 25 und 30 englischen Pfund-Sterling. Wie kann jemand mit einem solchen Einkommen einen Architekten oder Unternehmer beauftragen, ihm ein Haus aus industriellen Materialien zu bauen, die ein großes Kapital erfordern? Indem man diesen Menschen die Geldwirtschaft aufgezwungen hat, schuf man eine Klasse, die ich die Parias der Ökonomie nenne, da sie weder in die Geldwirtschaft integriert werden, noch etwas für sich selbst tun können. Das Ergebnis davon ist laut UNO-Statistik, daß vor 20 Jahren rund 800 Millionen Menschen in der 3. Welt zu einem verfrühten Tod verurteilt waren, und dies allein wegen schlechter Behausungen, ganz zu schweigen von der Ernährung und anderen Erfordernissen. Ich dachte, daß diese Zahl die Milliardengrenze inzwischen überschritten hat, aber man sagte mir, daß es „nur“ 900 Millionen seien.

Das heute bestehende System ist das Architekt/Bauunternehmer-System aus dem der eigentliche Eigentümer (Bauherr) vollkommen verdrängt worden ist. Der Architekt plant und der Unternehmer baut. Um die Probleme der 900 Millionen zu lösen, brauchen wir nicht nur kostengünstigere Häuser sondern kostenlose Häuser. Wir müssen Technologie und Wissenschaft der wirtschaftlichen Lage der Besitzlosen unterordnen und nicht umgekehrt. Das ist die Aufgabe des modernen bewußten Architekten, das ist unsere große Verantwortung. Bis heute versuchen viele Regierungen und internationale Organisationen die Probleme dadurch zu lösen, indem sie Mittel und Wege suchen, die Kosten des Bauens und der industriell gefertigten Materialien zu senken. Sie haben sogenannte Selbsthilfeprojekte für die Dritte Welt geschaffen, indem sie Betonmischmaschinen und Rüttelrammen zur Verfügung stellten um Fertigbauteile herzustellen. Aber nach 20 Jahren des Herumexperimentierens mit diesem System, mußten sie den Mißerfolg eingestehen. Ein Mensch mit einem Einkommen von 25 Pfund kann sich nämlich keine industriellen Baustoffe wie Zement oder Beton leisten. Das Problem ist nicht die Mischmaschine, sondern was man mischen soll.

Wir müssen uns auf die Baustoffe verlassen, die wir haben und die wir uns leisten können, auf unsere Arbeitskraft, unsere eigenen Hände und auf das, was wir unter unseren Füßen finden. Die Natur selbst sorgt für die Lösung. Der Höhlenmensch erkannte, daß nach dem Dreschen das Stroh, mit Erde vermischt, große Klumpen bildet, die zusammenhaften. Die Humusmoleküle halten nicht genügend zusammen, so daß man einen stabilisierenden Faktor brauchte. Das mit Lehm gemischte Stroh zur Erntezeit zeigte dem Höhlenmenschen, wie man luftgetrocknete Lehmziegel, „Adobe“ herstellen kann, um Mauern zu bauen. Als das Problem der Bedachung auftauchte, verwendeten die Menschen der Vorzeit Holz. Aber Holz war nicht immer zur Hand. Im Iran, in Ägypten, Libyen und Tunesien fanden sie eine Lösung. Wenn man ein Boot baut, übt jeder Ring auf den anderen eine Zugkraft aus, und das Boot hält schließlich durch Spannung zusammen. Es entsteht kein Druck, denn sonst würde es zerbrechen. Kehrt man das Ganze nach oben um, dann wird es durch Druck gehalten. Lehmziegel können Druck aushalten aber keine Spannung. Man erfand ein System um Dächer nur aus Ziegelsteinen zu bauen, indem man die senkrechte Wand am oberen Ende einer Mauer etwas neigte, sodaß sich der Ziegel auf einer schiefen Ebene befand. (Die Haftkraft ergibt sich aus dem Gewicht des Ziegels, multipliziert mit dem Cosinus des Neigungswinkels, dividiert durch die Fläche der Ziegel). Sie fanden heraus, daß sie sehr leichte „Adobe"-Ziegel dazu brauchten. 25 cm mal 15 cm und nur 5 cm dick.

Wenn dies alles erst einmal erkannt worden ist, kann die moderne Wissenschaft uns weiterhelfen, indem sie uns die richtige Qualität des Lehms bereitstellt und die physikalischen und mechanischen Eigenschaften des Lehms verbessert. Ebenso kann sie das Problem der nur kurzen Haltbarkeit des Lehms in feuchten Gegenden durch Stabilisierung mit bituminösen Emulsionen lösen. Jene, die mit Lehmziegeln „spielen" wollen, sollten ein Trio bilden. Cellist wäre der Erdingenieur, der zutiefst auf die Schwingungen des Erdbodens eingestimmt wäre. Geiger wäre der strukturschaffende Ingenieur. Dirigent wäre der Architekt. Wir können Lehmziegel, die außer Handarbeit nichts kosten, mit derselben Sicherheit wie Stahl oder Beton verarbeiten.

Wir haben Beispiele, die aus dem Altertum stammen. Die Kunst des Gewölbebaus reicht zurück bis in die frühesten Perioden der Geschichte. Das erste mir bekannte Beispiel in Ägypten stammt aus der Dritten Dynastie, ungefähr vor 5000 Jahren. Damals benutzte man Keilziegel und baute so einen Dachgewölbebogen. Es gibt ein weiteres Beispiel in den Oasen Oberägyptens. Im 4. Jahrhundert n.Chr. wurden die Christen von den Römern verfolgt, und eine Gruppe flüchtete in die Wüste. Sie besaßen nichts weiter als was sie unter ihren bloßen Füßen fanden, aber sie errichteten ca. 250 Gebäude, – alle von Kuppeln überwölbt -, indem sie den Lehm des Bodens benutzten. Diese Modelle leben heute noch fort. Die „Experten" sagen, daß Lehmziegel nicht haltbar seien und daß daher die Unterhaltungskosten astronomisch hoch sein würden. Doch jene Gebäude sind von Architekten und Ingenieuren studiert worden.

Meiner Meinung nach zeigt sich der Wert eines jeden Projekts, einer jeden Idee in der Antwort auf die Frage: dient es den Menschen, der Politik, der Ökonomie usw.? Beschäftigen wir uns mit der Unterbringung von Menschen, dann müssen wir uns über die Lebensqualität der Leute, für die wir sorgen,

Gedanken machen. Wenn beispielsweise 20 Menschen in einem Raum schlafen, ist eine besondere Belüftung erforderlich. Ästhetische Faktoren müssen auch berücksichtigt werden. Als die Menschen noch mit ihren eigenen Händen arbeiteten, verschönten sie gewöhnlich alles, was sie machten. Sogar wenn es sich um ein Kriegsschiff handelte, wurden herrliche Schnitzarbeiten ausgeführt, da die Menschen eine Beziehung zu dem Holz hatten. Aber Maschinen sind nicht auf Schönheit bedacht. Manche Wandlungen brauchen Zeit, um Wirkung zu zeigen. Wenn wir aus dem sechsten Stock eines Hauses sprängen, und unsere Beine würden erst sechs Monate später brechen, gäbe es viel mehr Menschen mit gebrochenen Beinen, da sie Ursache und Wirkung nicht miteinander in Verbindung brächten!

Einige der von uns gemachten Fehler brauchen Zeit, um offenkundig zu werden: Wenn eine Familie mit fünf Mitgliedern fünf Morgen Land bestellen kann und ihnen jemand einen Traktor und einen Motorpflug gibt, dann können Sie 20 mal 5 Morgen bestellen. Dies wird als Fortschritt betrachtet. Aber dann haben wir 19 andere Familien „freigesetzt". Wovon sollen die dann leben? Man braucht keinen Pflugschmied, keinen Dorfweber und all die anderen Gewerbe nicht mehr, die im Dorf vorhanden waren. Der Traktor ernährt sich nicht vom Boden wie eine Kuh, er liefert weder Milch noch Mist, sondern nur giftige Abgase. Er benötigt Treibstoff und Ersatzteile und ändert die Ökonomie der ländlichen Gegend. Gott erschuf die Menschen in der Natur, umgeben von Tier- und Pflanzenwelt. In unseren Städten gibt es nur Asphalt, Stahl, Aluminium und Beton. Wenn man die kosmische Strahlung in Betracht zieht ist das beste Material, mit dem man sich umgeben kann, das Holz.

Das Schlimmste am Beton ist, daß er die nützliche Strahlung aufhält. Wasser wird durch die kosmische Strahlung und Anziehung vom Mond beeinflußt und da unser Körper fast völlig aus Flüssigkeit besteht, wird auch er beeinflußt. An diese Dinge denken wir nie.

Der moderne Mensch hat eben sein kosmisches Bewußtsein verloren. Die französischen Kathedralen wurden in geographischen Gebieten erbaut, die das Himmelszeichen der Jungfrau auf der Erde widerspiegeln. Warum? Weil wir Teile eines

Systems sind. Wenn ich mich in das System einfüge, dann werden mir alle Teile des Systems zu Hilfe kommen. Wenn ich mich in den Finger schneide, werden alle Elemente meines Körpers helfen, ihn zu heilen. Doch wenn der Finger isoliert wäre, würde er niemals heilen. Wie kommen wir aber vom Architekt/Unternehmer-System zu einem Architekt/Eigentümer/Erbauer-System? Dies erfordert einen erheblichen Wandel in den Beziehungen zwischen den betroffenen Menschen. In den Gemeinschaften mit einem Pro-Kopf-Einkommen von 25 Pfund kann nichts ihr Überleben erklären, außer das sie außerhalb der Geldwirtschaft leben und sich hauptsächlich auf Kooperation stützen. Ein Einzelner kann kein Haus bauen, aber zehn Menschen können leicht zehn Häuser bauen, ja sogar 100 Häuser.

Wir brauchen ein System, das die traditionelle Art der Zusammenarbeit in unserer Gesellschaft wieder wirksam werden läßt. Ich kann in einer Stadt nicht kooperieren, wenn ich im Augenblick, in dem ich aus der Tür trete, mit der Anonymität von Millionen konfrontiert bin. Wir müssen neue Nachbarschaftsstrukturen schaffen, wo ich für dich baue und du für mich (das heißt ich werde von dir dieselbe Hilfe bekommen, wenn ich mein Haus baue).

Welch enorme Energieverschwendung ist es doch, wenn wir zum Bauen, für die Kultur, für das Gestalten und für die Schönheit unsere Muskeln nicht richtig einsetzen. Wenn ich nur an die Energie denke, die bei einem Fußballspiel vergeudet wird: man nimmt einen Ball, rennt ihm nach, schießt Tore und damit basta ... Wenn wir nur die Millionen Menschen dazu bringen könnten, am Bauen ein ebenso großes Interesse zu finden wie am Fußball! Statt Haß und Zerstörung gäbe es Liebe und Aufbau, denn das Bauen übt selbst diese Wirkung aus. Jede Handlung, alles was wir tun, hat einen Einfluß auf unsere grundlegende Natur. In den alten Kulturen spiegelte gewöhnlich die Architektur des Tempels den Kosmos wider. Wenn die Sonne in ein anderes Zeichen trat, wurden die Tempel abgerissen und den neuen Maßen und Richtungen entsprechend wieder aufgebaut! Worauf nehmen dagegen unsere Bauten bezug? Auf die Erkenntnisse der modernen Wissenschaft, auf die Physik? Wir berücksichtigen nicht einmal diese.

Wir bauen heute riesige Fenster in die „modernen“ Häuser ein, die wir in der Wüste bauen. Jedes läßt Tausende von Kilokalorien Hitze pro Stunde ein. Sie benötigen viel Kühlung, viel Geld, und wenn dieses Geld einmal ausgeht, was werden die Menschen mit ihren Häusern und sich selbst dann anfangen?

Wir müssen Technologie und Wissenschaft den wirtschaftlichen Verhältnissen der Armen und Besitzlosen anpassen. Wir müssen den ästhetischen Gesichtspunkt mit einbeziehen, denn je billiger wir bauen, desto mehr sollten wir auf Schönheit achten, um den Menschen zu respektieren. Als die Menschen noch selbst bauten, trachteten sie danach, alles mit eigenen Händen zu verschönern. Wenn Architekten für die Armen bauen, was geben sie ihnen in ästhetischer Hinsicht? Es gibt ein Buch mit dem Titel „Architektur ohne Architekten“. Wenn ich dagegen die gegenwärtige „normale“ Architektur betrachte, dann weiß ich nicht, welches ist nun die Architektur mit und welches die ohne Architekten?

Wir haben uns die Arbeit allzusehr vereinfacht. Moderne Häuser sind die bezahlten Porträts ihrer Besitzer. Wenn wir für wohlhabende Leute Entwürfe machen, beachten wir ästhetische, funktionale und demographische Faktoren. Doch wenn wir für die 900 Millionen planen, dann entwerfen wir ein Haus und vervielfältigen es millionenfach. So geschieht es in Europa, Afrika, Indien und überall, denn wir verwenden Beton, und Beton erlaubt keine individuelle Gestaltung des Raumes und keine individuelle Wirkung des Materials. Wie schön wäre es, in unsere Städte und Dörfer wieder Musik und Harmonien zu bringen. Das Auge sieht physiologisch nicht mehr als einen Punkt zu gleicher Zeit und sendet alle Punktreize nacheinander zum Gehirn. Wir hören Musik, Note für Note und erfassen die ganze Melodie im Gehirn. Wir haben stets das ganze Bild im Gehirn. Da dies sehr schnell geschieht, glauben wir, es geschieht simultan, aber das ist nicht so. Wenn ich mich umschaue, folgen meine Augen den Linien. Sind sie harmonisch, fühle ich mich ausgeglichen. Sind sie jedoch unruhig, fühle ich Nervosität, weiß aber nicht warum. Ich wünschte, das Auge würde so schmerzen, wie das Ohr und würde rot werden und tränen, wenn es Häßliches sieht! Unterbewußt fühlen wir die Dissonanz tatsächlich. Natürliche Baustoffe sind amorph und neutral. Aus einem halben Kubikmeter Lehm formte Rodin den „Denker“. Die Paläste der Pharaonen wurden alle aus Lehmziegeln gebaut. In Neumexiko finden wir eine Architektur vor, die seit der Indianerkultur Lehmziegel verwendet. Im Iran wurde eine höchst interessante Technik angewendet: Ich sah eine Dorfschule, die aus Lehm gebaut war, bedeckt von drei Kuppeln, eine neben der anderen, um die frische Luft zu speichern. Die Spannweite betrug sechs Meter!

Wenn wir die modernen wissenschaftlichen Erkenntnisse über Lehm und Strukturen mit der handwerklichen Meisterschaft der Maurer kombinieren würden, könnten wir solche Gewölbe in Millionen von Häusern haben. Stattdessen haben wir in den heißen Zonen Wellblechdächer, die nicht hitzeisoliert sind und die uns teuer zu stehen kommen. Wir haben einmal alle ägyptischen Architekten und Ingenieure eingeladen, um ihnen Ideen für ländliches Wohnen zu präsentieren. Auf dem Gelände des Gebäudeforschungszentrums in Kairo wurden Modellgebäude errichtet. Es gab ein komplett vorgefertigtes, supermodernes Haus und daneben ein Lehmhaus. Die Lufttemperaturen im Lehmmodell waren um sieben Grad niedriger als im Fertighaus, – und das im April. Die Temperatur im Lehmziegelhaus schwankte nicht mehr als zwei Grad in 24 Stunden und lag niemals außerhalb der akzeptablen Werte. Im supermodernen Betonhaus lag die Temperatur nur für jeweils eine Stunde am Morgen und am Abend in diesem Bereich. Manchmal war es innen heißer als draußen. Dieses Haus ließ also die Ergebnisse der modernen Physik, Aerodynamik, Soziologie, Sozialpsychologie, Physiologie usw. vollkommen außer acht. Will man „modern“ sein, muß man aber doch alle diese Wissenschaften berücksichtigen!

In der Architektur sind die Humanwissenschaften am wichtigsten. Das ist es, was wir unter der „richtigen Lebensweise“ verstehen. Gott hat den Entwurf für das menschliche Antlitz nicht geändert: die Nase ist immer noch über dem Mund und nicht im Nacken, nur damit sie moderner wirkt. Als Gott den Menschen aus Lehm formte, bat er die Engel, sich vor Adam zu verneigen. Alle verneigten sich mit der Ausnahme von Satan, der verlangte, daß Gott den Menschen aus Beton erschaffe! Weil wir den Mond erreicht haben, glauben wir, daß wir unseren Körperbau, unsere gesicherten Werte, unsere Traditionen und unsere Natur ablegen könnten. Doch selbst die Astronauten essen Schinken und Ei zum Frühstück. Sie können keine Nahrung aus dem Weltraum gewinnen.

Stephen Gaskin
Vom Hippie-Bus zum „Nuke-Buster"

Wir gründeten die Farm, weil wir unabhängig sein und unseren Idealen folgen wollten. Unsere Absicht war es, kreative Möglichkeiten zum Leben aufzutun. Am 10. Oktober 1970 ließen wir San Francisco hinter uns: 250 Hippies in 30 Bussen. Die Leute waren in den sechziger Jahren aus allen Teilen der USA und aus der ganzen Welt nach San Francisco gekommen, denn von dort kamen die Signale für Neues im spirituellen, zwischenmenschlichen und allgemeinmenschlichen Bereich. Ich war schon etwas älter. Noch ehe es hieß, „trau keinem über dreißig", war ich bereits über dreißig. Ich hatte schon Korea, Krieg und College und einen akademischen Grad (Magister) hinter mir, hatte ein paar Jahre an einem College gelehrt, und konnte also auf einige Erfahrung zurückblicken. Sieben Monate lang waren wir mit diesem großen Konvoi unterwegs, etwa 250 bis 400 Leute. Auf der Fahrt durch die Vereinigten Staaten habe ich in Schulen und Kirchen Vorträge gehalten. Das war zu der Zeit, als demonstrierende Studenten der Kent State University von der Nationalgarde erschossen wurden. Die Jugend Amerikas bebte vor Wut.

Ich reiste im Land herum und sagte,wir dürften nicht zur Gewalt greifen, es würde uns in Mißkredit bringen, wenn wir gewalttätig würden. Wir wurden eine fahrende Gemeinschaft. Manches mußten wir aufgeben und manches neu lernen. Einige von uns mußten ihrer Sozialhilfe entsagen. Mir war klar, daß unser Konvoi beim leisesten Verdacht, wir lebten von der Sozialhilfe, von der Straße gefegt würde. Ich wußte auch, daß wir keine Chance hatten, solange Drogen-Dealer unter uns weilten. Diese Sachen mußten wir aufgeben, um beisammen zu bleiben. Unser Zusammenhalt aber hatte für uns den größten Wert, wie sich herausstellte. Bei unserer Rückkehr nach San Francisco wurde es uns nicht gestattet, länger als Konvoi weiterzubestehen. Wir konnten nicht einfach, alle 250 Hippies, im Golden Gate Park parken und anfangen, das Land zu kultivieren.

Auf unseren Fahrten hatten wir in Tennessee ein paar nette Farmer kennengelernt, also zogen wir dorthin zurück. Wir fanden eine Farm und ließen uns da nieder. Das erste Land, das wir kauften, waren 1600 Morgen für 45 Dollor pro Morgen. Inzwischen haben wir 2800 Morgen Hügelland. Das sind etwa 700 Hektar. Von den ursprünglichen 250 Leuten, die mitkamen, sind nur noch 150 bei uns, denn wir erwarten ein intensives Engagement. Jetzt leben 1600 Menschen auf der Farm. In New York, Kalifornien und so weiter haben wir weitere Farmen und Stadtteilzentren. Außerdem unterhalten wir in New Yorks South Bronx, einer der kaputtesten Gegenden dieser Welt, einen Unfallhilfsdienst. Als wir aufs Land gingen, waren wir sozusagen ein Brückenkopf. Wir waren wie jemand, der zum Strand hinuntergeht, ein Loch in den Sand buddelt und zu überleben versucht. Wir mußten einen Teil unseres Egos ablegen, konnten beispielsweise nicht viel Wohnraum für uns selbst beanspruchen oder jeder ein Auto besitzen. Das hat uns gutgetan, aber nach vier Jahren etwa merkten wir, daß wir stagnieren würden, wenn wir nicht über uns hinauswüchsen, und so gründeten wir Plenty International. Es gibt „Plenty", das heißt „Reichlich" von allem, sofern es gerecht verteilt wird. Davon sind wir fest überzeugt.

Unserem Ideal lag die Vorstellung zugrunde: Wenn eine beliebige Anzahl von Menschen in dieser Welt alles, was sie hat, in einen Topf werfen würde, hätte diese Gemeinschaft kollektiv eine Kraft, durch die alle lebensfähig wären und alles selbst meistern könnten. Daran glauben wir immer noch. Wir hatten damals noch nicht viel Ahnung von Auslandshilfe, wir waren reine Amateure. So schickten wir zuallererst einmal 50 000 Scheffel Mais nach Honduras.

Andere Leuten steuerten Geld bei. Wir kauften den Mais, füllten ihn in Säcke ab und verschifften ihn nach Honduras, wo ein Unwetter die gesamte Ernte vernichtet hatte. Was wir da machten, tat uns gut, aber später sahen wir klar, daß wir mehr als das leisten mußten. 1976 erschütterte ein schweres Erdbeben Guatemala. Eine Hälfte des Landes hob sich um etwa 2 Meter, während die andere Hälfte sich zwei Meter absenkte. Es war recht schlimm, als wir hinkamen, und die Leute brauchten dringend Hilfe. 4 1/2 Jahre haben wir dort gearbeitet. Zunächst einmal bauten wir nach dem Beben Häuser wieder auf. Aber die Leute brachten uns ständig schrecklich elende Kinder und sterbende Säuglinge. Wir waren zwar keine Ärzte, hatten jedoch eine ganze Menge dadurch gelernt, daß wir für uns selbst sorgten. Doch warum warten, bis jemand einem ein sterbendes Baby bringt?

Wenn wir überhaupt mit Erfolg helfen wollten, dann mußten wir uns um die Ernährung kümmern. Wir sind Vegetarier. Nicht aus Idealismus, sondern einfach deshalb, weil man als Vegetarier demselben Stück Land zehnmal soviel Nahrung abgewinnt wie als Fleischesser. Für die Menschheit ist es ein Plus von 10 zu 1, wenn man Vegetarier ist. Die Weltgesundheitsorganisation (WHO) hat herausgefunden, daß Sojabohnen eine perfekte Eiweißquelle sind und Proteine mit allen nötigen Aminosäuren enthalten. Unsere Grundnahrung sind Sojabohnen. Wir stellen Sojamilch her und machen Tofu, einen sehr einweißreichen Bohnenquark. Für die Kinder machen wir sogar Speiseeis daraus. Die Sojamilch ist zudem in ihrer chemischen Zusammensetzung der Kuhmilch so ähnlich, daß wir mit den gleichen Säuerungsbakterien auch Soja-Joghurt zubereiten können. All diese Verwendungsweisen von Sojabohnen haben wir selbst ausprobiert und schließlich in Guatemala eingeführt.

Wir wußten, daß man einer Kultur nur etwas einverleiben kann, was mit der betreffenden Kultur auch wirklich verwachsen kann. Die Chinesen nannten die Sojabohne die Kuh des Orients und stellten in kleinen Töpfen auf Holzfeuern Sojamilch und Tofu her. Die Indios in Guatemala haben ihre Steine, mit denen sie Mais mahlen. Wir zeigten ihnen, daß sie damit auch Sojabohnen zermahlen konnten. Sie benutzen also ihren normalen Reibstein und bereiten dann auf gewohnte Weise, nämlich in einem Kessel über Holzfeuer, das Tofu zu. Es war nicht weiter schwierig, ihnen das beizubringen, denn sobald sie ihre Säuglinge damit fütterten, gediehen die wegen Proteinmangel halbverhungerten Kinder sichtlich, und das sahen die Mütter natürlich von Herzen gern.

Wie wir merkten, hatten wir das Zeug dazu, Kulturen zu

kreuzen, und das wollten wir nun auch außerhalb der Privathaushalte versuchen. Also bauten wir einen Betrieb auf, eine Sojamolkerei. Aber diese Molkerei hatte einen großen Bedarf an Wasser, und das wiederum war knapp. Den Besitzer einer Quelle überredeten wir dazu, uns das Nutzungsrecht zu geben, damit wir den Leuten Wasser verschaffen konnten. Von dieser Quelle aus verlegten wir ein Wasserversorgungssystem für 1700 Menschen, und außerdem konnten wir eine Tofurei betreiben und Eisbean (so nennen wir das Soja-Eis) machen. Die Dorfbewohner fingen an, das Tofu selbst herzustellen. Die Sojamolkerei, die wir eingerichtet hatten, gehört ihnen. Sie wollten uns Land verkaufen, woraufhin ich ihnen gesagt habe: „Untersteht euch, Land an Weiße zu verkaufen, auch nicht an mich!“ Wir mußten die Bohnen in Guatemala anbauen, und deshalb nahmen wir 20 verschiedene Sorten mit hinunter und probierten aus, welche sich in den Tropen auf gut 2000 Meter Höhe bewährten. Wir fanden die ertragreichste heraus, und jetzt gibt es 200 Bauern, die Sojabohnen ziehen, und 1000 Frauen, die sich auf die Herstellung von Sojamilch verstehen. In der Zwischenzeit tat sich noch manches andere. Don Etkins, ein weißer Südafrikaner, der sein Land verlassen mußte, um nicht zu den Kämpfen in Angola einberufen zu werden, hat 1 1/2 Jahre an unserem Projekt mitgearbeitet und dann weitere 1 1/2 Jahre auf der Farm. Nach Ablauf dieser Zeit war er ein gutausgebildeter „Entwicklungshelfer“. Er wollte gern „Plenty“ nach Afrika tragen, und so ging er nach Lesotho. Wir hatten dort ein schönes Stück Land in der Nähe eines Flusses zur Verfügung gestellt bekommen, um Nahrungsmittel für unsere freiwilligen Helfer anzubauen und nach unseren Vorstellungen ein Experimentaldorf zu errichten, um ferner die Sojabohne einzuführen und zu versuchen, die Erosion des Bodens aufzuhalten, der nicht bearbeitet wird, weil die Männer alle zum Goldgraben fort sind.

Dann sagte jemand von den Vereinten Nationen: „Ich will euch einen Ort nennen, wo wirklich Hilfe nottut. Die UN kann da nichts machen, weil die USA reich sind, aber trotzdem braucht die Bronx in New York City dringend Hilfe.“ Wir gingen nach South Bronx. Man sollte es nicht glauben. Es sieht aus wie Dresden nach der Bombardierung. Kilometerweise alles in Schutt und Asche gelegt. Wer das getan hat? Schwarze Jugendliche, Versicherungsgesellschaften und Hausbesitzer. Die schwarzen Kinder aus Protest, die Versicherungsgesellschaften und Hausbesitzer aus Habgier. Dort sind wir hingegangen. Unter anderm hatten wir gelernt, uns selbst ärztlich zu versorgen. In den Vereinigten Staaten kostet es schon 2000 Dollar, ein Baby zu bekommen. Wir konnten uns folglich keine spezifische ärztliche Versorgung leisten. Der Bundesstaat Tennessee erteilte kostenlosen Unterricht in Erster Hilfe. Das heißt, man lernt Herzmassage, Mund-zu-Mund-Beatmung, Krankenwagenfahren und dergleichen mehr. Wir besuchten diese Kurse, bis wir dazu in der Lage waren, unsere Kenntnisse an andere weiterzugeben. Wir zogen mit einem Krankenwagen aus zweiter Hand zur South Bronx und richteten einen Unfallhilfsdienst ein. Dann hielten wir für die Anwohner Kurse ab, wo sie Wiederbelebungstechniken lernen konnten, sowie die Ambulanz in Gang zu halten. Die städtischen Unfallwagen brauchten 45 Minuten bis 1 Stunde bis in diesen Stadtteil, und eine Menge Leute starben vorher. Wir waren in 7 Minuten da.

Die Polizei wählt gar nicht erst die städtischen Krankenhäuser an, sie ruft uns. Unten in Alabama hatten die Polizeifahrzeuge fast alle folgenden Aufkleber hintendrauf: „Bullen raus? Das nächste Mal, wenn du Hilfe brauchst, ruf doch einen Hippie!“ Wir haben einen Autoaufkleber, auf dem steht: „Das nächste Mal, wenn du Hilfe brauchst, ruf einen Hippie: “Plenty„. Wir haben dem Hippie-Ideal wieder zu Ehren verholfen. Es war keine Marotte. Es war auch kein Trend oder eine Mode, es war ein Veränderung des Lebens. Dr. Fathy hat davon gesprochen, wie tief Leute Dinge begreifen, die sie mit eigener Hand gemacht haben. Als wir auf der Farm einzogen, brauchten wir einen Wasserturm. Eine Fabrik bot uns unentgeltlich einen 5000-Gallonen-Turm an, aber er war 100 Meilen weit entfernt. Einer von uns war graduierter Maschinenbauingenieur und meinte: “Ich werde eine Maschine konstruieren, mit der wir den Wasserturm holen können„ und dann arbeitete er alles auf dem Papier aus. Er zeigte seine Schöpfung einem unserer alten Tennessee-Nachbarn, einem Schwarzbrenner, der auch mal illegal Whisky gebrannt hatte. Der alte Mann warf einen

Blick darauf und bemerkte: “Die funktioniert nicht.„ Wir aber fuhren los, und der Typ mit dem akademischen Grad brachte seine Maschine an und begann, den Wasserturm umzulegen, und dabei warf der Turm die Maschine um, krachte zu Boden und trieb die hintere Stoßstange des Lastwagens gut einen Viertelmeter tief in den Boden. Danach waren Wasserturm und Lastwagen verbogen. Wir aber lernten daraus, daß jemand, der wirklich einmal selbst Hand angelegt hat, mehr weiß, als einer, der eine Hochschule besucht hat.

Eines Tages beschlossen wir, uns als Farmer durchzubringen. Es war ein gutes Erntejahr, was in Wirklichkeit schlecht ist, denn jeder erntet dann viel, und dadurch fallen die Preise, so daß die Farmer zugrundegehen. Gott hat uns gute und schlechte Jahre beschert, und wir machen die guten zu schlechten. Und schließlich gibt es nur noch schlechte. Inzwischen haben wir auch in Haiti ein “Plenty„-Projekt gestartet und arbeiten mit Mutter Theresa zusammen. Ihre Leute sind großartig. Wenn sie ein Land “erobern„ will, läßt sie zu diesem Zweck einfach zwei junge Mädchen dort. Sie hat zwci in Guatemala abgesetzt und ihnen gesagt: “Baut ein Waisenhaus”. Wir haben den beiden einen Brunnen und anderes gebaut. In der Bronx trafen wir wieder auf ihre Leute. Einer von uns hält Wache an der Tür, hinter der ein paar von ihren Leuten schlafen.

In Haiti stießen wir ebenfalls wieder auf ihre Leute. Sie sagten zu uns: “Bringt eure Sojabohnentechnik hierher!„ Und das machen wir gerade. Wir fühlten uns auch den amerikanischen Indianern verpflichtet, den Ureinwohnern, die von ihrem Land vertrieben worden sind und ihre Sprache und Kultur verloren haben. Uns kam zu Ohren, daß einige von ihnen Land kaufen wollten, weil sie in ihren Reservaten nicht ihren kulturellen Überlieferungen nachgehen konnten. Also sorgten wir dafür, daß ein Kanadier ihnen Land stiftete. Wir sind sehr stolz auf das Land. Die Indianer haben eine Flagge für das Land gemacht und nennen es ihr Zentrum. Das ist die Art von Projekten, die wir in Angriff genommen haben, und der einzige Grund dafür, warum wir sie realisieren konnten, liegt in der Kraft unserer Gemeinschaft.

Wir leben von 700 Dollar pro Person pro Jahr. Das sind 300 Dollar weniger als das, wovon die Navajo-Indianer leben. Wir kommen mit einem Siebtel des Einkommens aus, das in die unterste Steuerklasse fiele. Wir liegen ein gutes Stück unterhalb des offiziellen amerikanischen Existenzminimums. Aber wir sind nicht arm. Wir sind stark, weil unsere Gemeinschaft uns stark macht. Wie Hassan Fathy sagt, weiß ein Mensch, der einem andern beim Hausbau hilft, daß der andere als Gegenleistung auch ihm beim Hausbau helfen wird. Das ist die Grundlage für alles, was wir tun. Auf ebendiese Weise haben wir auch gelernt, Geburtshilfe zu leisten. Wir haben über 1300 Kindern ans Licht der Welt geholfen, und davon waren nur etwa die Hälfte unsere eigenen. Bei den andern kamen die Mütter aus aller Welt zu uns, um hier ihr Kind zu bekommen. Da reisen die Leute Tausende von Meilen zu einer Farm mit Dreckwegen und leben ärmlich mit einem Haufen Hippies zusammen, statt in ein brandneues, blitzblankes Krankenhaus zu gehen und dort ihr Baby zu kriegen!

Wir können inzwischen statistisch nachweisen, daß unsere Entbindungen für Mutter und Kind sicherer sind als sonstwo in den Vereinigten Staaten oder in anderen Ländern. Dabei lassen wir nur der Natur ihren Lauf. Unsere Hebammen sind zu dem Schluß gekommen, daß der Geburtsvorgang schon höchst perfekt sein muß, denn wie wären wir sonst hierher gekommen? Ärzte im heutigen Sinne gibt es erst seit 75 Jahren. Der natürliche Ablauf ist in 98 Prozent der Fälle einfach vollkommen, wie wir feststellen konnten. Die übrigen 2 Prozent erkennt die Hebamme rechtzeitig und konsultiert einen Experten. Als wir mit den Entbindungen anfingen, merkten wir, daß es ein Sakrament ist, ein Baby zu haben. In vergangenen Zeiten waren diese geheiligten Dinge Familienangelegenheit. Auch das Sterben ist ein solches Sakrament. Meiner Meinung nach haben so viele Leute etwas für die Gewalt in den Unterhaltungsmedien übrig, weil sie vom wirklichen Leben abgetrennt sind. Man sieht niemanden sterben, wenn man nicht einen weißen Kittel anhat. Wer keinen Doktortitel hat, gehört trotz eines langen Hochschulstudiums nicht zu den Privilegierten, die einen Tod mitansehen dürfen. Die Menschen, denen das echte Sterben vorenthalten wird, sehen es sich im Fernsehen an. Wir haben den Tod zu einem Geheimnis gemacht und hinter verschlossene Türen verbannt.

Durch reinen Zufall hat unsere Gruppe einen sehr hohen Bildungsstand. Wir auf der Farm haben mehr akademische Grade als die Legislative unseres Staates. Zahlenmäßig könnten wir gut ein kleines College bestücken. Deshalb haben wir auch wohlfundierte Ansichten, was die Kernkraft betriff, denn wir verstehen einiges davon. Ein paar von unseren Technikern haben ein kleines Gerät gebaut, das wir Nuke-Buster ("Kernkraft-Knacker„) nennen. Es besteht aus Teilen eines Geigerzählers und eines Fötusherz-Monitors. Es spürt die Grundstrahlung auf und mißt sie. Es kann alles, was über die normale Grundstrahlung hinausgeht, erfassen, aber seit Madame Curie wissen wir nicht mehr so recht, was das ist, weil das ganze Uran ausgebuddelt wurde und jetzt auf der Erdoberfläche herumliegt, obwohl Gott es doch wohlweislich unter der Erde verstaut hatte, damit es niemanden belästigte. Wir haben es herausgeholt, auf seine verderblichste Form reduziert und auf die Menschheit losgelassen. Das Meßgerät stellen wir auf der Farm her. Es gehört zu der Art von Kleinindustrie, von der wir leben.

Ich bin Atomwaffen- und Kernkraftgegner, weil ich weiß daß wir angelogen werden. Hier ist zum Beispiel eine Petroleumlampe mit Glühstrumpf. Und nun paßt auf! (Der Nuke-Buster registriert eine sehr hohe Strahlung.) Ist das nicht was? Da ist kein Etikett angebracht, das die Radioaktivität bescheinigt. Wir haben nur durch Zufall herausgefunden, daß die Lampe radioaktiv ist. Hunderte von Konsumgütern auf dem Markt sind radioaktiv verseucht. Eine sanfte Technologie ist gut für die Menschen und zerstört nicht etwa die übrige Kultur. Dieses Instrument halten wir für wichtig, weil die Strahlen, wenn man sie nicht sichtbar machen kann, wie Zauberei wirken. Das hier ist ein magisches Instrument.

Die Preisträger des Jahres 1981

Der Australier Bill Mollison ist Begründer der „Permakultur“, einer Form von natürlicher Land- und Gartenwirtschaft mit in sich geschlossenem Kreislauf, hohen Erträgen und niedrigem Energieaufwand.

Patrick van Rensburg (Botswana) entwickelte eines den Bedürfnissen der Mehrzahl der Menschen in der Dritten Welt angepaßten Schul- und Erziehungsmodells.

Dr. Mike Cooley, als Sprecher der Arbeiter der Lucas Aerospace Fabriken in England erhielt den Preis für ihren Plan zur Umstellung der Produktion von militärischen auf sozial nützliche Güter ohne Verluste von Arbeitsplätzen.

Bill Mollison

Bill Mollison – ein gebürtiger Tasmanier, ist der Gründer des Instituts für Permakultur. Unter Permakultur versteht er „ein integriertes sich ständig entwickelndes System perennierender oder sich selbst erhaltender Pflanzen- und Tierarten, die für den Menschen nützlich sind, mit einem Wort, ein vollständiges landwirtschaftliches Ökosystem.“ Er glaubt, daß eine Niedrig-Energie-, Hoch-Ertrags-Landwirtschaft auf der Basis der Permanenz in der ganzen Welt möglich ist. In permakulturellen Systemen „hat jedes Element mehrere Funktionen und ist jede Funktion vielen Elementen gemeinsam“, wodurch ein Maximum an Flexibilität erreicht wird. Die Summe des Ertrages ist größer, weil auf eine Art (von Pflanzen und Tieren) beschränkte Systeme niemals alle verfügbaren Energien und Nährstoffe verwerten können. Wenn jedes Element zum integrierten Bestandteil eines einzigen Energie-Stromes wird, „läßt sich nicht mehr mit Bestimmtheit sagen, wo der Obstgarten, das Ackerland, das Haus und der Gemüsegarten ihre Grenzen haben.“ Zum Beispiel: Das Huhn erwärmt das Treibhaus, kontrolliert die Schädlinge im Obstgarten, liefert Dünger für Pflanzen und für Algen im Fischteich und holt sich sein Futter hauptsächlich von Bäumen und Büschen. Bill Mollison vergleicht die Ethik der australischen Ureinwohner – ”je mehr du verstehst, desto weniger brauchst du” – mit den gewaltsamen Praktiken des modernen Landwirts, der im Umgang mit der Natur aus Unverständnis “die Brust der Mutter aufschneidet, um an die Milch zu kommen”.

Dr. Mike Cooley

Dr. Mike Cooley erhält den Right-Livelihood-Preis 1981 für die von ihm geplante und geförderte Produktion sozial nützlicher Güter. Er wurde vor kurzem von dem Industrie- und Rüstungsgiganten Lucas Aerospace Corporation entlassen, weil er sich “mit Problemen beschäftigte, die mehr zu den Aufgaben der Gesellschaft als Ganzem gehörten“. Dr. Cooley ist der

Sprecher des Teams, das den bekannten Lucas-Aerospace-Alternativplan erarbeitet hat. Arbeiter aus allen Gewerkschaften in allen zum Lucas-Konzern gehörenden Fabriken haben den Plan in ihrer Freizeit erstellt. Er beschreibt mehr als 150 sozial nützliche Produkte, deren Herstellung die starke Abhängigkeit des Konzerns von Rüstungsaufträgen vermindern könnte. Zweck des Plans ist sowohl, „das Recht auf Arbeit zu schützen", als auch die Herstellung von Gütern zu fördern, die „der Gesellschaft als Ganzem zugute kommt". Die Vorschläge reichen von energiesparenden, "sanften" Technologien bis zu technischen Hilfen für Behinderte, einschließlich Instrumenten zur Steuerung künstlicher Gliedmaßen, und elektronischen Sehhilfen für Blinde, unter Ausnutzung des Know-How von Lucas Aerospace. Dr. Cooley ist überzeugt, daß an einer Gesellschaft etwas sehr faul sein muß, die zwar das technische Wissen hat, ein Concorde-Flugzeug zu bauen, aber nicht imstande ist, genügend einfache Heizungssysteme zur Verfügung zu stellen, damit nicht in jedem Winter alte Menschen in ihren Wohnungen an Unterkühlung sterben. Er fordert die Überwindung des „engstirnigen Ekonomismus, der bisher für die Tätigkeit der Gewerkschaften charakteristisch war ... indem die Arbeiter bekunden, daß sie entschlossen sind, für ihr Recht auf Herstellung von Produkten zu kämpfen, die tatsächlich dazu dienen, menschliche Probleme zu lösen und nicht zu erzeugen". Nachdem das Mangement von Lucas den Plan als unbefugte Einmischung verworfen hatte, wurde in London das Zentrum für Alternative Industrielle und Technologische Systeme CAITS gegründet, um die Ziele des Plans zu fördern. Mehrere der vorgeschlagenen Projekte, darunter ein kombiniertes Straßen-Schienen-Fahrzeug, wurden dort bereits hergestellt. Dr. Cooley hat erklärt, daß sein Anteil an der Preissumme voll dieser Arbeit zugute kommen werde. Durch die Verleihung des Preises würdigt die Right-Livelihood Stiftung die einzigartige Initiative der Lucas Arbeiter. Zwar zweifelt wohl niemand daran, daß es möglich ist, die Produktion von militärischen auf zivile Zwecke umzustellen, wenn der Wille dazu vorhanden ist, aber in diesem Fall haben die direkt betroffenen Arbeiter selbst die Initiative ergriffen. Nicht nur in ihrer Freizeit haben sie eine ganze Reihe wertvoller Produkte erfunden, sondern sie wollen ihre Kenntnisse auch anderen zugute kommen lassen und weigern sich daher, ihre Erfindung zu patentieren.

Patrick van Rensburg

Patrick van Rensburg – Mitbegründer der Anti-Apartheid-Bewegung, gründete nach seiner Flucht aus Südafrika die Swaneng-Hill-Schule und die „Brigade-Bewegung" zur Ausbildung Jugendlicher in Botswana. Heute ist seine „Stiftung für Erziehung mit Produktion" auch in Zimbabwe aktiv. Er erhält den Right-Livelihood-Preis für seine Arbeit bei der Entwicklung eines für die Mehrheit der Menschen in der Dritten Welt anwendbaren Ausbildungsmodells. Van Rensburg hält die Trennung von theoretischer und praktischer Ausbildung für „unnatürlich und verhängnisvoll". Fest steht, daß die Anzahl derer, die von den europäisierten Schulmodellen in der Dritten Welt keinerlei Vorteil haben, schneller zunimmt als die Zahl derer, die von ihnen profitieren. „Eine kleine Minderheit sichert sich den Löwenanteil aller verfügbaren Mittel", sagt van Rensburg, „während die große Mehrheit eine sehr minderwertige oder überhaupt keine Ausbildung erhält. Das System verewigt eine Elite ... Die Verbindung von Erziehung und Produktion ist der Eckstein der Ausbildung für eine soziale Neugestaltung."

Jakob von Uexküll
Verantwortungsvolles Wissen muß in praktische Arbeit fließen

Es ist mir eine große Freude, Sie heute abend hier alle willkommen zu heißen, insbesondere unsere drei Preisträger.

Wie ich schon bei unserer ersten Preisverleihung sagte, ist dieser Preis denen zugedacht, die ihre Kenntnisse lieber zum Heilen, statt zum Teilen dieser unserer Welt einsetzen, die wissen, daß wir keine Zufallsmechanismen in einem tauben, eisigen, gleichgültigen Universum sind, sondern lebendige Teilhaber an einem unteilbaren organischen Ganzen. Demgemäß kann Wissen in seiner Bedeutung gar nicht erfaßt werden, wenn es nicht gelebt wird. Dieser Preis wird nicht etwa für schöne Theorien verliehen, sondern ist für die bestimmt, die ihr Wissen verantwortungsvoll in praktische Arbeit umgesetzt haben.

Nicht, daß es uns an Wissen mangelt, aber wir versagen, wenn es darum geht, es in die Tat umzusetzen. Wir machen so weiter, als wären die großen Debatten des vergangenen Jahrzehnts nie geführt worden. Oft liegt es nicht an den fehlenden Mitteln, sondern an der enormen Macht des Status quo, daß neue Initiativen im Keim erstickt werden. Die Mächtigen wollen ihre Machtlosigkeit nicht eingestehen, es sei denn, ein privates Ereignis erschüttert sie in ihren behaglichen Institutionen. Klaus Traube, bis vor kurzem einer der Top-Manager der europäischen Atomindustrie, ist jetzt einer ihrer schärfsten Kritiker. Als er erklären sollte, wie er denn überhaupt sagen konnte, was er noch vor wenigen Jahren äußerte, entgegnete er: „Ich kann mir das wirklich selbst nicht erklären."

Es ist höchste Zeit für die Einsicht, daß der Kaiser wirklich keine Kleider anhat, daß die Mächtigen machtlos sind, daß Alternativen häufig die einzige Alternative darstellen und nicht nur irgendeinen Zeitvertreib am Rande. Wir müssen aufhören, nur auf die Gegenwart zu starren. Die Mauern von Jericho sahen zwei Sekunden vor dem Fall noch genauso stark aus wie vierzig Tage vorher!

Wir müssen die Utopie erobern und dafür sorgen, daß neue, lebensfähige Alternativen existieren, wenn die alten Strukturen zusammenbrechen, damit wir den anderen "Alternativen" – Chaos und Diktatur – vorbeugen. Der alte Bauer schmiedet seine Axt selbst und kann mit keiner fremden arbeiten. Werkzeuge und Techniken sind keineswegs neutral. Es gilt nicht nur die Software, das Programm, zu ändern, sondern auch die Hardware.

Wir alle, ohne Ausnahme, müssen uns entscheiden, ob wir ein Teil des Problems sein wollen oder ein Teil der Lösung. Das können wir nicht den Experten überlassen. Wie Buckminster Fuller gesagt hat, steht das Zünglein an der Waage heute so genau auf der Mitte zwischen Verderben und Überleben, so daß jeder einzelne Mensch ihm einen entscheidenden Ausschlag geben kann.

Heute abend sind wir hier zusammengekommen, um das Werk dreier Menschen zu ehren, die das begriffen und entsprechend gehandelt haben. Sie haben auf ihrem jeweiligen Gebiet neue Tatsachen geschaffen, indem sie sich der Bewältigung unserer wichtigsten Aufgaben widmeten: dem Kampf gegen die Verschwendung menschlicher und natürlicher Ressourcen im Rüstungswettlauf, gegen die Bedrohung des Ökosystems und gegen ein Bildungssystem, das nicht dazu in der Lage ist, die Bedürfnisse der großen Mehrheit der Menschheit zu erfüllen. Zusammen stehen diese drei für eine Wissenschaft im Dienst der Menschen und für ein Leben, das dem gegenwärtigen Wissenskult um des Wissens willen entgegenläuft. Die Rechtfertigung für das gegenwärtige wissenschaftliche System, auf einen Nenner gebracht, lautet: Nur die Wissenschaft vermag die Probleme zu erkennen und zu lösen, die die Wissenschaft verursacht hat. Das ist die Logik der Atomphysikerin Leonora Libby: Als ihr zu Ohren kam, ihr Chef Enrico Fermi wolle die H-Bombe, die er erfunden hatte, nicht testen, eilte sie zu ihm, und fragte, "wie er, der doch immer für das Wissen eingetreten sei, sich weigern könne, auszuprobieren, ob die H-Bombe auch funktioniere."

Es war der DNS-Entdecker, der Nobelpreisträger Frances Crick, und nicht irgendein Verrückter, der vorschlug, man solle einmal versuchshalber die beiden Gehirn-Hemisphären eines Menschen von der Kommunikation miteinander abhalten und dadurch „aus einem Menschen zwei machen“: Das, meinte er, könne interessante Folgen haben. Wie der britische Historiker und Friedenskämpfer E. P. Thompson schrieb, ist „unsere Zukunft bereits voll durchkalkuliert, und dabei suchen wir vergeblich nach einem Forschungs- und Entwicklungsprogramm, das auch nur einen Pfennig in Gesten der Liebe investiert.“

In den sechziger Jahren versprachen uns die Päpste der Wissenschaft für die achtziger Jahre das Paradies auf Erden. Heutige Berichte über den wissenschaftlichen Fortschritt sind zurückhaltender, doch bleibt zu erwähnen, daß die Universität von Florida mittlerweile eine leicht verpackbare Tomate gezüchtet hat, deren Haut so hart ist, daß sie die US-Norm für die Belastbarkeit von Stoßstangen erfüllt ... Wie Mike Cooley sagt, ist es nicht weiter verwunderlich, daß die meisten Leute heutzutage Techniker für Menschen halten, die erst vorsätzlich Rost auf die Autos sprühen, ehe diese lackiert werden!

Gleichzeitig wird im Namen einer Wirtschaftlichkeit, die auf kurzfristige Gewinne für eine kleine Minderheit auf Kosten von uns allen ausgerichtet ist, unsere ganze Welt in Unordnung gebracht und zertrümmert. „Geiz und Habgier müssen unsere Götter heißen“, schrieb der Ökonom J. M. Keynes. “Wir müssen so tun, als sei fair unfair und unfair fair, denn unfair sein ist nützlich, fair sein hingegen nicht.“ Man kann nicht umhin, dem amerikanischen Historiker William Irwin Thompson zuzustimmen: „Die Tatsache, daß die nachindustrielle Zivilisation an Ökonomen Nobelpreise verleiht, spricht Bände darüber, wie sehr wir sogar bei unseren feierlichsten Anlässen jedes Augenmaß verloren haben.“ Man beachte, daß der Preis für Wirtschaftswissenschaften der einzige neue Preis ist, den die Nobel-Stiftung in der gesamten Geschichte der Nobelpreise eingeführt hat. Die wissenschaftliche Grundlage für die Ökonomie läßt sich am besten ablesen an einer indiskreten Bemerkung, die der Leiter der Haushaltsabteilung der mächtigsten Wirtschaftsmacht der Welt, Mr. David Stockman im Weißen Haus, fallen ließ. Ich zitiere: „Keiner von uns versteht wirklich, was es mit all diesen Zahlen auf sich hat.“

Ich freue mich, unsere Preise heute abend drei Männern zu verleihen, die auf ihrem jeweiligen Gebiet sehr wohl verstehen, was es damit auf sich hat.

Bill Mollison
Der Mensch muß auf der Erde leben

Ich bin in einem kleinen Dorf in Tasmanien aufgewachsen. Auch wenn ich 1928 geboren bin, könnte mein Dorf gut schon im 11. Jahrhundert bestanden haben. Wir hatten keine Autos; alles, was wir brauchten, machten wir selbst. Wir bauten unsere eigenen Boote, führten Metall- und Schmiedearbeiten selbst aus, fingen Fisch, bauten Nahrung an, buken Brot. Ich kannte niemanden dort, der einen bestimmten Job gehabt hätte oder etwas, das man so nennen könnte. Jeder hatte mehrere Funktionen.

Als Kind lebt ich in einer Art Traumwelt, aus der ich erst im Alter von 28 Jahren erwachte. Den größten Teil meines werktätigen Lebens verbrachte ich im Busch oder auf See. Ich fischte und jagte für meinen Lebensunterhalt. In den fünfziger Jahren verschwanden auf einmal weite Teile des Systems, in dem ich lebte. Zuerst starben Fischbestände aus. Dann fiel mir auf, daß der Tang entlang der Flutlinie am Strand fort war. Große Waldstücke starben ab. Erst als all das nicht mehr existierte, merkte ich, wie sehr ich daran hing und daß ich mein Land liebte. Das hier ist im Grunde der letzte Ort, an dem ich sein möchte; ich würde viel lieber im Busch sitzen und Wallaby-Känguruhs beobachten. Aber wenn ich nicht hier stünde, gäbe es bald keinen Busch und keine Wallabys mehr. Die Japaner sind im Vormarsch und nehmen uns den Großteil unserer Wälder weg. Sie stellen daraus Zeitungspapier her. Wie ich sehe, werft ihr es in eure Papierkörbe. So ist es den Lebenssystemen gegangen, in denen ich aufgewachsen bin.

Für mich ist immer Gefahr angezeigt, wenn große Biosysteme anfangen, zusammenzubrechen, wenn wir komplette Fischbestände verlieren, wie wir bereits ganze Heringsschwärme und viele Sardinenarten verloren haben; wenn wir riesige Gebiete des Meeresgrundes verlieren, die einst reich an Kammuscheln und Austern waren. Fragen wir uns, warum das alles passiert, läßt sich nur eine Antwort finden: die Nutzung von Energiequellen, die nicht dem Biosystem entlehnt sind.

Dr. Sternglass, ein Schüler Einsteins, hat die Treibrichtung von radioaktivem Staub von Three Mile Island verfolgt. Die Zeitungen schrieben: „Keine Todesfälle in Three Mile Island." Dr. Sternglass aber sagt, daß mittlerweile 30.000 Kinder tot sind, die durch die Staubwolken an Schilddrüsenunterfunktion starben, und daß noch Abertausende mehr sterben werden. Durch dieses Land, durch Rußland, Deutschland, Japan, Kanada und die Vereinigten Staaten bewegen sich Luftströmungen, die nicht nur radioaktive Stoffe mit sich tragen, sondern auch hochätzende Säuren: Schwefelsäuren von Kohlefeuerungsanlagen und Stickoxide von Kraftfahrzeugabgasen.

Der Schnee, den wir vor ein paar Monaten in Vermont gemessen haben, hatte pH-Werte von 1,9 bis 2,5, das ist saurer als Essig, saurer als alles, was ein Biosystem aushalten kann. Im Norden der Vereinigten Staaten und in Deutschland ist kein Gewässer mehr zu finden, dessen pH-Wert höher als 4 läge. In solchem Wasser können Fische nicht laichen, können keine Frösche leben, und Salamander sind ohnehin schon fast ausgestorben. 1920, bald nach dem Anbruch der Kohleära, fingen Wälder zu sterben an. Auf dem amerikanischen Kontinent sind 80 % der Kastanien verschwunden. Überall in Amerika beginnen die Eichen zu sterben, in Deutschland die Tannen (dieses Jahr gehen dort 80.000 Hektar verloren), und in Japan sterben jetzt ebenfalls viele Koniferen. In Australien sterben jedes Jahr weitere 14 % der Eukalyptusbäume ab. Es dauert nicht mehr lange, und ihr habt keine Wälder mehr, die ihr in eure Papierkörbe werfen könnt! Für einfache Leute wie mich, die zu Fuß herumwandern, um herauszufinden, was geschieht, steht es fest, daß die nördliche Hemisphäre nicht mehr lange von Menschen bevölkert sein wird, wenn weiterhin Kohle, Öl und Kernergie verbraucht werden. Ich frage mich, was uns dazu gebracht hat, die Art von Leben aufzugeben, mit der ich aufgewachsen bin, mit der wir uns bis in alle Ewigkeit am Leben erhalten könnten und durch die keine großen Systeme kaputtgingen. Ich glaube nicht, daß wir jetzt besser leben, daß wir glücklicher sind, als ich es seinerzeit war und die Kinder in jenem Ort immer noch sind.

Um 1970 herum habe ich mich von der Gesellschaft abgesetzt, nachdem ich lange gegen die Systeme opponiert hatte, die uns nach meiner Sicht umbringen. Ich entschied, daß es nichts brachte, hartnäckig Widerstand zu leisten, ohne damit weiterzukommen. Zwei Jahre lang habe ich nachgedacht. Ich wollte in die Gesellschaft zurückkehren, aber nur mit etwas sehr Positivem. Ich wollte keinesfalls wieder gegen alles mögliche angehen und meine Zeit verschwenden.

Mao Tsetung spricht in seinem Roten Buch von einer Attacke gegen die Stadt Tai Ching, und er rät seiner Armee: "Greift Tai Ching nicht direkt an: Es ist zu gut verteidigt. Geht ringsherum, und Tai Ching wird fallen." So bin auch ich um die Dinge herumgegangen, von denen ich glaube, daß sie uns umbringen.

Bei meiner Rückkehr in die Gesellschaft brachte ich ein System mit, das ich Permakultur nenne, eine neue menschliche Lebensform. Nach meiner Auffassung sind wir keine wichtigere Lebensform als andere Formen des Lebens. Die wenigen von euch, die einmal eine längere Zeit, das heißt mehr als fünf Wochen, allein in den Wäldern verbracht haben, wissen, daß man dabei seine Identität als Mensch vollkommen verliert. Man kann sich dort nicht mehr von den Bäumen unterscheiden, der Unterschied zu allem andern Lebendigen ist einfach aufgehoben. Alle Eingeborenen, alle Stammesmenschen müssen eine solche Zeit des Alleinseins in ihrer jeweiligen Umwelt durchmachen. Danach sehen sie sich niemals wieder als losgelöste Einzelwesen: Mensch hier und Baum da. Man verschmilzt einfach mit dem Leben. Die einzigen sicheren Energiesysteme sind solche, die aus Biosystemen übernommen werden. Ein Gärtner in Neuguinea geht durch die Pforte in seinen Garten, steckt eine Einheit Energie hinein und bringt siebzig mit heraus. Ein moderner Landwirt fährt mit dem Traktor durch das Tor auf sein Land, steckt tausend Energieeinheiten hinein und holt nur eine heraus. Wer ist nun der tüchtigste Landwirt? Wir werden unseren Erdboden noch schneller los, als wir unsere Atmosphäre zerstören. Für jeden von uns gehen jedes Jahr zehn Tonnen fruchtbare Erde verloren. Wir werden unseren Kindern eine Welt hinterlassen, auf der es weder guten Boden noch trinkbares Wasser gibt.

Wir Menschen sind bei der Energiegleichung immer ausgelassen worden. Dabei bin ich die einzige Maschine, die ich kenne, die sich selbst mit Energie versorgen kann: Ich kann die Nahrung anbauen, die mich antreibt. Gebt mir ein paar Freunde an die Hand, und ich kann für mich selbst und noch viele andere sorgen. Das genügt mir als alternative Energiequelle. Wir haben nie gelernt, zu unserer Rettung auf uns selbst zu bauen. Alle Bücher, die man über das Gärtnern kaufen kann, beschreiben nur mehr eine Technik. Alle Bücher über Strategien taugen nichts, weil sie eindimensional sind. Multidimensionale Systeme werden eindimensionale Systeme hundertfach ausstechen. Polykulturen werden Monokulturen immer überlegen sein. Das System der Permakultur ist der sichere Weg einer sich selbst tragenden Ökologie; es ist in sich ein sicheres, tragendes Energiesystem.

In den Tagen Carl von Linnés gaben wir den Dingen noch ihre Namen. Etwa ein Jahrhundert nach Linné fanden wir dann heraus, wie sie funktionierten. Heute kennen wir einige der Gesetze, nach denen sie arbeiten, aber sowie wir diese Stufe erreicht haben, fallen sie auch schon in sich zusammen. Wir schätzen, daß wir von den Arten, die wir sehen und zählen können, innerhalb der nächsten eineinhalb Jahrzehnte um die 35.000 verlieren werden. Mein Leben lang haben wir mit der Natur auf dem Kriegsfuß gestanden. Ich bete nur, daß wir diesen Krieg verlieren. In diesem Kampf gibt es keine Sieger.

Vor ein paar Jahren habe ich meine Arbeit an der Universität an den Nagel gehängt und mich im vorgerückten Alter in eine ungewisse Zukunft gestürzt. Ich beschloß, nichts weiter zu tun, als meine Mitmenschen dazu zu bewegen, gute Biosysteme aufzubauen. Eine ganze Weile habe ich vom Fischfang und Kartoffelanbau gelebt. Dann habe ich allmählich damit mein Brot verdient, daß ich leistungsfähige Systeme für andere Leute, für Ihre Häuser und Dörfer, entwarf. Seitdem kann ich zwanzig Leute auf einmal ausbilden. Ich habe 400 junge Leute ausgebildet, die jetzt überall in den USA und Australien Systeme ausarbeiten. Im kommenden Jahr werde ich Menschen in Deutschland und Brasilien unterweisen. Wir haben eine Art Bruderschaft gebildet – oder Schwersternschaft, denn die Hälfte von unssind Frauen. Ich glaube zwar nicht, daß Frauen bessere Konstrukteure sind als Männer, aber ich finde, sie wissen mehr von lebendigen Systemen.

Wir müssen einen Riesenschritt auf eine ganz sanfte Revolution hin tun. Wir werden weiter Leute ausbilden, bis wir alle Länder durchsetzt haben. Wir versuchen, alles mit einzubeziehen, was Pflanzen und Tiere mit unserem Leben und mit unseren Strukturen machen. Es besteht durchaus die Möglichkeit, Biosysteme zu entwickeln, in denen man leben kann, nur müssen wir auch bei Orten wie Stockholm anfangen, die so unbiologisch sind, wie es überhaupt geht. Jeder kann irgend etwas Einfaches tun, um sich selbst zu versorgen. Eine Stadt kann beispielsweise ihre eigene Nahrung produzieren.

Wir sind gezwungen, uns zu entscheiden: Entweder bauen wir solche Städte weiter wie bisher, heizen den Rohstoff- und Energieverbrauch weiter an, um wie Schmeißfliegen in Autos herumzusausen, und die Menschheit ist bald ausgestorben. Oder wir machen uns und unserer Erde das Leben leicht. Wir können wirklich Biosysteme einrichten, die funktionieren, denn das ist machbar. Für einen Bruchteil der schwedischen Militärausgaben könnte ganz Schweden sich in ein solches System umwandeln. Es liegt nur an euch, es liegt ausschließlich bei euch. Ich hoffe, ihr geht alle morgen wieder an eure Arbeit und nehmt euren gerechten Lohn entgegen. Viel Glück.

Patrick van Rensburg
Die Gesundheit der Seele

Zuerst einmal möchte ich Jakob von Uexküll und der Right-Livelihood-Stiftung für die Zuerkennung dieses Preises danken. Ich muß sagen, daß es mich ungemein freut, ihn hier in Schweden entgegenzunehmen, denn durch meine Arbeit stehe ich schon seit langem mit Menschen in Schweden in Verbindung. 1962, als ich mein Werk mit dem Bau der Swaneng-Hill-Schule begann, erhielt ich gleich zu Anfang Unterstützung von SIDA (Swedish International Development Agency), und daran hat sich nichts geändert. Ich möchte die Tatsache nicht unerwähnt lassen, daß es hier einfallsreiche Leute im Amt für Auslandshilfe gibt, die an der Entwicklung von Alternativen interessiert sind und bereitwillig ihre Unterstützung gewähren. Auch der Dag-Hammarskjöld-Stiftung möchte ich an dieser Stelle meinen Dank aussprechen für die Unterstützung, die sie meiner Arbeit viele Jahre lang hat zukommen lassen, ferner dafür, daß sie mich mit Menschen in aller Welt vernetzt hat, die sich gleichfalls auf der Suche nach sinnvollen Entwicklungsmöglichkeiten befinden.

In Ihrem Schreiben zur Verleihung dieses Preises an mich verweisen Sie darauf, daß ich ein Südafrikaner im Exil bin. Diesem Faktum liegt ein langer, schmerzhafter Prozeß zugrunde. Ich bin sicher, daß nur wenige von Ihnen wissen, was es bedeutet, in eine Gesellschaft hineingeboren zu werden, die alle Werte ins Gegenteil verkehrt und auf den Kopf stellt, die einen zu der Überzeugung erzieht, eine Rasse sei der andern überlegen, die den heranwachsenden Menschen warnend darauf hinweist, daß er von einem bestimmten Alter ab nicht mehr mit schwarzen oder indischen oder farbigen Kindern spielen darf. Man wird in diese Gesellschaft hineingeboren, und die Art und Weise, wie sie einen aufzieht, läßt einem kaum eine Wahl.

Ich wurde in eine ganz normale südafrikanische Familie

geboren, die an die Moral des Rassismus glaubte. Wie macht man sich davon frei? In Schule und Gesellschaft geht man den üblichen Zielen nach, wie andere Menschen auch. Ich habe meine Schulzeit, so gut ich konnte, hinter mich gebracht. Nach der Schule bin ich in den Staatsdienst eingetreten. Studiert habe ich abends. Ich war hocherfreut, als ich ins Ministerium für auswärtige Angelegenheiten versetzt wurde. Als Heranwachsender stellte ich kaum etwas in Frage, und so wurde ich schließlich ein Repräsentant dieses rassistischen Regimes und mit der Aufgabe betraut, eine Politik zu vertreten, die in der übrigen Welt als tyrannisch und übel verschrien war, während wir in dem Glauben aufgewachsen waren, das Leben sei nun einmal so. Es war ein langer, bitterer Läuterungsprozeß, den ich durchmachte, um die dunklen Tiefen meines Innern von all den Rückständen eines Systems zu reinigen, das die Seele zerstört.

Damit begann die Arbeit, der ich mich jetzt widme. Ich habe sie aber nicht etwa aus Schuldgefühlen heraus aufgenommen oder weil ich die Vergangenheit hätte sühnen wollen. Sie verhalf mir lediglich bei meinem Bemühen, die Ursachen der Ungerechtigkeit zu ergründen, zu überaus klaren Einsichten. Bei dem Versuch, das Zusammenpferchen von Menschen in engumgrenzte Gebiete zu verteidigen, wie es zur Zeit in den Bantustans, den sogenannten schwarzen „Homelands“ in Südafrika, geschieht, wurde mir klar, daß dadurch riesige Arbeitskraftreserven geschaffen und die Leute zur Wanderarbeit gezwungen wurden. In diesen Gebieten sollten sie nicht mehr von weißen Polizisten und Soldaten überwacht werden, sondern von Marionettenregimes, Marionettensoldaten, Marionettenpolizisten, die auf ihre eigenen Leute schossen, weil sie für ihre Aufseherdienste bestimmte Privilegien innerhalb dieser Grenzen bekamen. Sie waren Kopf und Arm dieser Regelung.

Ich nahm meinen Abschied, kehrte nach Südafrika zurück und trat schließlich der sogenannten Liberalen Partei bei. Sie glaubte wenigstens an gleiches Wahlrecht für alle, und ich stürzte mich in ihren Kampf und bekam Schwierigkeiten und Ärger mit der Polizei. Daraufhin ging ich ins Ausland und half mit, die Boykottkampagne von 1960 zu organisieren. Dann versuchte ich es noch einmal mit dem Heimkehren, und zwar genau zur kritischsten Zeit, als gerade Tausende inhaftiert wurden. Mir schlug offene Feindseligkeit entgegen, weil ich an der Boykottkampagne im Ausland beteiligt war. Ich wurde als Verräter eingestuft, ging in den Untergrund und blieb unentdeckt. Aber die Liberalen hielten es für zu gefährlich, mich zu verstecken, und nahmen mich nach Swasiland mit; dort begannen die langen 22 Jahre im Exil.

Ich ging nach Betschuanaland, wie Botswana 1962 noch hieß, weil ich nicht aus politischen Gründen im Exil leben wollte, und begann mein Erziehungswerk. Da ich weder spezielle Erfahrung auf dem Gebiet der Erziehung noch die Qualifikationen zum Erzieher habe, handelte ich schlicht aus meiner Erkenntnis heraus, daß Bildung eine notwendige Entwicklungsvoraussetzung ist. Betschuanaland verfügte in jenen Tagen über sechs höhere Schulen, und nur etwa 15 % der Grundschüler konnten zur höheren Schule überwechseln. Für die übrigen war nichts zu machen. So erschien es damals nur recht und billig, nach Möglichkeit bei denen, die das Glück hatten, sich weiterbilden zu können, ein Verantwortungsgefühl für die Entwicklung der Gesellschaft als Ganzes zu wecken, und zu diesem Zweck versuchten wir, an unseren Schulen entsprechende Methoden einzuführen.

Zunächst einmal erarbeiteten wir einen Kurs für Entwicklungsstudien, um die historischen Hintergründe der sozialen Entwicklung zu analysieren und um für ein Land wie Botswana Möglichkeiten und Alternativen vorzustellen, die den Menschen dort offenstanden; außerdem wollten wir ihnen Fachkenntnisse vermitteln, praktische Kenntnisse im Bauen, und sie am Bau ihrer eigenen Schule beteiligen. Wir konnten recht gute Erfolge verbuchen und schafften es, drei höhere Schulen aufzubauen. Das Echo und Engagement der Leute war uns von Beginn an eine Ermutigung, denn je mehr Anklang wir fanden, um so mehr konnten wir selbst zu diesem Prozeß beisteuern.

Doch über die Jahre bekamen wir auch einen gewissen Widerstand zu spüren: Die jungen Leute meinten, unser Lehrangebot stehle ihnen die Zeit für ihre normalen Fächer, die sie für ihre Prüfungen absolvieren mußten. Sie weigerten sich, ihre Arbeitskraft freiwillig zum Bau der Schule einzusetzen. Inzwischen hatten wir ein weiteres Programm aufgestellt, etwas, das wir „Brigaden“ nannten, weil wir erkannt hatten, daß die Probleme, mit denen wir konfrontiert waren, wirtschaftlicher Art waren. Wir hatten nicht die Mittel, alle auszubilden und zu schulen, die danach verlangten, und nur in dem Maße, in dem wir die Leute zum Bau und Unterhalt ihrer eigenen Schule, zur Erzeugung ihrer eigenen Nahrung und zur Herstellung ihrer eigenen Gerätschaften und Möbel anregten, konnten wir Mittel einsparen und die eingesparten Gelder zur Erweiterung verwenden. Die Brigaden operierten auf dieser Grundlage, indem sie Güter produzierten und Dienstleistungen übernahmen, die beträchtliche Geldsummen einbrachten, so daß wir in der Lage waren, Lehrer und Ausbilder zu bezahlen, also, mit anderen Worten, ein Modell entwickeln konnten, bei dem die Menschen an ihrer Erziehung und Ausbildung partizipierten.

Wir hatten mit etlichen Schwierigkeiten zu kämpfen. Häufig kamen bei diesen verschiedenen Programmen Schülerstreiks vor, aus Unmut über die bei dieser Arbeit verbrachten Zeit, aus Unmut über das Essen, das sie vorgesetzt bekamen und das nicht so gut war wie die Kost im Normalsystem. Kurz und gut: Es gab ein Normalsystem, das heißt das normale Bildungssystem, und wir versuchten, eine Alternative dazu zu entwickeln. Das Problem mit dem Normalsystem bestand darin, daß dieses System die knappen Mittel, die armen Ländern zur Verfügung stehen, daran verwandte, einigen wenigen auf Kosten der großen Mehrheit eine sehr hohe Bildung zu vermitteln. Die große Mehrheit aber konnte nur durch Eigeninitiative weiterkommen, und nun bekundeten die Leute ihren Unwillen, weil sie sich mit den Bessergestellten verglichen.

Wir wollten ihnen mit unserem Kurs für Entwicklungsstudien eine Analyse vor Augen halten, damit sie sagen konnten: „Wir verstehen, wie die Gesellschaft funktioniert; wir sehen klar, warum das so und so ist; wir werden den konventionellen Gesellschaftsformen kritisch gegenüberstehen.„ Die ganze Sache wurde dann allmählich politisch und lief auf eine Konfrontation des alternativen mit dem normalen System hinaus. Das gab mir den Anlaß zu einer Analyse der konventionellen Bildungssysteme; ich stellte das von mir gestartete

Schulprojekt hintenan, um mich fortan mit ganzer Kraft auf den Ausbau der Brigaden zu konzentrieren, als einer Möglichkeit, die Produktion zu steigern.

Wieder trafen wir auf Schwierigkeiten, die sich aus dem Entwicklungsgang der Gesellschaft als Ganzes ergaben. In den Anfangstagen, als Botswana allem Anschein nach ein armes, dürres Land war, das von der Viehzucht lebte, wurde unser System in gewissem Maße von der Regierung unterstützt, weil es auch ihre Probleme lösen half. Ende der sechziger und Anfang der siebziger Jahre jedoch ging es mit dem Bergbau los. Das Land war reicher, als wir gedacht hatten, und seine Rohstoffe ließen eine viel stärkere Hinwendung auf die konventionellen Systeme zu, allerdings weiterhin unter Nichtachtung der überwiegenden Bevölkerungsmehrheit. Die große Mehrheit ging noch immer nicht zur Schule und fand noch immer keine Arbeit.

Ich möchte mit allem Nachdruck deutlich machen, daß Alternativen absolut lebenswichtig für die Dritte Welt sind, für die Ausbildung der Menschen und die Schaffung von Arbeitsmöglichkeiten. Wir alle sind an eine internationale Wirtschaftsordnung gekettet, in der diejenigen, die in der industrialisierten Welt regieren, und diejenigen, die in der Dritten Welt regieren, in gewissem Sinne sowohl Komplizen als auch Rivalen sind. Aber wir in der DrittenWelt gehören dem System an, in dem Rohstoffquellen ausgebeutet werden, in dem die Monokultur vorherrscht, der Anbau nur eines Produkts, das ausgeführt wird und Enklaven in jedem dieser Länder schafft, nur um den Export in die Industriestaaten und den Import in die Dritte-Welt-Länder zu gewährleisten. Da die normalen Bildungssysteme diese Enklaven unterstützen, sind sie in erster Linie so angelegt, Leute für den Staatsdienst oder qualifizierte Techniker auszubilden, die hochspezialisierte Tätigkeiten in der Industrie ausüben können.

Die Alternative muß etwas anderes bewirken. Sie muß die Menschen zur Kreativität anregen, statt sie zur Arbeitssuche in die Enklaven zu schicken. Sie muß diese Menschen dazu befähigen, durch eigenes Können und aus eigener Kraft die landwirtschaftlichen Möglichkeiten des Landes auszubauen. Sie muß es ihnen ermöglichen, an industriellen Projekten kleinerer

Größenordnung mitzuwirken, sie in die Lage versetzen, alternative Techniken anzuwenden, sowie Systeme und Entwicklungsmodelle zu erarbeiten, durch die sie auf die eigenen Füße gestellt und selbstbewußt werden, damit sie zuerst einmal ihre Grundbedürfnisse befriedigen können und sich dann erst andere Wünsche erfüllen. Wir brauchen beispielsweise ein Bildungssystem, das innig mit der Gesellschaft und all ihren Aktivitäten verknüpft ist, denn Bildung ist keine Sache für sich, die nur in Schulen vermittelt wird, die sich nur auf der verbalen Ebene beweist und deren Methoden höchst abstrakt und reine Therorie sind. Statt dessen geht sie Hand in Hand mit allen Entwicklungen überhaupt einher, und ich glaube, das war mein Schlüsselerlebnis in den Anfangstagen unserer Arbeit: daß nämlich Wissen am besten vermittelt wird, wenn die Leute es praktisch erarbeiten und die Theorie aus dem Unterricht in die Praxis umsetzen.

Wir haben gemerkt, daß die Koppelung von Erziehung und Arbeit sowohl wirtschaftliche und soziale als auch sehr handgreifliche pädagogische Vorteile mit sich bringt. Dadurch, daß wir uns mit den Lehrern und Ausbildern zusammen an der Produktion beteiligten, konnten wir Infrastrukturen schaffen, Straßen, Fabriken, Werkstätten und landwirtschaftliche Betriebe bauen. Wir waren dazu in der Lage, Güter und Dienstleistungen anzubieten, die vorher nicht erhältlich waren. Die Einbeziehung der jungen Leute in diesen Prozeß bedeutete ihre echte Beteiligung am Aufbau ihrer Gesellschaft. Bei dem Stichwort Gesundheit sollten uns nicht nur Krankenhäuser in den Sinn kommen, denn Gesundsein beginnt mit einer guten Ernährung, mit der Trinkwasserversorgung und der Abwasserbeseitigung – alles Dinge, an denen es mangelt.

Wenn wir einer Weltordnung angehören, die von einem Teil der Welt bestimmt wird, in dem wiederum kleine Grüppchen den Ton angeben, müssen wir uns überlegen, welche Auswirkungen diese Ordnung für die Gesellschaften der Dritten Welt hat, wo Menschen unter schlimmsten Bedingungen in bitterster Armut dahinvegetieren, einer materiellen wie auch geistigen Armut, da die materielle Armut sie ihrer Würde beraubt. Diese Armut hat sie ruiniert, hat auch schon ihre Gesellschaftssysteme ruiniert, diese geschlossenen Sozialsysteme, in denen sie zuvor lebten. Sie hat die Menschen abhängig gemacht, sie der Wanderarbeit ausgeliefert, sie einem Kontrollsystem ausgeliefert, das ihren eigenen Gesellschaften im Grunde vollkommen fremd ist.

Südafrika hat mir meine Lektion erteilt, den Rassismus abzulehnen, mich ganz dem Widerstand gegen den Rassismus zu widmen, und daran werde ich stets festhalten. Aber durch mein Leben in Botswana habe ich erkannt, daß Ungerechtigkeiten auch bei Rassen und Nationen vorkommen, in denen das Problem des Rassismus gar nicht existiert, und das hat mir die Augen für die tieferliegenden sozialen Ursachen geöffnet. Es wäre abwegig, zu sagen, wir hätten gern eine mildere Form von Kapitalismus ohne Rassismus in Südafrika, denn wie sich der Kapitalismus manifestiert, begreift er den Rassismus praktisch mit ein. Das ganze System der Wanderarbeit baut auf der Ausbeutung von Menschen auf.

Die Schaffung von Bantustans war kein Einzelakt von seiten der Rassisten, sondern nahm ihren Anfang in den Minen und Farmbetrieben mit ihrem Bedarf an Arbeitskraft, die sie ganz nach Belieben regulieren konnten, an billigen Arbeitskräften, deren Frauen und Kinder sie in den Reservaten zurückhielten, wo sie sich selbst ernähren mußten. Der Arbeitgeber nahm nicht einmal diese Sorgepflicht wahr. Er ernährte lediglich die Männer und bezahlte ihnen gerade so viel Lohn, daß sie überleben konnten und nach Ablauf ihres Vertrages zurückkehrten, ohne sich ihrer Arbeitsstätte zugehörig zu fühlen – sie waren ganz woanders zu Hause.

Man fragt sich bei seinem Ringen um Veränderungen im Bildungswesen, warum man auf Widerstand trifft. Die Schwierigkeit liegt darin, daß ein konventionelles System wie das Schulsystem einem bereits vorhandenen Gesellschaftssystem dient. Es kann nicht isoliert verändert werden. Bewußtseinsveränderung bedeutet eine totale Wende, die alles einbegreift, was um uns herum geschieht. Dazu gehören auch die Bedingungen, unter denen wir geboren sind, die materiellen Voraussetzungen unserer Gesellschaft.

Ich hatte immer stärker das Empfinden, Erziehung in Verbindung mit Produktion sei ein wichtiger Hebel, um eine Wandlung herbeizuführen, denn durch die Beteiligung der Menschen an der Produktion, durch ihr Mitwirken an der Schaffung von Möglichkeiten, mit deren Hilfe sie ihre eigenen Bildungsprogramme fortführen konnten, wurden Schule und Gesellschaft miteinander verknüpft. Die Leute sollten sich nicht nur an der Produktion beteiligen, am Verkauf der Güter, die sie herstellten, und an den Bauvorhaben innerhalb der Gemeinschaft, sondern auch an den sozialen und kulturellen Aktivitäten der Gesellschaft.

Besonders wichtig an dieser Koppelung scheint mir zu sein, daß wir ja bekanntermaßen aus der praktischen Erfahrung am meisten lernen. Wenn wir einfach fertige Konzeptionen übernehmen, dürfen wir nicht vergessen, daß diese Konzeptionen soziale Gegebenheiten widerspiegeln; je mehr wir uns mit diesen Gegebenheiten befassen, uns in sie hineinknien, um so besser verstehen wir die Konzeptionen. In Ländern wie Botswana, insbesondere in den ländlichen Gegenden, versuchen wir in den Schulen alle möglichen neuen Denkansätze in Wissenschaft und Mathematik zu finden, die in der sozialen Praxis der Gesellschaft überhaupt nicht reflektiert werden. Je mehr Menschen wir zur Beteiligung an der Produktion, zu neuen sozialen Aktivitäten wie der Einrichtung von Kooperativen und zum gemeinsamen Handeln bewegen können, desto besser können wir auch eine Theorie anbieten, die dieses praktische Tun erklärt und interpretiert.

Heute bin ich Leiter einer Stiftung, die Erziehung mit Produktion verknüpft, weil ich diese Verknüpfungen als Eckstein einer umfassenderen Bildungskonzeption ansehe, die Theorie und Praxis, Lernende und Lehrende in den Wirkungskreis der Gemeinschaft einbindet. Wichtig ist, daß alle daran beteiligten jungen Leute auch etwas über das Management lernen. In diesem neuen Erziehungsmodell sollten sich die Menschen ihren Möglichkeiten entsprechend geistig entwickeln können, sie sollten Zugang zu allen modernen Informationen haben und sich zudem technisches Know-how aneignen können. Sie sollten die Produktionsabläufe verstehen lernen und begreifen, wie sich die Gesellschaft entwickelt hat.

Unsere Arbeit in Botswana hatte ihre Höhen und Tiefen. Immerhin haben wir Bildungsalternativen ausgearbeitet, durch die in Serowe beispielsweise, meinem Arbeitsfeld, 400 junge

Leute in 35 verschiedenen Fächern ausgebildet werden konnten. Wir produzierten Milch, Eier und Gemüse, wir lernten Speiseöl zu gewinnen, bauten Häuser, konnten Maschinen reparieren, Kleidung herstellen und hatten Druckereien. Der Betätigungsspielraum war so weit gesteckt, daß die jungen Menschen einen Entwicklungsprozeß miterlebten, der auch sie selbst veränderte und wesentlich zu ihrer Erziehung und Bildung beitrug.

Wir betrachten die Verknüpfung von Erziehung und Produktion als Teil des gesamten sozialen, wirtschaftlichen und politischen Entwicklungsprozesses. Wenn wir uns von anderen Entwicklungsmodellen, von Nachahmungen absetzen wollen, die direkt den Industriegesellschaften entlehnt sind, müssen wir den Menschen unbedingt die nötigen Mittel an die Hand geben, damit sie die Probleme ihrer Gesellschaft verstehen und etwas dagegen unternehmen können. Ich halte diese Art von Entwicklung für sehr wesentlich, nicht nur für die Dritte Welt. In Anbetracht der Tatsache, daß mittlerweile immer mehr junge Leute in der industrialisierten Welt arbeitslos sind (in Großbritannien findet die Hälfte aller Schulabgänger keine Arbeit), wird uns klar, daß die Lösung dieser Probleme sowohl in der Ausbildung, als auch in der Gesellschaft zu suchen ist.

Die bestehende Art von Erziehungssystemen sind der Gesellschaft durch die Natur und die Erfordernisse der Sozialordnung und des Wirtschaftsgefüges ausgezwungen worden. Sobald wir diese Systeme zu verändern beginnen, setzen wir Hebel in Bewegung, die auch den sozialen Wandel in Gang bringen. Natürlich ist es sehr risikoreich, Alternativen einzuführen, denn bei dem Versuch, Veränderungen durchzusetzen, begegnet man Gefahren, macht Fehler und muß gelegentlich auch Fehlschläge hinnehmen. Wichtig ist, sich darüber klar zu werden, daß die Veränderung der Gesellschaft ein Prozeß ist, der eine Bewußtseinsänderung einbegreift; wenn unser Handeln, unsere Schritte, unsere Alternativen im weitesten Sinne auf den sozialen Wandel ausgerichtet sind, dann erhellen sie diesen Prozeß, lenken ihn und fördern ihn.

Je besser wir diese Abläufe verstehen, um so mehr werden wir selbst umgeformt. Dabei besteht eine Wechselbeziehung zwischen dem neuerwachten Bewußtsein und den Menschen, die durch dieses neue Bewußtsein in die Lage versetzt werden, die Vorgänge und Entwicklungen in der Gesellschaft zu verändern. Das tritt nirgendwo deutlicher zutage als bei den Freiheitsbewegungen Südafrikas, die ich im Laufe der Jahre ein wenig unterstützen konnte. Am Beispiel Simbabwes, wo unsere Stiftung zur Zeit wirksam ist, läßt sich das Prinzip, von dem ich gesprochen habe, sehr gut verdeutlichen.

30.000 junge Leute haben Rhodesien verlassen, um in Mocambique Zanu zu unterstützen, die Partei Robert Mugabes. Dadurch waren die Freiheitsbewegungen gezwungen, praktische Schulungsmöglichkeiten aufzutun; sie mußten unter tätiger Mitarbeit der jungen Menschen Schulen bauen, sie mußten notgedrungen die jungen Leute für ihre eigene Ernährung sorgen lassen, und aus dieser Anstrengung heraus wurden neue Ideen geboren, sind neue Systeme entstanden. Seit diese jungen Leute wieder in Simbabwe sind, ist ihnen bewußt, daß ihnen der Lohn für ihre Mühe nicht einfach in den Schoß fällt, daß sie nicht einfach auf die weißen Schulen kommen, diese elitären Schulen, die noch immer existieren. Denn sie sind darauf vorbereitet worden, Wegbereiter für ein neues Erziehungssystem zu sein, das wir aufzubauen hoffen.

Der Kern meiner Rede ist der, daß wir, je mehr normale Menschen wir miteinbeziehen, die begreifen, was vorgeht, und sich in das Geschehen einschalten, eine um so größere Chance haben, Alternativen zu schaffen, die Menschen ernähren, Menschen kleiden, Menschen ein Obdach geben und ihnen ihre Gesundheit erhalten. All diese Entwicklungsstränge, an denen sie selbst ziehen, bilden im wesentlichen den Erziehungsprozeß. Vielen Dank.

Mike Cooley
Nützliche Produkte

Es scheint mir, als sei einer der Hauptwidersprüche, dem sich unsere Gesellschaften mit ihrem sogenannten technischen Fortschritt gegenübersehen, die Kluft zwischen dem, was die Technik der Gesellschaft bieten könnte, und dem, was sie der Gesellschaft tatsächlich bietet.

Auf dem jetzigen Stand der Wissenschaft und Technik können wir in dem militärischen Industriekomplex, in dem ich zwanzig Jahre lang tätig war, so ausgeklügelte Fernlenksystem herstellen, daß wir in der Lage sind, Marschflugkörper mit einer nur um wenige Millimeter schwankenden Zielgenauigkeit auf einen fernen Kontinent zu lenken; aber die Blinden und Lahmen in unserer Gesellschaft stolpern nach wie vor genauso über die Straßen wie im Mittelalter. Wir haben Frühwarnsysteme, die einen feindlichen Marschflugkörper schon auf Tausende von Meilen identifizieren können, sind jedoch nicht dazu fähig, die wahren Feinde in unserer Mitte zu erkennen: die Verwahrlosung, die Krankheiten und den Schmutz, durch die etwa 600 Millionen Menschen auf diesem Planeten zum Hungern verurteilt sind.

Am allerabwegigsten an unserem ganzen Rüstungswahnsinn ist wohl die Tatsache, daß wir jetzt Waffensysteme produzieren können (und bereits produzieren), die Menschen vernichten und Sachen intakt lassen; dabei sind wir unfähig, selbst hier im großstädtischen Europa die Armut auszurotten. Einem kürzlich erschienenen EG-Bericht zufolge sind etwa 13 Millionen Menschen innerhalb der Europäischen Gemeinschaft unterernährt, und in der Dritten Welt ist es noch viel schlimmer. Wie verrottet das ganze Wertsystem unserer Gesellschaft ist, zeigt sich deutlich daran, daß in einem Land wie Großbritannien 50 % der Wissenschaftler und Technologen ihr Leben lang an Waffensystemen arbeiten, von denen sie im innersten Herzen wissen, daß sie – wenn sie jemals eingesetzt werden –

wahrscheinlich das Ende der Menschheit in der uns bekannten Form bedeuten.

Die sogenannten Nebenprodukte aus dem militärischen Industriebereich bescheren uns so etwas Hochgestochenes wie die Concorde, während gleichzeitig betagte Rentner an Unterkühlung sterben, weil sie kein simples, effektives Heizsystem bekommen können. Die „Abfall"-Produkte der Steuerungssysteme und Kommunikationsnetze für die Marschflugkörper versetzen uns in die Lage, im Bruchteil einer Sekunde Nachrichten um die Welt zu senden, und doch dauert es jetzt länger, einen normalen Brief von Washington nach New York zu schicken, als in der guten alten Postkutschenzeit. Mittels hochentwickelter Design- und Konstruktionstechniken aus dem Fachbereich Aerodynamik der Rüstungsindustrie können wir Autokarosserien so perfektionieren, daß sie bei 180 Stundenkilometern noch aerodynamisch stabil sind, und dabei liegt die Durchschnittsgeschwindigkeit eines Autos im Zentrum von New York heute bei 11 Stundenkilometern. Um die Jahrhundertwende betrug die Fahrgeschwindigkeit mit Pferdefuhrwerken 16 Stundenkilometer.

In der wohlmeinenden Absicht, diesen traurigen Lauf der Dinge umzukehren, haben die Lucas-Arbeiter ihren Firmenplan entworfen. Ich möchte Ihnen nun zuerst gern den Umfang und die Natur des Betriebes beschreiben, damit Sie eine Vorstellung von den Zwängen bekommen, denen man gegenübersteht, wenn man sich auf ein Unternehmen dieser Art einläßt.

Lucas Aero-Space gehört einem riesigen multinationalen Konzern an, der 75.000 Leute in Großbritannien und etwa 35.000 im Ausland beschäftigt. Die Firmenentwicklung war in den letzten Jahren durch eine so starke Kapitalverlagerung nach Europa gekennzeichnet, daß die französische Regierung besondere Gesetze erlassen mußte, um Lucas daran zu hindern, Teilbereiche der Produktion zu monopolisieren. Sogar souveräne Staaten fühlen sich mittlerweile durch solche Riesenkonzerne bedroht. Die Firma hat sich rasch auf Teile dieser Welt ausgedehnt, wo es um die Organisation der Arbeiter schlecht bestellt ist und wo Rohstoffe ausgebeutet werden können. Der Aero-Space-Zweig, den ich näher schildern will, fing gegen

Ende der sechziger Jahre an, eine ganze Reihe kleinerer Unternehmen zu schlucken. Dabei handelte es sich um eine Form der Rationalisierung, wie sie auch im schwedischen Schiffbau, in der Automobilindustrie der Bundesrepublik und anderswo erfolgt ist. Manche dieser Fabriken waren kleine flexible Betriebe, die an die 300 Leute beschäftigten. Andere waren große, engagierte Werke mit etwa 3000 Beschäftigten. Sie wurden sämtlichst zusammengefaßt, und daraus entstand ein nationales Konglomerat von siebzehn Betrieben innerhalb Großbritanniens mit 18.000 Beschäftigten im Raumfahrtbereich.

Uns war klar, daß der Konzern diese Struktur kaputtrationalisieren, einige Betriebe schließen und ein Werk gegen das andere ausspielen würde. Um das zu verhindern, riefen wir eine Organisation ins Leben, die bisher einzigartig in der britischen Arbeiter- und Gewerkschaftsbewegung ist. Sie nennt sich Lucas Aero-Space Combine Shop Stewards Committee und stellt eine Verbindung zwischen den Top-Technikern an der Spitze des Unternehmens mit den Leuten an der Basis her. Infolgedessen vereinen sich in einer einzigen Organisation die Potentiale von Wissenschaftlern und Technikern mit dem, was meines Erachtens ungemein wichtig ist: mit dem gesunden Menschenverstand der Leute, die im Werk praktisch tätig sind.

Ehe diese Einrichtung im eigentlichen Sinne etabliert war, brachten wir eine eigene kleine Zeitung heraus, so daß die Arbeiterschaft noch eine andere Informationsquelle als das Management hatte. Dieses Blatt entwickelte sich rasch zu einer rundum informativen Zeitung, die inzwischen an all unsere Betriebe geht und die Leute durch ihr eigenes Nachrichtennetz von allem unterrichtet, was in den anderen Werken los ist.

Das Komitee war noch nicht richtig aufgebaut, als der Konzern verlauten ließ, er wolle ein altes Werk in einer Arbeitergegend Londons schließen. Etwa 1500 Menschen arbeiteten im Jahre 1972 dort. Wir besetzten das Werk, sogar die Labors, und hinderten das Unternehmen daran, Einrichtungen hinein- oder hinauszutragen. Wir traten für das Recht ein, die gleichen alten Produkte auf althergebrachte Weise weiter herzustellen. Die Belegschaft vermochte nicht recht einzusehen, wohin das alles führen sollte, und am sechsten Wochenende war ihr

Kampfgeist soweit gesunken, daß sie das Werk Samstag und Sonntag unbesetzt ließ. Der Konzern bekam davon Wind und bestellte einen Demolierungstrupp, der das Fabrikdach niederriß, die kostspieligen Einrichtungen abmontierte und schließlich Feuer an das Gebäude legte, um es gänzlich zu zerstören. Ich weiß nicht, wie es in Schweden ist, aber in Großbritannien wird viel von Vandalismus geredet, wobei man meist an Schlägereien beim Fußballspiel denkt; das hier aber war unserer Meinung nach Vandalismus eines entschieden massiveren Ausmaßes, der uns über Nacht die einzigen Mittel weggeschnappt hatte, durch die wir uns wirtschaftlich und anderswie verwirklichen konnten.

Wir waren also vollkommen geschlagen. Meines Erachtens ist es wichtig, daß man eine Niederlage im Privatleben, in seiner Gemeinde oder in einer Gruppe, der man angehört, realistisch ins Auge faßt, analysiert und dann überlegt, wie man es das nächste Mal besser macht. In der Diskussion, die nach dieser Katastrophe aufkam, stellte ein Arbeiter eine wunderbar einsichtige Frage. Er sagte: „Warum können wir eigentlich nicht unsere Fertigkeiten und unsere Fähigkeiten für Gemeinschaftsinteressen insgesamt einsetzen? Warum können wir nicht gesellschaftlich nützliche Produkte herstellen, die den Menschen helfen, statt sie zu verkrüppeln?“

Um diesen Prozeß in Gang zu bringen, galt es zunächst einmal, die Belegschaft dazu zu bewegen, ihre eigenen Kenntnisse und Fähigkeiten zu analysieren. Was ich jetzt beschreiben will, kann meiner Ansicht nach in jeder Stadt, in jedem Industriezweig und in jedem Landesteil oder gar im ganzen Land stattfinden. Die Belegschaft ging hin und sah sich an, was in den verschiedenen Werksabteilungen und Labors vorging. Sie fand heraus, daß wir Versuchseinrichtungen für hohe Temperaturen und Hochdruck hatten, Klimakammern, in denen wir ähnliche Bedingungen wie im erdnahen und erdfernen Weltraum schaffen können. Wir haben eine der fachkundigsten Belegschaften Großbritanniens, wobei ich einwenden möchte, daß Fachkenntnis im Sinne technischen Könnens eigentlich nicht viel mit der weiteren Arbeit zu tun hatte. Die besten Vorschläge kommen oft von ungelernten Hilfsarbeitern.

Unser Fertigungsprogramm erstreckte sich von Hochpräzisonsgeräten bis hin zu hochbelastbaren, aber leichten Teilen für RB2-11-Maschinen und vollständigen Gasturbinen mit allen Schaltungen und Apparaturen. Zudem haben wir unsere eigene Elektronikindustrie, zum Bau der Bordcomputer zur Kontrolle der Luftfahrtsysteme.

Zum ersten Mal in ihrem Leben wurde den Lucas-Arbeitern bewußt, was in den verschiedenen Werken eigentlich ablief und was in den verschiedenen Labors passierte. Wir in Großbritannien sind darauf getrimmt, die Welt von unserm Platz hinter der Maschine oder vom Schreibtisch aus zu betrachten. Nie werden wir dazu angehalten, uns einen Gesamteindruck von unserer Industrie zu machen oder einmal festzustellen, welcher Zusammenhang zwischen dieser Industrie und anderen Menschen und Erfordernissen besteht.

Nachdem wir alle Fakten zusammenhatten, befragten wir 180 Experten, was wir ihrer Meinung nach mit unseren Kenntnissen und Fähigkeiten tun könnten. Wir haben Universitätsprofessoren angeschrieben, die in der klösterlichen Stille der Universitäten tiefsinnige Vorlesungen zu halten pflegen; wir haben an Intellektuelle geschrieben, die dicke Bücher darüber verfaßt hatten, wie Wissenschaft und Technik zur Anwendung kommen sollten; wir haben jede Fachschaft in England angeschrieben; wir haben uns an die Dienststellen aller großen Gewerkschaften gewandt. Von all diesen 180 weltweit anerkannten Kapazitäten waren nur drei dazu in der Lage, überhaupt etwas zu äußern, was wenigstens entfernt von Nutzen war. Die übrigen ergingen sich in vagen Verallgemeinerungen. Unter anderem hieß es: „Nehmen Sie bitte in meiner Bostoner Schrift von 1972 die Ziffer 32 zur Kenntnis, die für das von Ihnen angesprochene Problem relevant ist.“ Nichts Bestimmtes, mit dem Industriearbeiter etwas anfangen könnten, um sich zu organisieren und mit den wirklichen Problemen fertig zu werden, die sie zermürben.

Dann machten wir, was wir gleich zu Anfang hätten machen sollen. Wir fragten unsere eigene Belegschaft nach ihrer Ansicht. Wir arrangierten Diskussionsrunden in allen Fabriken und werteten sie danach mit einem etwas seltsamen Fragebogen aus. Wir hatten versucht, mit einige Soziologen darüber zu reden, wie ein Fragebogen beschaffen sein müßte, um die Art von Informationen und die Kreativität aus den Leuten herauszulocken, von denen ich gleich sprechen werde. Diese Soziologen kamen sowohl von links als auch von rechts, und einer von ihnen erklärte uns: „Ihr müßt bei der Gestaltung des Fragebogens immer darauf achten, daß das Bewußtsein der ausfüllenden Person unbeeinflußt bleibt." Weiter hieß es: „Es ist eine unzulässige Forschungsmethode, auf das Bewußtsein der Beteiligten verändernd einzuwirken. Sie als Forschender sollten objektiv von außen an die Sache herangehen und die Phänomene auf wissenschaftliche Art und Weise untersuchen."

Wir taten genau das Gegenteil. Wir stellten den Fragenkatalog absichtlich so zusammen, daß die Ausfüllenden in ihrem Bewußtsein vollkommen umgekrempelt wurden. Wir baten sie, ihre gesellschaftliche Doppelrolle als Hersteller und Verbraucher einmal zu überdenken, damit wir gemeinsam jene lächerliche Vorstellung überwinden könnten, nach der ein Teil der Bevölkerung angeblich in Fabriken, Ämtern und Schulen arbeitet, während ein völlig anderer Bevölkerungsteil anscheinend in Häusern und Gemeinden lebt. Wir sagten, es müsse sich doch das, was man den Tag über tut, auf die Lebensweise auswirken.

Innerhalb von sechs Wochen wurden wir mit unglaublich schöpferischen Ideen geradezu überschüttet. Wir verlangten keineswegs von den Leuten, große Worte über die Produkte zu machen, die wir vielleicht herstellen könnten. Wir in Großbritannien verwechseln gern Sprachgewandtheit mit Intelligenz. Wir sind viel tiefer beeindruckt von dem, was Leute sagen und schreiben, als von dem, was sie praktisch tun. Nach meinen Erfahrungen beweisen Industriearbeiter ihre Intelligenz eher durch die Art, wie sie Sachen anpacken und wie sie damit umgehen, statt darüber zu reden. Deshalb bedeuteten wir der Belegschaft: „Wenn ihr gerne Muster von den Produkten machen wollt, die euch vorschweben, dann geht ans Werk und tut das; und wenn ihr lieber darüber reden wollt, kommt her, und wir unterhalten uns darüber."

Aus den 150 Vorschlägen, die zusammenkamen, konnten wir sechs Fertigungsprogramme erstellen, von denen ich ein paar kurz beschreiben will. Sie sind in sechs Bänden zusammengefaßt, in denen auch die einzelnen Programme näher erläutert werden. Das erste Produktionsprogramm liegt im medizinischen Bereich. Voller Schrecken mußten wir feststellen, daß unser Unternehmen infolge eines Rationalisierungsprogramms zwei der einzigen gemeinnützigen Produkte, die wir herstellten, loswerden wollte. Bei dem einen handelte es sich um einen Herzschrittmacher und bei dem andern um ein Dialysegerät für Nierenkranke. Als wir uns über die Nachfrage nach Dialysegeräten erkundigten, hörten wir mit Entsetzen, daß jedes Jahr 3000 Menschen sterben, weil sie diese Maschine für die Blutwäsche nicht bekommen können. In der Gegend von Birmingham dürfen die Patienten, wie der fachärztliche Berater so nett uns gegenüber äußerte, „langsam dahinsiechen". Wer unter 15 oder über 45 ist, darf „langsam dahinsiechen". Das gleiche Problem existiert in Schweden, in der Bundesrepublik und in den Vereinigten Staaten. Der langen Rede kurzer Sinn: Wir haben das Dialysegerät neu konstruiert, Kohlefilter eingebaut und jetzt auch einen Mikroprozessor beigefügt, so daß die Patienten es wie einen Rucksack auf dem Rücken tragen können. Auch sie dürfen verlangen, daß ihre Würde geachtet und ganze Arbeit geleistet wird, statt sie wie ein Stück Holz zu behandeln, wie es in der westlichen Medizintechnik häufig der Fall ist.

Ein weiteres Produkt, das wir ausgearbeiten, ist ein Rollstuhl für Kinder mit Spina bifida. Nun werden wir dauernd gefragt, wie wir eigentlich das zur Herstellung dieser Produkte nötige Geld auftreiben wollen. Es fragt aber höchst selten jemand, was es kostet, etwas nicht zu machen. In den modernen Industriestaaten muß einem Werktätigen, wenn er arbeitslos wird und Familie hat, etwa 60 % des durchschnittlichen Industrielohns bezahlt werden. Ferner entsteht dem Industriestaat ein Steuerausfall von 40 %. Man addiere beides, und schon ergeben sich etwa 100 % des Durchschnittseinkommens eines Industriearbeiters.

Wir sind zur damaligen Labour-Regierung gegangen und haben gefragt: „Warum können wir dieses Geld nicht bekommen und für die Gesellschaft nützliche Produkte herstellen?" Natürlich vermochten sie darauf keine Antwort zu geben, weil für gesunden Menschenverstand kein Platz in den Köpfen der Politiker ist. Daraufhin nahmen wir kostentreibende Sozialfaktoren unter die Lupe. Dazu gehören der Drogenkonsum, die Neurosen, die zwischenmenschliche Gewalt, die Krankheiten, die samt und sonders einen direkten Bezug zur Arbeitslosigkeit haben. Stellt man all das in Rechnung, erhält man eine Vorstellung von den Kosten, die der Gesellschaft insgesamt durch die Rationalisierungen und Massenentlassungen dieser großen Unternehmen entstehen.

Wir glauben nicht, daß unsere Gesellschaft weiterhin Rohstoffe und Energie so verschwenden kann wie bisher, und haben eine ganze Palette von energiesparenden Systemen entworfen. Dazu gehört unter anderem eine Wärmepumpe, die mit einem Biogas-Verbrennungsmotor betrieben wird. Damit nutzt man die Energie im Haus 2,8 mal besser, als bei direkter Gasverbrennung und etwa doppelt so gut, als wenn man die Anlage mit Elektrizität betreibt. Lucas wollte diese Pumpen nicht herstellen, weil sie angeblich nicht ins Fertigungsprogramm paßten und keinen Gewinn abwarfen. Wir fingen einen geheimen Unternehmensbericht ab, aus dem hervorging, daß der Absatzmarkt für dieses Produkt allein in den EG-Staaten bis 1986 bei etwa 1 Milliarde Pfund liegen würde. Lucas wollte es nicht produzieren, um nicht eingestehen zu müssen, daß die Belegschaft ein Mitspracherecht habe bei der Entscheidung, was gemacht, wie es gemacht und in wessen Interesse es gemacht werde. Wie Sie sehen, legen wir uns nicht nur mit einem Wirtschaftssystem an, sondern haben es darüber hinaus mit einem politischen System zu tun, dem es darum geht, seine Macht zu beweisen und zu behalten.

Außerdem haben wir ein Verbund-Power-Pack für Autos, Omnibusse und Züge entwickelt. Vielleicht ist Ihnen bekannt, daß der Motor in Ihrem Auto viermal größer ist, als er eigentlich zu sein brauchte, und das nur, damit er das nötige Drehmoment beim Anfahren entwickeln kann. Sobald das Auto einmal fährt, kämen Sie mit einem viel kleineren Motor aus. Andererseits hat ein Elektromotor ein hohes Anfangsdrehmoment, und deshalb haben wir die beiden Maschinen miteinander gekoppelt und ein Verbund-Power-Pack geschaffen. All die Energie, die Sie vergeuden, wenn Sie bei Rot vor der Ampel warten oder im Verkehrschaos festsitzen, wird als nutzbare Energie in das System eingespeist. Dadurch können

Sie den Energieverbrauch um 50 % herunterschrauben und die giftigen Abgase um etwa 80 % verringern.

Einzigartig daran ist, daß wir die Maschine mit Schraubverbindungen konstruiert, die Materialien sorgfältig ausgewählt und die wesentlichen Teile verstärkt haben, wodurch sie bei angemessener Wartung etwa 20 Jahre laufen dürfte. Und man kann sie wirklich warten, denn sie ist bewußt so gebaut, daß sie sich reparieren läßt. Nun gibt es Leute, die behaupten: „Damit beschwört ihr nur Arbeitslosigkeit herauf." Uns jedoch war innerlich klar, daß eine wartungsfreundliche Konstruktion genausoviel Arbeitsplätze durch anfallende Reparaturen einbringt, wie sonst die Fließband-Massenproduktion von Wegwerfprodukten.

Das Batelle-Institut in Genf hat gerade einen Bericht veröffentlicht, aus dem hervorgeht, daß durch den Bau von Autos und Maschinen, die 20 Jahre halten, nicht allein Energie und Rohstoffe eingespart werden, sondern auch 65 % mehr Arbeit anfällt. Und dabei würde es sich um interessante Kopf- und Handarbeit handeln, die Menschen gern tun, und nicht um die absurde, entfremdete Arbeit an Fließbändern. Das sind echte Möglichkeiten, die uns offenstehen.

Wir würden unsere Schöpfung nun gern in ein außergewöhnliches, von uns konstruiertes Fahrzeug eingebaut sehen, das wir „Straßen-Schienen-Mischfahrzeug" nennen. Dieses Vehikel kann wie ein Bus auf normalen Straßen fahren, aber ebensogut im Schienenverkehr auf bestimmten Nebenstrecken. Um dieses Fahrzeug zu konstruieren, ja um überhaupt daran denken zu können, mußten wir verschiedene Wirklichkeitsebenen der Technik ins Auge fassen. Die erste Ebene ist die Werbeversion des Autos. Immer ist die Blechkiste neu und glänzend, und immer hat sie dieses Antriebsaggregat, das viermal größer ist, als es zu sein brauchte, nur um eine Spitzengeschwindigkeit zu ermöglichen, die auf den meisten Autobahnen der Welt gar nicht ausgefahren werden darf. Dann wird einem eingeredet, es sei eine Schande, sowohl für einen selbst, wie für die Familie, nicht alle zwei oder drei Jahre ein neues Auto anzuschaffen, und es ist ja auch normalerweise um die Kotflügel herum oder vielleicht am Fahrgestell so konstruiert, daß es mit Sicherheit nach zwei bis drei Jahren auseinanderfällt. Auf dem Werbefoto steht es stets in ländlicher Umgebung, in einer schönen Landschaft, um die Vorstellung zu wecken, es befreie an Feierabend und Wochenenden von dem ganzen Mist, mit dessen Produktion man die übrige Zeit verbracht hat.

In der zweiten Wirklichkeitsebene zeigt sich, was unseren Städten damit angetan wird, wie altehrwürdige Gebäude kaputtgehen und die Stadtzentren verschmutzt werden. Und die dritte Realität schließlich ist die traurige Verschwendung von Energie und Rohstoffen aller Art. Man könnte über das Stahlblech, Glas und den Gummi eine Energierechnung aufstellen. Dabei käme etwas heraus: Wenn man ein Auto unter Kilometerstand 150.000 verschrottet, oder vor Ablauf von zehn Jahren, was immer zuerst kommt, hat man genausoviel Energie weggeworfen, wie man für den Betrieb des Autos noch benötigt hätte.

Am schlimmsten jedoch finden wir, daß Tag für Tag für die erniedrigende Fließbandarbeit für solchen Wegwerfmüll so viele Menschenleben vergeudet werden.

Kommen wir zum Straßen-Schienen-Fahrzeug zurück: Wie kann man ein Fahrzeug auf Schienensystemen einsetzen? Die Kanadier haben einfach eine normale Autokarosserie genommen und vorne zwei Sätze Führungsräder eingebaut, so daß man eine Steigung im Verhältnis 1 zu 6 bewältigen kann (wobei man auf Gummireifen fährt) und infolgedessen keine Berge einzuebnen oder Täler aufzufüllen braucht, was wieder etwa 2,5 Millionen Mark pro Schienenkilometer kosten würde, sondern den Landschaftskonturen folgen kann. Hinderlich war nur, daß man diese Führungsräder anheben mußte, wenn man von der Straße auf Eisenbahnschienen überwechseln wollte. Also kam einer unserer Mitarbeiter auf einen einfachen Mechanismus, der in das Führungssystem der Gleise paßte, ein kleines Rad, das die Führung auch auf steilen Strecken übernahm und das beim Wechsel von der Straße zur Schiene angehoben werden konnte. Wir haben einen kleinen Prototyp gebaut, der perfekt funktionierte. Dann haben wir eine Version gebaut, bei der der Führungsmechanismus mit zwei getrennten Lenksystemen innen liegt.

Beim Entwerfen und Bauen haben wir absichtlich keinen

Wert auf Kompliziertheit gelegt. In der Raumfahrt und im Bereich der Rüstungsindustrie komplizieren wir alles mit Vorliebe; ich bin selbst Statiker und kann bei den meisten Dingen dafür sorgen, daß sie kompliziert aussehen. Normalerweise gehen wir von einer furchtbar langen mathematischen Formel aus und testen das betreffende Gerät dann in der Realität. Wenn es nicht funktioniert, passen wir die Berechnungen der Wirklichkeit an. Das Ende vom Lied ist wieder eine Riesenformel, die uns den Anschein großer Scharfsinnigkeit verleiht, den praktisch tätigen Arbeiter im Werk jedoch völlig im dunkeln läßt, was eigentlich los ist.

In diesem Fall haben wir es vorsätzlich ganz anders gemacht. Wir haben einen Facharbeiter gefragt, wie dick seiner Ansicht nach die Antriebswelle sein müßte. Er meinte, 35 Millimeter, und daran hielten wir uns. Es funktionierte perfekt – was kein Wunder ist, denn dieser Mann hat sein Leben lang Wellen und Zubehör gebaut. Mit andern Worten: Wir haben das kostbare latent vorhandene Wissen genutzt, von dem Polanyi sagt: „Es gibt Dinge, die wir wissen, aber nicht mit Worten ausdrücken können." Wenn man diese praktischen Kenntnisse nutzbar macht, kann man den Entscheidungsprozeß beim Konstruktionsvorgang demokratisieren und Mengen sogenannter einfacher Leute mit einbeziehen.

Wir sammelten in allen Betrieben Geld und kauften einen alten Bus. Wir bauten den Bus in unserem Zentrum im Polytechnikum im Nordost-Londons um und testeten das Gefährt auf der Sussex-Bahnstrecke – es lief prächtig. Es ist schließlich eine Art von technischem Agitprop für uns geworden. Wir können jetzt auf Straßen oder Schienen kreuz und quer durchs ganze Land fahren. Drinnen haben wir Videobänder und Dias, so daß wir in den Orten Station machen und die Leute einmal wirklich sehen können, wie man sich an ein integriertes, ökologisch wünschenswertes Transportsystem annähert. Bei Demonstrationen gegen die Arbeitslosigkeit fährt unser Vehikel vorneweg, als sichtbares Musterbeispiel dafür, was Menschen alles machen können.

Wir haben auch das Hobcart, ein kleines Gefährt für Kinder mit Spina bifida, produziert. Ich möchte betonen, daß dieses ausgesprochen einfache kleine Fahrzeug von Mike Parry Evans entworfen worden ist, einem der führenden Systemdesigner der Welt. Wie er sagte, hat es ihm viel mehr bedeutet, die Freude auf dem Gesicht des fünfjährigen Kindes zu sehen, dem er das kleine Gefährt brachte, als all die abstrakten Aufgaben, mit denen wir es im Bereich der Rüstungsindustrie zu tun haben. Zum ersten Mal sah er einmal wirklich, wer das Produkt benutzte, das er kreiert hatte, und war persönlich mit dem Problem konfrontiert, denn er mußte einen Modellabdruck vom Rücken des Kindes machen. Lucas weigerte sich, diese Hobcarts zu produzieren, weil sie angeblich mit dem Fertigungsprogramm „unvereinbar" seien! Etwa 500 Stück sind inzwischen in einer Jugendstrafanstalt hergestellt worden. Dort tätige Sozialarbeiter haben die ungewöhnlich humanisierende Wirkung angesprochen, die diese Beschäftigung auf die jungen Straffälligen ausübte.

Anfang des 19. Jahrhunderts waren in den Vereinigten Staaten 86 % der Bevölkerung in der Landwirtschaft tätig. Diese ist allmählich so automatisiert worden, daß es mittlerweile sogar Traktoren gibt, die allein auf dem Acker ihre Runde ziehen, und jetzt können 4 % der Bevölkerung landwirtschaftliche Erträge erzielen, die um ein Vielfaches höher sind als vor der Automatisierung. Aber die solcherart produzierte Nahrung erbringt weniger Energie, als für den Anbau aufgewendet werden muß, stellt man die Traktoren, Erntemaschinen und Chemikalien in Rechnung. Genauso verhält es sich mit der Automatisierung in der Fabrikation. In der Fernmeldetechnik beispielsweise waren ursprünglich 26 Werktätige nötig, um eine bestimmte Schaltkapazität bereitzustellen; mit Elektronik der ersten Generation sind es nur noch zehn, und bald dürfte nur noch einer gebraucht werden. Ich glaube aber nicht, daß jemand ernsthaft annehmen könnte, es sei möglich, die Produktion 26 Mal zu steigern. Wir verwechseln Produktivität und Produktion. Unseres Erachtens wird die konjunkturell und strukturell bedingte Arbeitslosigkeit zunehmen, während gleichzeitig immer weniger offene Stellen zur Verfügung stehen, so daß die Kluft dazwischen ständig größer wird. In einem der letzten Berichte der Europäischen Wirtschaftsgemeinschaft ist die Rede davon, daß bis 1988 20 Millionen Menschen in EG-Ländern ohne Arbeit sein dürften. Und wenn die Arbeitslosigkeit dermaßen zunimmt, heißt es sicher, wir müßten mehr Rüstungsindustrien haben, damit wir die Probleme der Arbeitslosigkeit in den Griff bekommen.

Wir möchten mit allem Nachdruck darauf hinweisen und halten das auch für lebenswichtig, daß es wirkliche Alternativen gibt und daß der Mensch Arbeit braucht. Dabei denke ich nicht an sinnlose, entfremdete Arbeit, sondern an Arbeit in ihrem historischen Zusammenhang, wo Herz und Hand in einem sinnvollen Produktionsprozeß zusammenwirken. Wenn man jemanden fragt, was er ist, wird er nie antworten, er sei Beethoven-Liebhaber, Bob-Dylan-Fan oder lese gern James Joyce, und das ist eigentlich schade; statt dessen wird er bestimmt erwidern, er sei Monteur, Dreher, Lehrer, Krankenpfleger und dergleichen. Wir haben unseren Bezug zur Gesellschaft und zu unseren Mitmenschen durch die Arbeit, die wir verrichten, und wir lernen und entwickeln uns bei der Arbeit an und in unserer Umwelt.

In Zeiten der Arbeitslosigkeit ist oft argumentiert worden, die neuen Tätigkeiten, die eine neue Technik mit sich bringt, würden schließlich und endlich viel befriedigender, spannender und interessanter sein. Eine ganze Reihe von Industrie-Soziologen hat das behauptet. Wir haben einmal untersucht, was geschieht, wenn man das fortschrittlichste, numerisch gesteuerte Gerät zur Verfügung stellt, und heraus kam, daß es die Geschicklichkeit des betreffenden Benutzers unglaublich reduziert. In einem kürzlich erschienenen Artikel im American Machinist, einer führenden amerikanischen Fachzeitschrift für Techniker, heißt es, ein Arbeiter, der solche Maschinen bedient, müßte idealerweise das geistige Niveau eines Zwölfjährigen haben, und falls er, wie ein amerikansicher Soziologe es ausdrückt, zu Beginn seiner Tätigkeit noch keine geistige Macke habe, hätte er sie mit Sicherheit nach Beendigung dieser Arbeit.

Dabei existieren echte Alternativen zu dieser Art von Technik. Wir haben eine herkömmliche Drehbank genommen (ich will Sie hier nicht mit technischen Details langweilen, denn nichts ist schlimmer als ein Techniker, der sich über die Technik ausläßt) und beobachtet, mit welcher Intelligenz ein gelernter Dreher daran zu Werke geht. Wir entdeckten insgesamt 180 verschiedene Arbeitsschritte und fanden einen Weg, diese zu standardisieren und zu integrieren. Das hat uns in die Lage versetzt, ein Interface zu entwickeln, dem das Wissen des gelernten Drehers zugrunde liegt und das zwischen Mensch und Maschine vermittelt, wobei es einem qualifizierten Facharbeiter überlassen bleibt, den Rigiditätsfaktor des Systmes zu beurteilen. Dergestalt kann man von einer Verbindung zwischen hochentwickelter Technik und menschlicher Intelligenz profitieren – das absolute Gegenteil von dem, wie die Dinge derzeit laufen. Im Bereich der höchstrangierenden intellektuellen Tätigkeitsfelder ist ebenfalls eine Geschicklichkeitsverkümmerung und zunehmende Fremdkontrolle zu beobachten. In meinem Buch „Architect or Bee“ („Architekt oder Biene“) habe ich diese Entwicklungen in verschiedensten Bereichen geistiger Arbeit, einschließlich Entwurf und Konstruktion mit Hilfe von CAD (Computer Aided Design) ausführlich beschrieben.

Mittlerweile merken wir schon, daß die auftretenden Probleme so abstrakt, so wirklichkeitsfern sind, daß die Leute tatsächlich gar nicht mehr erkennen, was sie konstruieren. Ein groteskes Beispiel dafür lieferte der Entwurf einer Zündvorrichtung für einen Nachbrenner, einer Art Zündkerze. Dabei war die erste Generation von Konstrukteuren am Werk, die keinen Bezug zu der greifbaren Wirklichkeit in ihrer Umgebung hatten und alles in X-, Y- und Z-Kooridinaten ausdrückten. Der betreffende Konstrukteur setzte das Komma eine Stelle zu weit rechts, und dann hielten die ungelernten Arbeiter im Werk verzweifelt Ausschau nach Material, das in allen Maßen zehnmal zu groß war, und stellten damit tatsächlich eine Zündvorrichtung her. Als sie diese zum Konstrukteur hochschleppten und auf seinen Schreibtisch krachen ließen, merkte der Mann gar nicht, daß sie zehnmal größer war, als sie eigentlich sein sollte.

Überall wächst mittlerweile unter Computer-Wissenschaftlern die Sorge, daß wir dabei sind, uns immer weiter von der realen Welt zu entfernen, bis uns der Bezug zur greifbaren Wirklichkeit, an der wir arbeiten, völlig fehlt. Aber es stellt sich als ein noch viel komplexeres Problem heraus, wenn der Mensch mit dieser Art von Geräten umgeht. Der Mensch ist der dialektische Gegenpart der Maschine. In der Systemsprache heißt das, der Mensch ist langsam, unstet, unzuverlässig, jedoch höchst kreativ. Die Maschine hingegen ist schnell, stetig, zuverlässig und absolut nicht kreativ. Das System kann quantitative Faktoren so schnell handhaben, daß die Geschwindigkeit, mit der sich der Konstrukteur entscheiden muß, um 1800 % erhöht wird.

Die Wechselwirkung erweist sich als so stark, daß die Kreativität eines Arbeiters in der ersten Stunde um 30 %, in der zweiten um 80 % abnimmt und danach auf den Nullpunkt sinkt. Jetzt wird gerade daran gearbeitet, die Reaktionszeit eines Kopfarbeiters bei der Benutzung einer solchen Anlage zu ermitteln. Dazu werden den Leuten Aufgaben verschiedener Schwierigkeitsgrade gestellt und dann die Reaktionswerte ermittelt. Und dabei ist nun die Entdeckung, um nicht zu sagen die unglaubliche Entdeckung gemacht worden, daß man mit zunehmendem Alter langsamer wird. Ich habe das schon als Fünfjähriger gewußt, beim Anblick meiner Großeltern.

Nachdem all diese Daten beisammen waren, wurde schließlich das beste Arbeitsalter für die verschiedenen Berufsgruppen ermittelt. Heraus kam, daß ein Mathematiker beziehungsweise eine Mathematikerin die beste Leistung im Alter von 24 bis 25 Jahren erbringt. Bei einem theoretischen Physiker kommt der Zeitpunkt etwas später, im Alter von 26 bis 27 Jahren. Geht man das ganze Spektrum durch bis hin zum Maschinenbauingenieur – wir sind offenbar die Zähesten von allen –, ist dann 34 das beste Alter, das heißt, ich bin 13 Jahre über meine Höchstleistungszeit hinaus. Anschließend soll man einen Karrierestillstand erleben, dem dann der berufliche Abstieg zu folgen hat.

Was ich Ihnen begreiflich machen möchte, ist das Faktum, daß diese Art von Technik nicht nur Energie und Rohstoffe erschöpft, sondern auch Menschen. Die Form jener Leistungskurve unterscheidet sich in nichts von der, die in früheren Geschichtsabschnitten einmal Geltung hatte, denn damals leisteten körperlich tätige Arbeiter mit 18 Jahren am meisten, konnten den Streß noch etwa weitere zehn Jahre aushalten und waren danach ausgebrannt. Wenn man einmal das Tempo betrachtet, das Arbeitern in der modernen Industrie abverlangt wird, kann man sich ein gewisses Bild davon machen, was mit ihnen passiert. In einem der am weitesten automatisierten und computerisierten Betriebe Europas hat die Belegschaft laut Vertrag eine Ruhepause von insgesamt 32,4 Minuten, und die kommt wie folgt zustande: Gang zur Toilette – 1,62 Minuten (nicht etwa 1,6 oder 1,7, sondern computergenau 1,62 Minuten!), Ausruhen von anstrengender Arbeit – 1,3 Minuten, Sitzen nach zu langem Stehen – 65 Sekunden, Erholung von der Monotonie – 32 Sekunden, und so geht die schauerliche Aufzählung weiter. Das ist der Preis, den wir in der Produktion für unsere Wegwerfautos und für die Art von Infrastruktur, die wir aufbauen, bezahlen. Darüber hinaus entmenschlichen wir die Leute in der Industrie auch noch drastisch. Wir sollen jetzt mit all diesen hochperfektionierten Computersystemen nicht länger an Menschen denken; wir sollen an Menschenmaterial denken. Einer der führenden Systemdesigner sagte folgendes: „Wenn wir das Menschenmaterial so in den Griff bekommen, daß wir darüber genau die gleichen Überlegungen anstellen können wie über Metallteile, Strom oder chemische Reaktionen, dann haben wir es endlich geschafft, das Menschenmaterial auf die gleiche Grundlage zu stellen wie jedes andere Material, und können mit unseren Problemen im System-Design weiterkommen. Allerdings hat der Einsatz dieser menschlichen Bedienungseinheiten entschiedene Nachteile. Sie sind verhältnismäßig schwach und Ermüdungs-sowie Alterserscheinungen, Krankheiten und schließlich sogar dem Tod ausgesetzt. Sie sind häufig dumm, unzuverlässig und haben keinen besonders guten Datenspeicher. Zu allem Überfluß wollen sie gelegentlich auch noch ihren eigenen Schaltplan aufstellen, und das ist bei einem Material unverzeihlich, und jedes System, das sich eines solchen Materials bedient, muß angemessene Sicherheitsvorkehrungen treffen." Mit andern Worten: Das Kostbarste am Menschen, nämlich seine Fähigkeit, selbständig zu denken, wird hier als Eigenschaft dargestellt, die durch die Technik unterdrückt werden sollte. Es erscheint mir nur konsequent, wenn die Rüstungsindustrie, in der man ja an Menschenmaterial denken soll und nicht an Menschen, leichthin den nächsten kleinen Schritt vollzieht und es für recht und billig ausgibt, Menschen mit der Neutronenbombe zu vernichten, Sachgüter dabei jedoch intakt zu lassen.

Zum Schluß möchte ich noch auf dreierlei hinweisen. Da die Probleme, die ich eben angesprochen habe, immer größer werden, wird immer mehr Technik produziert, um sie lösen zu können. Bei einem der großen Diversifizierungsprogramme einer französischen Raumfahrt-Firma ging es um die Fabrikation einer Art „Fluchtzelle" – so etwas wie ein Erdloch, in das ein Kaninchen sich verkriecht, wenn es tödlich erschreckt ist. Mit Hilfe von Dichtungs- und Schalldämpfungstechniken des höchsten Standards ist dann diese absolut schalldichte Kapsel gebaut worden. Je nach Grad der Neurose, an der einer gerade leidet, kann ihm der Psychiater Musik verschreiben, und damit schließt er sich in seine eigene, kleine, gepolsterte Zelle ein. Mit andern Worten, man schirmt sich von den Problemen der Gesellschaft ab, statt sie geradewegs aufs Korn zu nehmen. Ich nehme an, die Dinger werden in Frankreich zu Hunderten an neurotische Führungskräfte verkauft. Sie sind sogar tragbar, man kann sie also mit aufs Land hinaus nehmen und wird dort nicht einmal mehr von Vögeln und Bienen belästigt.

Zum zweiten liegt mir folgendes am Herzen: Wir verweisen gleich auf der Titelseite unseres Firmenplans nachdrücklich darauf, daß wir sehr hoffen, mehr Frauen in Wissenschaft und Technik zu sehen. 18 Monate lang haben wir eine der führenden Computer-Zeitschriften durchgekämmt, und in 82 % der Anzeigen war die abgebildete Person mit den beworbenen Geräten immer eine junge flotte Puppe, getreu der männlichen Vorstellung, wie eine Frau sein sollte. Anders ausgedrückt: Dahinter steckt die Idee, daß Frauen als eine Art Spielzeug einfach dazugehören, wenn man solche Geräte verkaufen will. Wir sagen gleich vorne auf unserem Firmenplan, daß sich doch mehr Frauen in Wissenschaft und Technik engagieren sollen, und zwar nicht als Imitation von Männern und auch nicht als Ehrenmitglieder der Männerzunft, denn Gleichberechtigtsein heißt nicht Gleichsein, sondern um endlich darauf aufmerksam zu machen, daß unsere westliche Wissenschaft und Technik vorwiegend von männlichen Wertvorstellungen getragen wird, vom Wertsystem des männlichen, weißen, kapitalistischen Kriegshelden. Es wäre eine ungemein kluge Leistung, wenn wir der Wissenschaft und Technik die sogenannten weiblichen Eigenschaften Intuition, Subjektivität und Menschlichkeit einimpfen könnten.

Zum Schluß möchte ich noch betonen, daß Wissenschaft und Technik nicht einfach gegeben sind. Es ist keineswegs so wie mit Sonne, Mond und Sternen. Menschen wie wir haben sie geschaffen. Wenn die beiden unsern Wünschen zuwiderlaufen, haben wir das Recht und die Pflicht, sie zu verändern. Immer stärker hat sich uns die Überzeugung eingeprägt, wir müßten uns ändern und der Technik anpassen, und diese Konditionierung geht ganz unterschwellig vonstatten. In England gibt es eine berühmte Anzeige, auf der eine Frau unter den Segnungen der Technik leidet. Sie hat nämlich die „Hochhaus-Schwermut", und in der Anzeige heißt es dann hintersinnig, sie könne ja ihre Umwelt nicht ändern (ich frage mich, warum eigentlich nicht?), aber man könne ihre Stimmungslage durch ein Beruhigungsmittel ändern. Wir brauchen jedoch alles andere als Pillen und Beruhigungsmittel, sondern müssen uns klar vor Augen halten, was wir uns von Wissenschaft und Technik versprechen, und müssen den Mut aufbringen, uns aufzuraffen und selbst dafür einzutreten. Ich danke der Right-Livelihood-Stiftung für die große Ehre, die uns von Lucas Aero-Space durch sie zuteil geworden ist, und hoffe, daß wir uns der hohen Erwartungen, die diese Stiftung in uns setzt, würdig erweisen. Der gesamte Geldbetrag wird für die Entwicklung der Produkte verwendet werden, die ich Ihnen ein wenig geschildert habe.

Ich bin oft gefragt worden: „Glauben Sie wirklich, gewöhnliche Sterbliche können mit solchen Problemen fertig werden?" Nun, ich persönlich habe in meinem ganzen Leben noch keinen gewöhnlichen Menschen kennengelernt. Alle Leute, mit denen ich in Berührung komme, sind außergewöhnliche Menschen. Sie haben samt und sonders alle möglichen Fertigkeiten, Fähigkeiten und Talente, nur werden diese Gaben nie richtig in Anspruch genommen, nie entwickelt und gefördert. Während wir die geradlinige Straße der Technik hinuntertreiben, müssen wir uns stets daran erinnern, daß die Zukunft nicht irgendwo in weiter Ferne liegt, wie einstmals Amerika, ehe Kolumbus es entdeckte. Die Zukunft hat keine vorherbestimmte Form und Gestalt. Die Zukunft müssen immer noch

Menschen wie du und ich aufbauen, und da stehen uns echte Möglichkeiten offen. Sie kann durchaus so gestaltet werden, daß wir nicht der Massenvernichtung durch Atomwaffen entgegengehen oder Hungers sterben. Wir könnten wirklich eine Welt haben, deren Reichtümer wir gleichmäßig unter uns Menschen aufteilen und in der Wissenschaft und Technik dem Menschen dienen, statt umgekehrt. Mit einem Wort: Wir könnten endlich moderne Wunder wirken, könnten mithelfen, die Blinden sehend zu machen und die Lahmen gehend, und wir könnten die Hungernden sättigen. Ich danke Ihnen.

Die Preisträger des Jahres 1982

Petra Kelly, Gründungsmitglied und heutige Bundestagsabgeordnete der „Grünen", für ihren unermüdlichen Einsatz für Abrüstung, Umweltschutz und soziale Gerechtigkeit und um das politische Denken in sterilen Rechts-Links-Begriffen zu überwinden.

Anwar Fazal (Malaysia), Begründer von „Consumer Interpol", eines weltweiten Informations-Netzes zur Früherkennung und Verhinderung des Exportes schädlicher Produkte und Abfälle in die Dritte Welt.

Sir George Trevelyan, Gründer der „Wrekin Trust", die Naturwisschenschaftler und Mystiker, Ärzte und Heilpraktiker und andere Vertreter gegensätzlicher Weltanschauungen zusammenbringt, um die Grenzen herkömmlicher Denkmodelle zu erweitern und einen „evolutionären Sprung des menschlichen Bewußtseins" zu bewirken.

Das „Partizipatorische Institut für Entwicklungsalternativen" (PIDA) in Sri Lanka, das für die Weiterverbreitung von bodenständigen Entwicklungsinitiativen auf „Graswurzelebene" im ländlichen Asien tätig ist.

Der 1982 erstmalig verliehene Ehrenpreis ging an den Norweger Erik Dammann und die von ihm begründete Bewegung „Die Zukunft in unseren Händen". Die Mitglieder dieser Bewegung beschränken und verändern ihr Konsumverhalten als ein Schritt zur Verringerung der Umweltbelastung und in praktischer Solidarität mit der Dritten Welt.

Jakob von Uexküll
Das Leben erheben und vollenden

Es ist mir eine große Freude, Sie alle heute abend hier willkommen zu heißen.

Daß Sie sich jedes Jahr zahlreicher zu diesem Anlaß versammeln, ist ein Zeichen für die Achtung und Zustimmung, die dieser Preis bereits gewonnen hat. Ich möchte auch nicht unerwähnt lassen, daß uns viele Menschen aus aller Welt unterstützen, die heute abend nicht hier sein können, aber in Gedanken bei uns sind. Darunter sind auch mehrere Nobelpreisträger und Angehörige der Familie von Alfred Nobel.

Auf die Nobelpreismedaillen ist auf Lateinisch eingraviert: „Glück denen, deren Schöpfungen das Leben wertvoller machen." Viele Errungenschaften der modernen Wissenschaft haben tatsächlich dazu beigetragen, das Leben wertvoller zu machen – oft jedoch so wertvoll, daß nur eine kleine Minderheit es sich leisten kann, davon zu profitieren, während weitaus mehr Menschen denn je im Elend leben. Die moderne Wissenschaft und Technik kann nicht länger die Ehre für sich beanspruchen, das Leben wertvoller zu machen, aber sich gleichzeitig weigern, die Verantwortung für jene Erfindungen zu übernehmen, die das Leben mehr als jemals zuvor herabgewürdigt haben.

Unsere Vorfahren haben sich dem Strom des Lebens zugehörig gefühlt, sich als Bindeglied zwischen Vergangenheit und Zukunft empfunden. In ihrer Welt hatten drei Generationen Geltung: die Ahnen, die Lebenden und die noch Ungeborenen, deren Interessen ebenfalls ins Gewicht fielen, wenn Entscheidungen getroffen wurden. In einer solchen Gesellschaft war es undenkbar, das Leben in der Gegenwart auf Kosten der Zukunft wertvoller zu machen – unmöglich, die Kernkraft für die gegenwärtige Generation zu entwickeln und den todbringenden Müll der Obhut unserer Nachkommen zu überlassen, unmöglich auch, den Erdboden, unser Erbe, so auszulaugen und zu ruinieren, daß er dank der profitorientierten Praktiken des „Agribusiness“ in vierzig Jahren keinerlei Wert mehr hat. Als Schulkinder haben wir von Ludwig XV. von Frankreich gelesen, der auf dem Gipfel von Verantwortungslosigkeit und Dekadenz den Ausspruch tat: „Nach uns die Sintflut.“ Meiner Generation gingen bald die Augen auf, daß die gesamte industrialisierte Welt von ähnlich gesinnten Männern regiert wird.

Unser Jahrhundert ist einzigartig. Die Kernspaltung, die Herstellung neuer Stoffe, die zuvor in der Natur nicht vorkamen, das Herummanipulieren an unseren Genen, all das sind Entwicklungen, die keine Parallele in der Geschichte unseres Planeten seit seiner Entstehung vor mehreren Milliarden Jahren haben. Auch zur Speicherung von Sonnenenergie in Solarzellen gibt es nichts Vergleichbares, seit die Natur die Photosynthese „erfunden“ hat. Und natürlich waren wir nie zuvor in der Lage, uns selbst und unsere Zivilisation zu vernichten und unsern Planeten zu vergiften, alles auf Knopfdruck, alles innerhalb kürzester Zeit.

Die jüngsten Werke von James Lovelock, Kit Pedler und Peter Russell deuten eindringlich darauf hin, daß unser Planet ein lebendiger Organismus ist. Er ist nicht etwa jener willkürlichen Evolution auf Gnade und Ungnade ausgeliefert, die kleingeistige Reduktionisten so sehr befürworten. Unser Planet hat sich allen Widrigkeiten zum Trotz viele Millionen Jahre lang ein stabiles, lebenspendendes Biosystem erhalten. Er besitzt selbstheilende Kräfte, wie alle lebendigen Organismen, aber unsere Generation hat ihn in wenigen Jahren um einen erheblichen Teil seiner angesammelten Reichtümer und seiner Gesundheit gebracht.

Das trügerische Versprechen, eines Tages würden wir alle wie die Schweden oder die Nordamerikaner leben, hat lediglich dazu gedient, die Ausbeutung der Dritten Welt zu rechtfertigen. Heute wissen wir, daß wir alle wichtigen Rohstoffe der Erde innerhalb von – höchstens – einigen Jahren verbrauchen würden, wenn alle Menschen so leben, konsumieren und verschwenden würden wie der Durchschnittseuropäer heute.

Dieser Preis ist sicher mehr im Sinne Alfred Nobels, als der einzige neue Preis, den die Nobel-Stiftung eingeführt hat – den für die Wirtschafts-„Wissenschaften“. Der Right-Livelihood-

Preis ist kein „Anti“-Preis, aber natürlich eine Kritik an der Unverantwortlichkeit, an der Weigerung, ethische Grenzen bei ihrer Forschung in Betracht zu ziehen, die den Ausführungen einiger kürzlich geehrter Nobelpreisträger zu entnehmen war.

Unser Hauptanliegen ist es jedoch, ein umfassenderes, ganzheitliches Wissen zu fördern und zu verbreiten als das von der orthodoxen Wissenschaft abgesegnete. Wir wollen eine Wissenschaft des Seins würdigen, die in unser Alltagsleben und -handeln integriert ist und uns helfen kann, die Aufgaben zu lösen, mit denen wir heutzutage konfrontiert sind. Ehe wir nicht gelernt haben, die richtigen Fragen zu stellen, können wir keine brauchbaren Antworten erwarten.

Den traditionellen Wissenschaften beispielsweise liegt eine tiefere Einsicht in die Wirklichkeit zugrunde als den meisten modernen Wissenschaften. Das bedeutet aber nicht die Rückkehr zu längst vergangenen Zeiten, was unmöglich ist. Es bedeutet nur, sich beim Vorwärtsdrängen auf Neues hin seiner Wurzeln bewußt zu sein und nicht zu glauben, alles Gute und Schöne sei eine Errungenschaft dieses Jahrhunderts.

Man redet uns ein, wir müßten unsere ewige Wettbewerbshektik beibehalten und könnten die Zeiger der Uhr nicht zurückdrehen oder gar anhalten. Kaum jemand würde eine Uhr kaufen, die er nicht bei Bedarf richtig einstellen kann, und deshalb frage ich mich, wie lange wir noch mit einem System auskommen wollen, das durch seine eigenen Institutionen viel zu machtlos, chaotisch, steril und eingeengt ist, um uns mehr bieten zu können als verschiedene Versionen von Uhrwerken, die außer Kontrolle geraten sind.

Vor zwei Jahren zeigte sich an einer Studie über die Prioritäten, die schwedische Schulkinder für ihr zukünftiges Leben setzen, daß ein „hohes Einkommen“ erst an 90. Stelle unter 99 Wahlmöglichkeiten rangierte. Trotzdem gilt in ihrem reichen Land noch immer die „Ankurbelung der Nachfrage“ als erstrebenswertes Ziel.In Frankreich, einem Land, das noch stärker am konventionellen Ideal von Fortschritt und Technik orientiert ist, hat eine kürzlich erfolgte Untersuchung enthüllt, daß die Mehrheit lieber in der Vergangenheit als in der Zukunft leben würde und der Überzeugung ist, die industrielle und technische Revolution habe im großen und ganzen mehr

Nachteile als Vorteile gebracht! Einer der schwerwiegendsten Nachteile ist die elitäre Arroganz der pseudo-wissenschaftlichen Ideologie, ihr Anspruch, auf alles eine Antwort zu wissen, ihre zerstörerische Wirkung auf andere Kulturen.

Die Weisheit alter Zivilisationen wird in dem Augenblick vergessen, wo wir sie am nötigsten brauchen, wo viele junge Leute in der Dritten Welt in der vergeblichen Hoffnung Schlange stehen, die unterste Sprosse jener Leiter zu erklimmen, die angeblich zum Paradies auf Erden im Hollywood-Stil führen soll, in Wirklichkeit aber nirgendwohin führt.

Doch trotz unseres Amoklaufs haben wir noch Inseln, wo ein gesunder Geist waltet. Erik Dammann hat nach seinem Aufenthalt auf Samoa das Netzwerk „Die Zukunft in unseren Händen" gegründet. Er fand auf Samoa Menschen, die genauso von ihren Mitmenschen geschätzt und anerkannt werden wollten wie wir. Aber in der samoanischen Gesellschaft kann man sich nicht durch Handlungen Respekt verschaffen, die einem zu persönlicher Macht oder Reichtum verhelfen. Die Samoaner bewundern nur diejenigen, die sich am meisten für andere einsetzen. Ähnliche Wertvorstellungen herrschten einmal in der Mehrzahl der menschlichen Kulturen vor. Nur unsere Kultur hat den Egoismus in eine Tugend verkehrt, und das hat vorhersehbare Folgen.

Die Right-Livelihood-Jury fand es dieses Jahr an der Zeit, zusätzlich zu den mit Geld dotierten Preisen auch einen Ehrenpreis zu verleihen in der Erkenntnis, daß dieser Preis nicht nur eine finanzielle Unterstützung sein soll, sondern darüber hinaus eine Würdigung, ein Ausdruck der Solidarität und Liebe. Es ist mir eine große Freude, daß Erik Dammann und „Die Zukunft in unseren Händen" die ersten sind, an die dieser Ehrenpreis vergeben wird. Ich glaube, es dürfte allen klar sein, daß in dieser Welt kein Wandel eintreten wird, wenn wir in den materiell reichen Ländern unsern Lebensstil nicht ändern. „Die Zukunft in unseren Händen" ist der erste und erfolgreichste Schritt in diese Richtung. Viele sind dem guten Beispiel gefolgt. Ich freue mich, Leif Sandholt heute abend hier willkommen zu heißen, den Mitbegründer dieser Bewegung in Norwegen. Leif hat auch eine Organisation initiiert, die Erzieher und Ausbilder zusammenbringt, um an norwegischen

Schulen den Unterricht in ökologischer Verantwortung und globaler Solidarität anzuregen. Außerdem hat er ein Projekt begonnen, bei dem es um direkte Kooperation zwischen norwegischen Gemeinden und Ländern der Dritten Welt geht.

Schon oft bin ich gefragt worden, was mich eigentlich dazu bewogen hat, den Right-Livelihood-Preis zu gründen. Ich kann meine Beweggründe nicht besser darlegen als durch Erik Dammanns Antwort auf die Frage, warum er „Die Zukunft in unseren Händen" ins Leben rief. Es war kein wirklich uneigennütziger Idealismus, sagt er. „Vielmehr war es eher eine Frage unserer eigenen Bedürfnisse. Wir mußten einfach etwas zum Aufbau einer Welt beitragen, in der wir selbst auch gerne leben wollten".

Die Hinwendung zu einer umfassenderen Sicht der Wirklichkeit und der menschlichen Natur ist die Bewegung, die in unserer heutigen Welt am schnellsten wächst und sich entwikkelt. Mit an der Spitze dieser Entwicklung stehen Sir George Trevelyan und der Wrekin Trust, der einen maßgeblichen Einfluß auf dieses revolutionäre Umdenken hat, das die Welt zu erhellen beginnt. Im Leben vieler Menschen ist durch die Arbeit des Wrekin Trust eine Wende zum Besseren eingetreten, und ich freue mich sehr, sowohl Sir George als auch seinen engen Mitarbeiter Malcolm Lazarus hier begrüßen zu dürfen.

Die Arbeit des Wrekin Trust ist nicht an Dogmen oder Glaubensbekenntnisse gebunden. Wir brauchen heutzutage keine neuen Religionen; was wir nötig haben, ist Religiosität im ursprünglichen Sinne des Wortes: „Religare", das heißt uns wieder mit unserem Ursprung und mit unserer Welt zu vereinigen, das heißt zu begreifen, daß Person und Planet heute die gleichen Bedürfnisse haben, und dementsprechend zu leben. Politik ist nicht nur Sache der Politiker. Zur Politik gehören alle Arten unserer Kommunikation miteinander.

Aber wie viele sind denn schon in die hektische, auslaugende politische Arena gesprungen, weil sie sich nicht allein ihren Wählern verpflichtet fühlten, nicht nur den Minderheiten, den Kranken und sozial Schwachen – sondern auch den Kindern, den kommenden Generationen und nicht zuletzt den Tieren und Pflanzen? Petra Kelly hat diese Aufgabe auf sich genommen. Außerordentliche Gefahren erfordern außerordentliche Anstrengungen, und ich kenne niemanden, der sich mehr dafür einsetzt, die sterilen, verknöcherten Institutionen aufzubrechen, die unser Leben kontrollieren und bedrohen. Hiroshima ist uns noch deutlich in Erinnerung als Tag unübertroffener menschlicher Niedertracht und Abscheulichkeit. Die heutigen Atomwaffen reichen für ein Hiroshima pro Tag 4000 Jahre lang! Und trotzdem wird uns weiterhin eingeredet, das sei „nicht genug".

Petra Kelly hat kürzlich gesagt: „Es ist an der Zeit, sowohl sanfter als auch subversiver zu werden." Dieser Preis ist sowohl für ihre Sanftheit, wie für ihre Subversivität. Die Arbeit der Grünen in der industrialisierten Welt hat in der Dritten Welt ihr Pendant in der Arbeit von Gruppen wie PIDA in Sri Lanka: lernen, wie man mit Eigeneinsatz zur Eigenständigkeit kommt, wie man die Unterdrückten weder einlullt noch zur blinden, ausweglosen Wut reizt, sondern in die Lage versetzt, sich die Informationen zu verschaffen, die den Wandlungsprozeß in Gang setzen, „zwischen den Strömen schwimmen, statt gegen den Strom."

PIDA bricht in Theorie und Praxis eine Lanze für alternative Entwicklungen. Es ist mir eine besondere Freude, Dr. Sirisena Tilakaratna von PIDA willkommen zu heißen.

Während PIDA die Eigenständigkeit stärken will, zielt die Arbeit Anwar Fazals darauf ab, den Schaden wiedergutzumachen, der denen entstanden ist, die der Versuchung nachgegeben und ihre Eigenständigkeit zugunsten des globalen Supermarkts aufgegeben haben. Sie haben sich damit einem Handel ausgeliefert, der laut Anwar Fazal schon beinahe einer bewaffneten Attacke gleicht. „Die Menschen in der Dritten Welt", sagt er, „hatten die Vorstellung, daß große Konzernchefs so etwas wie Priester seien, daß diese Leute eine gewisse Moral hätten, ein gewisses Verantwortungsgefühl, weil sie doch auf einer höheren Kulturstufe stünden und einer einflußreicheren Gesellschaftsschicht entstammten." Macht und Verantwortungsgefühl gingen in anderen Zivilisationen auch tatsächlich Hand in Hand. Im mittelalterlichen Japan enteignete der Kaiser die Reichen, wenn sie so lebten, daß bei der übrigen Bevölkerung Neid erwachte.

Durch Consumer Interpol (Verbraucher-Interpol), ein weltweites Ermittlungsnetz zur Aufdeckung und Verhinderung des Exports gefährlicher Güter, Abfallstoffe und Fertigungsprozesse, arbeitet Anwar Fazal wie bei seinen früheren Initiativen darauf hin, bei Verbrauchern und Herstellern Verantwortungsbewußtsein zu wecken, so daß sie die Wirkung dessen, was sie produzieren und konsumieren, auf ihren Körper und ihre Umwelt sehen lernen. Ich freue mich sehr, daß wir heute abend Gelegenheit haben, Herrn Fazal hier begrüßen und sein überaus wichtiges Werk unterstützen zu dürfen.

Unsere heutigen Preisträger kommen aus ganz verschiedenen Umwelten und Fachgebieten. Was sie verbindet, ist ihr Leben und Arbeiten für das Gemeinwohl der Welt. Statt ihre Spaltung voranzutreiben, heilen sie sie; statt das Leben herabzuwürdigen und zu zerstören, erheben und vollenden sie es.

Petra Kelly

Für eine gewaltfreie, ökologische Republik, die nicht ausbeutet

„Oh sisters, come you sing for all you're worth. Arms are made for linking, sisters, we are asking for the Earth."
Ich widme meine Ausführungen und Beobachtungen zuallererst meiner 77jährigen Großmutter, Frau Kunigunde Birle, die mich hier nach Stockholm begleitet hat und die mir während der vergangenen 35 Jahre Leitstern und Inspiration gewesen ist. Ferner widme ich meine Rede meiner Schwester, die 1970 an Krebs und an den Folgen der Strahlentherapie gestorben ist, und die mich zu meiner Arbeit und meinen Bemühungen in der Anti-Atomkraft- und Anti-Kriegsbewegung in den letzten dreizehn Jahren motiviert hat. Nicht zuletzt muß ich auch an Karen Silkwood denken, jene Labortechnikerin aus der von der Kerr-McGee Atomgesellschaft betriebenen Plutoniumfabrik in Oklahoma. Am 13. November 1974 war sie auf dem Weg zu einem Reporter der New York Times, dem sie Unterlagen über die Risiken und Mißstände in der Anlage übergeben wollte. Sie kam nie an. Ihr Wagen geriet von der Straße ab, und sie wurde dabei getötet. Ihre Unterlagen sind spurlos verschwunden. Nach kurzen Nachforschungen wurde der Fall für abgeschlossen erklärt. Und ich denke auch an Sophie Scholl, diese mutige junge Frau, die auf ihre Weise zusammen mit ihrem Bruder gegen den Faschismus in Deutschland, gegen Unterdrückung und Diktatur ankämpfte.

Lassen Sie mich an dieser Stelle Emma Goldman zitieren, die sagte: „Die wahre Emanzipation beginnt weder an der Wahlurne noch im Gerichtssaal; sie beginnt in den Herzen der Frauen. Die Geschichte lehrt uns, daß jede unterdrückte Klasse sich nur durch eigene Anstrengungen wirklich von ihren Beherrschern befreien konnte. Die Frauen müssen unbedingt aus dieser Lektion lernen und erkennen, daß ihre Freiheit soweit geht wie ihre Macht, diese Freiheit zu erlangen."

Kernpunkt von Emma Goldmans feministischer Auffassung

war ihre Forderung, die Frauen sollten anfangen, Verantwortung für ihr eigenes Leben zu übernehmen, statt zu versuchen, das Leben der Männer zu verbessern oder aufzuwerten. Für Emma Goldman war es der männliche Egoismus, waren es die Eitelkeit und Stärke im patriarchalischen Sinne, die zur Versklavung der Frauen eingesetzt wurden. Sie sah die Ursachen dafür teilweise in den Frauen selbst begründet, da sie diese Eigenschaften an den Männern oft bewunderten und damit ein sich selbst erhaltendes System schufen.

Die Frauen müssen ihr Bewußtsein verändern, aus dem patriarchalischen Kreis ausbrechen und sich freimachen von solch unpassenden Idealen wie denen der männlichen, patriarchalischen und nuklearen Gesellschaft. Viel zulange hat man uns weisgemacht, daß wir zur Erlangung gleicher Chancen und gleicher Möglichkeiten die gleichen Rechte und Pflichten wie die Männer akzeptieren müssen. Doch es kann nicht Emanzipation sein, in den Armeen der einzelnen Länder neben Männern zu stehen und schießen und töten zu lernen. Es kann nicht Emanzipation sein zu lernen, einen Kernreaktor zu betreiben oder in einer Abschußrampe für Atomsprengköpfe zu sitzen und das Steuerpult zu überwachen.

Die Entwicklung der Frauen, ihre Freiheit und ihre Unabhängigkeit muß aus ihnen und durch sie selbst kommen. Zuerst müssen sie sich als Persönlichkeit behaupten, als Menschen und nicht als Sexualobjekte. Zweitens müssen sie jedem das Recht über ihren Körper absprechen. Sie müssen sich weigern, Kinder zu gebären, wenn sie keine wollen. Sie müssen sich weigern, Dienerin des Staates, der Gesellschaft, des Ehemanns und der Familie zu sein und statt dessen ein erfülltes Eigenleben führen. Sie müssen einfach versuchen, Sinn und Inhalt des Lebens in all seiner Vielfalt zu ergründen, sich freizumachen von der Angst vor der öffentlichen Meinung und der öffentlichen Verachtung. Diese Worte stammen wiederum von Emma Goldmann, jener Frau, die anderen Frauen helfen wollte, sich selbst aus der Knechtschaft von Staat und Ehemann zu befreien.

Ich beginne mit diesem Bild starker Frauen aus der Geschichte, weil wir ohne die Emanzipation der Frauen und der Männer keine gewaltfreie, ökologische und nichtmilitärische grüne Republik aufbauen können.

Die Frauen der „Pentagon-Aktion“ vom November 1980 haben erklärt, warum sie sich an den Händen hielten und warum sie sich an der direkten gewaltlosen Aktion beteiligten. „Wir sind Männern ausgeliefert, die durch ihre Macht und ihren Reichtum weitab von aller Wirklichkeit des täglichen Lebens und der schöpferischen Phantasie sind. Wir fürchten uns zu Recht.“ Die Angst geht um, und diese von den Militaristen in den Industrienationen erzeugte Angst wird als Rechtfertigung dafür benutzt, das Wettrüsten zu beschleunigen. „Wir werden euch beschützen ...“, sagen sie, doch wir waren noch nie so stark gefährdet, so sehr unserem Ende nahe. Frauen schließen sich zusammen, denn ein Leben am Abgrund ist unerträglich.

Wir wollen wissen, welche Wut in diesen Männern sitzt, welche Furcht – die nur durch Zerstörung befriedigt werden kann -, welche Gefühlskälte und welcher Ehrgeiz den Tagesablauf dieser Männer bestimmen. Wir wollen es wissen, weil wir diese Vorherrschaft nicht wollen, die tödlich ist für die internationalen Beziehungen, die nur auf Ausbeutung abzielt und die für die Frauen und Kinder zu Hause so gefährlich ist. Wir haben etwas dagegen, daß dieses Übel in einer gewalttätigen Gesellschaft von den Vätern an die Söhne weitergegeben wird. Während am 12. Dezember 1982 Frauen und Männer zahlreiche nukleare und atomare Anlagen blockieren, sei es in Bitburg, BRD, in Greenham Common, Großbritannien, oder in Stockholm, Schweden, hält das Wettrüsten in horizontaler und vertikaler Dimension unvermindert an. Das vertikale Wettrüsten – mit den Hauptkonkurrenten USA und UdSSR – ist jener fortwährende Versuch, zahlenmäßige und technologische Überlegenheit zu erlangen – noch schnellere, größere und tödlichere Raketen zu bauen. Es wird dazu führen, daß die USA den Erstschlag ausführen und ihre Überlegenheit zeigen können durch die beabsichtigte Stationierung ihrer Pershing II und Cruise Missiles auf deutschem und europäischen Boden. Das vertikale Wettrüsten ist bereits auf dem Wahnsinnsstand angelangt, der als Overkill bezeichnet wird und bei dem die gelagerten Kernwaffen schon in solcher Überzahl vorhanden sind, daß alles menschliche Leben auf der Erde doppelt und dreifach ausgelöscht werden kann (40facher Overkill).

Und dann gibt es noch das sogenannte horizontale Wettrüsten. Immer mehr Nationen können mittlerweile Kernwaffen produzieren oder sie sich anderweitig beschaffen. In diesem Jahrzehnt werden viele Länder so weit in der Herstellung der Bombe gelangen, daß nur noch wenige Stunden sie vom Endprodukt trennen – darunter werden viele Nationen sein, die sich dazu verpflichtet haben, keine Bombe zu bauen, die also den Atomsperrvertrag nicht nachweislich verletzen. Bombe und Reaktor lassen sich in den Augen der europäischen Friedens-, Ökologie- und Frauenbewegung nicht voneinander trennen. Sie sind im Grunde siamesische Zwillinge, sie sind Schwerter aus Pflugscharen.

Das militärische Potential bei der friedlichen Nutzung der Kernenergie ist unterschätzt worden, und das nicht nur von den christlich-demokratischen Regierungen, die auch weiterhin Atomkraftwerke, Reaktoren und Aufbereitungsanlagen bauen, sondern auch von den sozial-demokratischen oder sozialistischen Regierungen, sei es in der BRD, in Großbritannien oder in Schweden. Wir, die Atomwaffengegner und Verfechter der Anti-Kriegsbewegung, müssen ehrlich gegenüber uns selbst sein und deshalb alle Kernkraftwerke ablehnen, alle nuklearen Einrichtungen, seien sie zur friedlichen oder militärischen Nutzung bestimmt. Der israelische Anschlag auf den Kernreaktor im Irak, die steigenden Verkaufszahlen von Kernreaktoren nach Brasilien, Argentinien und Pakistan, die Tatsache, daß ein Land mit einem ausgedehnten zivilen Atomkraftprogramm überhaupt nicht militärisch verteidigt werden kann, und die Tatsache, daß eine schwache atomare Strahlung in den von Menschen geschaffenen Anlagen die Weltbevölkerung an Krebs erkranken und langsam sterben läßt, muß uns gegen einen weiteren Ausbau der Atomenergie mobilisieren.

Im Jahre 1985 werden ungefähr vierzig Länder über genug spaltbares Material verfügen, um drei oder mehr Bomben zu bauen. Und wahrscheinlich werden fast ebenso viele genug spaltbares Material für 30 bis 60 oder mehr von diesen Waffen besitzen. Viele Länder sind dazu übergegangen, in den bestehenden Anlagen zur friedlichen Nutzung von Kernenergie die Herstellung von Atomwaffen voranzutreiben. Und weil sich zivile Nuklearprojekte mit militärischen überschneiden, können sie als Tarnung für weitere militärische Entwicklungen dienen. Über 50.000 atomare Waffen mit einer Sprengkraft von mehr als einer Million Hiroshimabomben bedrohen jetzt schon die Welt, und ihre Zahl steigt täglich. Derzeit subventionieren Ronald Reagan und die amerikanische Regierung weitere Reaktoren für Südkorea und zwingen die Philippinen zum Bau ihrer Reaktoren. Auch die UdSSR treibt ihr Reaktorprogramm voran und exportiert Kernreaktoren in die Dritte Welt. Frankreich entwickelt die Neutronenbombe, und Großbritannien kündigt Programme an zur Produktion von eigenem Tritium und hochangereichertem Uran.

Die Bundesrepublik ist gerade dabei, kommerzielle Aufbereitungsanlagen zu bauen und hat soeben grünes Licht für den Schnellen Brüter in Kalkar gegeben. Weltweit werden mehr als eine halbe Billion Dollar jährlich – das ist mehr als eine Million Dollar pro Minute – für wirksamere Arten der Vernichtung menschlichen Lebens ausgegeben. Und dies alles findet 1982, einige Tage vor Weihnachten, statt. In einer Ära, in der die Gesamtsprengkraft des Zweiten Weltkriegs in einzelne Bomben verpackt ist, die bequem unter ein Bett passen, wächst die Überzeugung: Wir werden uns alle gegenseitig in die Luft jagen, die Frage ist nur, wann. Jenseits der Furcht und Verleugnung dieses Syndroms der „Termination“ (bürokratisch für Tötung) gibt es nur die Freude an den einfachen Dingen, die uns geblieben sind: ein Lied, ein Spaziergang auf einer Wiese, ein Kinderlachen – müssen wir es hinnehmen, daß es bald keine Zukunft mehr gibt?

Haben wir noch eine Zukunft? Am Montag, den 6. August 1945, begann eine völlig neue Epoche unserer Geschichte. Der Mensch hatte sich die Kräfte, die die einzelnen Bestandteile des Atoms zusammenhalten, zunutze gemacht: An jenem Tag wurden sie eingesetzt. Auf Entscheidung der amerikanischen Militärbehörden wurde trotz der Proteste vieler Wissenschaftler, die an diesem Projekt gearbeitet hatten, eine Atombombe auf Hiroshima abgeworfen. Ungefähr zwei Drittel der heutigen Weltbevölkerung wurde nach dem Abwurf der Bombe auf Hiroshima und Nagasaki geboren.

Auch ich wurde 1947 geboren, nach den Bomben auf Hiroshima und Nagasaki. Viele von uns wurden in dieses Atomzeitalter hineingeboren und sind mit der Bombe und vielen verantwortungslosen politischen Führern großgeworden, oftmals infantilen alten Männern, ob nun im Weißen Haus oder im Kreml, und man hat uns glauben gemacht, daß wir mit der Bombe leben und auch weiterhin den Politikern und dem Militär beim Aufstocken ihrer Lager an Overkill-Kriegsspielzeug zusehen müssen. Doch 1976 und 1981 war ich in Hiroshima und Nagasaki, und ich werde die Atombombenopfer nie vergessen, die noch heute in den Hospitälern in Japan und anderswo im Pazifik dahinsiechen. Ich kann den Anblick der Kinder nicht vergessen, die ihre bunten Kraniche aus Papier zu den Gedenkstätten in Hiroshima tragen, und ich kann die vielen Frauen und Männer von den pazifischen Inseln, dem Bikini-Atoll, von Mikronesien nicht vergessen, die Indianer der Vereinigten Staaten und die Ureinwohner Australiens – sie alle sind Opfer der Atomindustrie, Opfer der Militarisierung und Atomisierung unseres Planeten, der keinen Notausgang besitzt.

Ich habe auch die luxuriösen Räume der Europäischen Gemeinschaft in Brüssel gesehen, wo ich in den letzten neuneinhalb Jahren gearbeitet habe, und ich habe das Nato-Gebäude und das Pentagon besichtigt. Dort werden so scheußliche Ausdrücke wie „Leichenzählung“, „Nebenschäden“, „Eskalationskontrolle“, „günstige Ziele“ verwendet. Dort arbeiten Menschen, deren Sprache und Verhalten ausdrücken, daß sie der Überzeugung sind, zu tun, was getan werden muß und was richtig ist.

Warum können sie nicht von ihrem tagtäglichen computerisierten Morden Abstand nehmen und einmal die Auswirkungen ihrer Arbeit betrachten? Wie können diese Menschen bekehrt werden? Kurz vor seinem Tode hat Albert Einstein zusammen mit Bertrand Russell einen Appell an die Öffentlichkeit gerichtet. Darin heißt es: „Sollen wir der menschlichen Rasse ein Ende setzen? Oder sollen Männer und Frauen dem Krieg abschwören? Die meisten von uns sind nicht gefühlsneutral, doch als Menschen müssen wir eines bedenken: Wenn die Streitfragen zwischen Ost und West so entschieden werden sollen, daß sie möglichst jeden zufriedenstellen – ob Asiaten, Europäer oder Amerikaner, ob Weiße oder Schwarze -, dann dürfen sie nicht durch einen Krieg geklärt werden." (Auszug aus dem Einstein-Russell-Manifest). Albert Einstein hat auch erklärt, daß Frieden nicht durch Gewalt aufrechterhalten werden kann. Und ähnlich sagte es Mahatma Gandhi: „Es gibt keinen Weg zum Frieden; Frieden ist der einzige Weg." Ich schließe mich den Worten Professor P. M. S. Blacketts (Nobelpreisträger 1948) an, der sagte: „Der Abwurf der Atombomben war nicht so sehr der letzte Akt des Zweiten Weltkriegs wie der erste Akt des diplomatischen kalten Kriegs mit der Sowjetunion." Im Jahre 1949 hatte die Sowjetunion ihre erste Atombombe gezündet. 1953 trat Großbritannien dem Club der Atommächte bei. Die beteiligten Wissenschaftler und Politiker scherten sich nicht um die moralischen Hintergründe. An einem Junitag im Jahre 1953 verkündete Winston Churchill: „Sie hatten eine und feuerten sie ab – sie ging wunderbar los." „Es wird keine Kriege mehr geben, wenn die Menschen das Kämpfen verweigern." Durch diesen Gedanken fühlten sich viele zur pazifistischen Philosophie hingezogen. Diese Philosophie ist ein wesentlicher Bestandteil bei den Grünen, der Partei, für die ich spreche, der alternativen und gewaltfreien Bewegung, zu deren Aufbau ich seit meinem Ausscheiden aus der SPD im Jahre 1978 beigetragen habe.

Die Grünen, eine gewaltfreie, ökologische und basisdemokratische Anti-Kriegs-Koalition von parlamentarischen und außerparlamentarischen basisorientierten Kräften innerhalb der Bundesrepublik Deutschland, sind im Augenblick meine einzige Hoffnung, daß sich nicht nur das System struktureller und persönlicher Gewalt ändert, sondern daß auch ein Ausweg aus der Wahnsinnspolitik der atomaren Abschreckung gefunden wird. Die Grünen, für die ich mich in den vergangenen drei Jahren mit meiner ganzen Energie eingesetzt habe, haben sich der Basisdemokratie verschrieben, der Ökologie im weitesten Sinne des Begriffs, der sozialen Gerechtigkeit und der Gewaltfreiheit. Militärische Führungskräfte und Politiker haben in der Vergangenheit eine partielle Einheit durch Furcht, Stolz, Wut, Haß und Lügen erzielt. Einheit kann aber auch durch Liebe und den Wunsch nach sozialer Gerechtigkeit wachgerufen werden. Wenn genügend Menschen, zum Beispiel in meinem Land und in den Niederlanden, in Großbritannien, in Skandinavien, in Japan und in den Vereinigten Staaten, die enge Beziehung verstehen lernen, die zwischen Wettrüsten und internationaler Gewalt, wirtschaftlichem Mangel, sozialer Ungerechtigkeit und ökologischer Instabilität existiert, dann sind wir auf dem Weg, die richtigen Forderungen zum Nutzen der Menschheit, und nicht nur zum Nutzen einer einzelnen Nation oder einer einzelnen Klasse, zu stellen.

Die Gesamtübersicht der Militär- und Sozialausgaben, vorgelegt vom Stockholmer Institut für Friedensforschung (SIPRI), zeichnet ein düsteres Bild. Es ist ein trostloses Spiegelbild unserer Wertvorstellungen als Weltgemeinschaft. Wir haben es für nötig erachtet, Unsummen für militärische Macht auszugeben, statt den Bedürfnissen der Gesellschaft – der Frauen, Kinder und Männer, nachzukommen. Die Grünen haben ein Konzept, in dem klar definiert ist, daß die Menschheit das Land und alles, was das Land trägt, nicht als Grundbesitz im Sinne von Privateigentum ansehen darf. Wir sind alle nur vorübergehende Verwalter des Landes, das uns anvertraut worden ist, damit wir es unbeeinträchtigt an künftige Generationen weitergeben. Wir meinen, daß die derzeit vom ökologischen Standpunkt aus höchst dringlichen Abrüstungsmaßnahmen mit sofortiger Wirkung auch das absolute Verbot aller Kernwaffen einschließen müssen, aller atomaren, biologischen und chemischen Waffen, und darüber hinaus die völlige Entmilitarisierung, verbunden mit einem Schutzstatus für ökologisch wichtige Gebiete. Die Atommächte umfassen heute einen großen Teil der Weltbevölkerung. Da gibt es für mich nur einen Ausweg: die einseitige Abrüstung. Die bilateralen schrittweisen Annäherungen sind fehlgeschlagen. Rüstungskontrollverhandlungen, die gegenwärtigen heuchlerischen Genfer Gespräche und Reagans sogenannte Null-Option sind ebenfalls gescheitert.

Wir schlagen als Lösung unilaterale und gezielte erste Schritte bis hin zur völligen Abrüstung vor, und das nicht nur für die Bundesrepublik Deutschland, sondern für alle europäischen Länder, für alle Länder dieser Erde. Jede einzelne Regierung muß diesen ersten Schritt machen, den sie von der anderen Regierung erwartet. Und wenn die Regierungen diese ersten Schritte nicht machen, dann werden wir das für sie tun! Wir müssen auf einen Abrüstungswettlauf hinarbeiten. Militärisches Gleichgewicht, dieses Gleichgewicht und Rechenspiel des Terrors, dient nichts und niemandem. Den größten Vorwurf, den man dem atomaren Wettrüsten manchen kann, ist seine völlige Irrelevanz angesichts der Probleme, mit denen wir heutzutage konfrontiert sind. Die durch den Schwund der natürlichen Ressourcen hervorgerufene Weltarmut, die Überbevölkerung und die Umweltverschmutzung – das sind die Probleme, die sich uns heute stellen. Der einzige Krieg, den wir bereitwilligst führen sollten, ist der gegen die ältesten Feinde der Menschheit – gegen Armut, Hunger, Analphabetentum und verhütbare Krankheiten. Wir müssen unser allgegenwärtiges „Feindbild" aufgeben, wir müssen unsere westliche Paranoia bezüglich der mutmaßlichen Bedrohung von seiten der Sowjetunion abbauen. Diese Paranoia, diese neue Hysterie in unseren herrschenden Medien und in Regierungskreisen legt wieder einmal den Grund für „gerechte Kriege" gegen die sogenannte rote Gefahr. Aber auf beiden Seiten, ob im NATO-Block oder im Block der Warschauer-Pakt-Staaten, häufen sich die Toten, gibt es erdrosselte und gefolterte Männer, Frauen und Kinder, sei es in El Salvador, in der Türkei, in Vietnam, Chile oder Afghanistan. In diesen Tagen ist häufig die Rede von einem „begrenzten Atomkrieg". Wir reden vom „möglichen Sieg", wir reden von Megatonnen und Megatoten!

Und es ist tatsächlich so weit gekommen, daß ein stellvertretender Unterstaatssekretär im Ministerium für strategische und atomare Verteidigung der jetzigen Reagan-Administration, ein Herr T. K. Jones, folgendes sagen kann: „Grab ein Loch, leg ein paar Türen darüber und schaufel einen Meter Erde obendrauf ... die Erde ist das A und O ... Wenn genügend Spaten da sind, wird es jeder überstehen."

In eben diese Zeit fällt auch das nachstehende Interview (Los Angeles Times vom 23. Januar 1980):

Scheer: Wie gewinnt man einen atomaren Schlagabtausch?
Vizepräsident Bush: Es gibt eine Überlebenschance für den Führungsstab, für das Industriepotential, für einen gewissen Prozentsatz des Gegners, der diesen Krieg über dich bringt. Das ist die Art, wie es einen Gewinner geben kann, und die russische Planung basiert auf dem häßlichen Konzept, einer

könnte bei einem atomaren Schlagabtausch gewinnen. Scheer: Glauben Sie, daß etwa 5 % der Menschheit überleben werden? Bush: Mehr als 5 %. Auch wenn jeder seine ganzen Silos leerfeuern würde, gäbe es mehr Überlebende."

Wir können Tausende töten, weil wir vorher gelernt haben, sie Feinde zu nennen. Es kommt in unserer Kultur in erster Linie deshalb zu Kriegen, weil wir uns gegenseitig mit Euphemismen und Abstraktionen umbringen, lange bevor die ersten Raketen abgeschossen worden sind. Es hat noch nie gestimmt, daß ein Atomkrieg undenkbar ist. Er ist gedacht worden, und er ist geführt worden, und zwar 1945 im Namen der Alliierten. Dieser Krieg wurde von bekennenden Christen geführt, zu einem Zeitpunkt, als der Sieg über die Japaner schon als sicher galt. Undenkbar ist nur die Vorstellung, daß uns so etwas passieren könnte. Solange wir die begründete Hoffnung hegen, daß dieser Schlag die „anderen" trifft, taucht der Gedanke schnell auf. „Und wenn wir davon ausgehen können, daß dieser Krieg unser Leben rettet, unserem eigenen Interesse dient oder uns gar davor bewahrt, jeden zweiten Tag um Benzin anzustehen, dann wird er auch bald in die Tat umgesetzt." (E. P. Thompson.)

Wir denken uns gegenseitig in den Tod. Der entartete menschliche Geist ist die schlimmste Waffe des Jüngsten Tages. Pershing-II-Raketen, SS-20 und Neutronen-Sprengköpfe entspringen dem menschlichen Geist. Und deshalb müssen wir anfangen, uns den Begriffen und der häßlichen Sprache zu widersetzen, die dieser Tat vorausgehen. Ein auf Europa begrenzter Krieg sollte nicht „begrenzter Kriegsschauplatz" genannt werden. Die Entwicklung noch tödlicherer Waffen – die nicht der Abschreckung, sondern der Kriegsführung dienen – in Verbindung mit wichtigen neuen strategischen Entscheidungen sollte nicht durch die Begriffe „Nachrüstung" oder „Modernisierung" verschleiert werden. Unter dem Deckmantel der „Abschreckung" sind derzeit Millionen von Menschen in den Streitkräften, den Sicherheitsorganen und in der Rüstungsindustrie beider Blöcke beschäftigt.

Hierin liegt auch das treibende Grundprinzip für umfangreiche Programme zum Ausbau der gefährlichen Kernenergie (Programme mit militärischem Nutzeffekt), während die dringend nötige Erforschung sicherer, erneuerbarer und sanfter Energien vernachlässigt wird. Die sogenannten kapitalistischen und staatssozialistischen Mächte konkurrieren miteinander um die Belieferung des Mittleren Ostens, Afrikas und Asiens mit hochentwickelten Mordwerkzeugen und kämpfen um die Waffenmärkte.

Zusammen mit den Frauen in der ganzen Welt, mit den Frauen aus der Friedensbewegung und mit all denen, die an der Pentagon-Aktion vor zwei Jahren teilgenommen haben, rufe ich aus: „Wir sind hier zusammengekommen in Trauer, Wut und Trotz gegen das Pentagon, denn es ist der Sitz imperialer Macht, die uns alle bedroht. Tag für Tag, während wir arbeiten, lernen und lachen, spazieren die Colonels und Generäle, die unsere Vernichtung planen, gelassen durch die Türen des fünfeckigen Gebäudes. Für die Ausführung ihrer Pläne bauen sie täglich drei bis sechs Atomwaffen. Sie haben bereits über 40.000 davon angehäuft. Sie haben die Neutronenbombe erfunden, die Menschen tötet, jedoch Gegenstände und Gebäude wie dieses unversehrt läßt. Sie bauen die MX-Rakete, für die sie im Westen Tausende von Meilen guten Landes verwüsten und dessen höchstes Gut – das Wasser – vergeuden. Soeben haben sie Millionen von Dollar bereitgestellt, um ein grausames altes Vernichtungsmittel – das Nervengas – wieder herzustellen. Sie haben die Direktive 59 proklamiert, in der kleine, zeitlich ausgedehnte, aber begrenzte Atomkriege gefordert werden. Die Sowjetunion bemüht sich eifrig, mit den US-Initiativen Schritt zu halten. Und so kann jeder die Städte, Schulen und Kinder des andern gleich mehrfach vernichten ..."

Überall auf der Welt sagen die Menschen an der Basis „nein" zu den Spielen der Supermächte. Sie kommen zu Tausenden und morgen zu Hunderttausenden.

Am 17. November 1980 wurden einige Frauen am Ende der zweitägigen Aktion des zivilen Ungehorsams im Pentagon festgenommen. Frauen wurden kürzlich außerhalb der Raketenbasis in Greenham Common/Großbritannien festgenommen, weil sie mehrere Monate lang gewaltfrei in einem Friedenscamp protestiert hatten.

Und am 9. September 1980 betrat eine Gruppe, genannt

„Plough-shares Eight“ (unter ihnen die Gebrüder Berrigan) die General-Electric-Rüstungsfabrik in King of Prussia, Pennsylvania, hämmerte auf zwei nukleare Sprengköpfe ein und ließ ihr Blut über die beschädigten Teile, über Schreibtische und Unterlagen fließen, bis sie von Wachposten daran gehindert und festgenommen wurden.

Am 6. März 1981 wurden sie vom Montgomery-Kreisgericht in Wellstown, Pennsylvania, mehrerer schwerer Vergehen, unter anderem des Einbruchs und der kriminellen Verschwörung für schuldig befunden.

Daniel Berrigan, ein guter Freund von mir, erklärte im Dezember 1980: „Vielleicht ist der Kampf um die Verhinderung eines Atomkriegs ein Kampf um Herz und Geist und Seele der Menschen. Das ist meine innerste Überzeugung. Ich glaube, das Verbrechen der nuklearen Katastrophe ist bereits im Gange. Selbst wenn es keine weiteren Atomexplosionen gegen menschliches Leben mehr gibt, was wir alle hoffen und worum wir inständig bitten, so glaube ich dennoch, daß die Absicht, die Bombe einzusetzen, schon allein durch die Tatsache ausgedrückt wird, daß wir die Bombe überhaupt besitzen ... Zwei Überzeugungen bringen uns heute dazu, zivilen Ungehorsam gegenüber dem Gesetz zu leisten. Erstens einmal hat der Staat das Gesetz dahingehend verdreht, daß es seine nukleare Psychose legalisiert. 60 Cent jedes Steuerdollars fließen heute in das Faß ohne Boden im Pentagon. Dieser Staat wie auch andere Staaten in der ganzen Welt ist praktisch durch nichts zu erschüttern, außer durch gewaltfreien zivilen Ungehorsam. Und an diesem Punkt sind wir meines Erachtens angelangt. Die Regierung läßt sich nicht von unserer Angst beeindrucken, sie ist niemandem Rechenschaft schuldig für verschwendete Militärausgaben, und sie ist dabei, einen thermonuklearen Krieg anzufangen oder heraufzubeschwören. Wir leisten zivilen Ungehorsam bei General Electrics, weil diese völkermörderische Anlage an fünfter Stelle der waffenproduzierenden Anlagen der USA steht. Um sich in dieser schändlichen Position zu halten, zieht General Electrics täglich drei Millionen Dollar aus der öffentlichen Staatskasse und beraubt dadurch die Armen um Unsummen.“ Nach den vielen Demonstrationen und Unterschriftenaktionen wie beispielsweise dem Krefelder Appell, den ich mit meinem Parteigenossen General a.D. Gert Bastian ins Leben gerufen habe (wir haben fünf Millionen Unterschriften gesammelt), muß jetzt der Weg des zivilen Ungehorsams folgen, der Weg der gewaltfreien direkten Aktion gegen das System der strukturellen Gewalt, der Militarisierung und Nuklearisierung. Allein die Dichte der Kernkraft- und Chemiewerke in Deutschland machen einen atomaren Krieg völlig überflüssig, da bereits ein konventionell geführter Krieg mit konventionellen Bombenangriffen auf Kernkraftwerke nukleare Katastrophen und ein zweites Hiroshima herbeiführen kann. Wir müssen unser Möglichstes tun, um ein Euroshima zu verhindern. Wir müssen alles versuchen: Blockaden, Sit-ins, Die-ins, Schweigestunden, Fastenperioden, Informationsveranstaltungen, Diskussionen mit Polizei und Militär. Wir müssen frohlocken mit den vielen Reserveoffizieren, die kürzlich ihre Wehrpässe zurückgegeben haben, und mit den vielen Tausend (69.000) Kriegsdienstverweigerern in diesem Jahr. Außerdem müssen wir uns gegen jeden Versuch der Staatsmänner und Politiker aus Ost und West wehren, diese Bewegung zu ihren Gunsten zu manipulieren ... Unser Ziel muß es sein, Europa aus der Konfrontation zu befreien und dieses Europa aus beiden Blöcken herauszuführen. Eines Tages müssen die großen militärischen Bündnisse von den Menschen in beiden Blöcken aufgelöst werden. Und deshalb müssen wir unsere gewaltfreie Agitation fortsetzen, bis alle nuklearen und alle ABC-Waffen und militärischen Stützpunkte vom europäischen Boden verschwunden sind. Ich schäme mich für den derzeitigen Stand der Dinge, nach dem mein Land, die Bundesrepublik Deutschland, der sechstgrößte Waffenexporteur der Welt ist. Über 70 % aller westdeutschen Waffenexporte gehen in die Entwicklungsländer der Dritten Welt. Wir exportieren Waffenteile, U-Boote und Panzer in südamerikanische Militärdiktaturen und in Länder mit Apartheid-Regimen.

Wir müssen anfangen, auf Umwandlungsmodelle hinzuarbeiten, und uns unseren kritischen Gewerkschaftlern anschließen, unter anderem Mike Cooley von Lucas Aerospace. Nur so finden wir Lösungen für die 8 bis 10 % Arbeitslosen aus der Rüstungsindustrie nach Anbruch der Friedenszeit. Wir müssen Mittel und Wege finden, um eine alternative Produktion aufzunehmen und für die Gesellschaft nützliche und notwendige Produkte anstelle von Rüstungsgütern herzustellen.

Und was uns Frauen in dieser Friedensbewegung, meine Schwestern, angeht, wehren wir uns gegen die Pläne, Frauen in die Bundeswehr einzuziehen. Wir werden unsere Befreiung nicht aufgeben, indem wir die patriarchalische Auslegung des Gleichheitsbegriffs akzeptieren. Im militärischen Komplex finden wir alle Symbole des Patriarchats vertreten: Soldaten töten, diskriminieren, unterdrücken, beuten aus, erteilen Befehle. Sie fördern weder gegenseitig Hilfeleistungen noch Kooperation, weder Achtung noch Gleichheit.

Wir opponieren gegen alle Verhältnisse, wo die Starken die Schwachen unterjochen ... und wo die Industrienationen Macht auf die Entwicklungsländer ausüben. Das alles ist in meinen Augen eine Folge der jahrhundertelangen Männerherrschaft über die Frauen. In der Anti-Kriegsbewegung und bei den Grünen sind viele Frauen in Führungspositionen aufgestiegen, und diese Frauen machen ganz klar deutlich, daß für die Durchsetzung von mehr Gleichheit zwischen den Geschlechtern dic Männer erst einmal lernen müssen, Leben zu bewahren, statt Frauen zum Töten und zum Befehlsgehorsam zu erziehen.

Die Anti-Kriegs- und Anti-Atomkraftbewegung ist nicht als negativer Protest zu verstehen: Sie ist notwendigerweise für die Umwelt, für die Wälder und Felder, für die Flüsse und Meere, für die Pflanzen und Tiere, für die Sonnenenergie, für eine saubere Luft und vor allem für die Menschen. Sie steht für eine globale Vision, für einen globalen moralischen Maßstab, sie tritt für arme und hungernde Menschen ein, für Frauen, Kinder und Jugendliche, für die Behinderten, die Alten, die Amazonas-Stämme, die Ureinwohner Australiens, die Slum-Bewohner in den Städten, für die Minderheiten in aller Welt – hier sind wir alle gemeinsam gefordert. Wir sind in der Tat Realisten; wir träumen nicht nur von Brüderlichkeit und Schwesterlichkeit, von Gewaltfreiheit und vom Überleben.

Wenn ich an die Gewaltfreiheit denke, die wir nicht nur auf politischer Ebene brauchen, sondern als Lebensweise, dann denke ich an die Ureinwohner Amerikas, an die amerikanischen Indianer, die Ehrfurcht haben vor dem Leben, die die menschliche Würde respektieren und das Ineinandergreifen aller Dinge auf bis jetzt unübertroffene Weise verstehen. Der von den Vereinigten Staaten begangene Völkermord an den Indianerstämmen und ihrer Kultur – nach dem gleichen Muster wird auch heute noch verfahren – ist und bleibt eines der grausamsten Verbrechen der weißen Bevölkerung. Im Jahre 1854 hielt der Häuptling der im Washington-Territorium beheimateten Suquamish, Chief Seattle, anläßlich der Übergabe alter indianischer Gebiete an die amerikanische Bundesregierung die folgende prophetische Rede: „... dies ist gewiß. Die Erde gehört nicht dem Menschen. Der Mensch gehört der Erde, das ist gewiß. Alles ist miteinander verknüpft, wie das Blut, das eine Familie verbindet. Alles ist miteinander verknüpft. Was immer der Erde widerfährt, widerfährt den Söhnen der Erde. Nicht der Mensch hat das Gewebe des Lebens gewirkt. Er ist nur ein winziger Teil davon. Was immer er diesem Gewebe antut, das tut er sich selbst an."

Mit anderen Worten, wir müssen die Macht des Volkes aufbauen, und diese Macht wird eine andere sein als die Macht des Staates.

Wir müssen das gesamte soziale Netz neu strukturieren und überprüfen, denn zur Zeit ist es von Gewalt durchsetzt. Ich will beides, den Frieden und eine gewaltfreie Revolution. Wenn ich den Frieden will, dann ist nach Mahatma Gandhis Worten der einzige Weg dahin der Frieden selbst. Wir müssen beweisen, daß die Gesellschaft durch Gewaltfreiheit und Frieden revolutioniert werden kann. Wenn wir das bewiesen haben, wird Gewalt nicht mehr das unerläßliche Beiwerk der Vergangenheit sein.

Die Gesellschaft ist durchaus noch zu retten. Der Gedanke der Gewaltfreiheit ist verhältnismäßig neu, und er unterscheidet sich erheblich vom religiösen Pazifismus. Während Pazifismus die traditionelle Überzeugung meint, daß jede Art des Tötens, besonders das Töten im Krieg, unrecht ist, geht es bei der heutigen Gewaltfreiheit um die Auswirkungen dieser Überzeugung auf das gesamte Sozialgefüge. Gewaltfreiheit bedeutet für mich auch eine Erforschung der Ursachen und Erscheinungsformen der Gewalt. Gewaltfreiheit ist der erste Schritt gegen das bestehende System von Herrschaft und Privilegien und schenkt bewußt dem Aufbau eines alternativen Sozialgefüges mehr Aufmerksamkeit. Der Krieg und das System des Krieges, die gesamte Rüstungsindustrie im Westen und die bürokratische Unterdrückung im Osten sowie die soziale Gewalt, das alles gehört zur derzeitigen politisch-ökonomischen Ordnung und zur vorherrschenden materialistischen Kultur. A. J. Muste zufolge wird die Menschheit von einer schweren Krise bedroht, und nur eine drastische Veränderung im Sinne von Wiedergeburt oder Umkehr kann die Rettung bringen. A. J. Muste befürwortete eine gewaltfreie revolutionäre Bewegung, die sowohl Veränderungen in den äußeren Beziehungen als auch eine innere Transformation des Individuums einbegreifen sollte.

Das heißt, während wir gegen den großen Krieg, den ABC-Krieg, ankämpfen, müssen wir gleichzeitig auch gegen die kleine Kriege ankämpfen, gegen die Gewalttätigkeiten, die täglich auf der Straße stattfinden, wo Frauen Angst haben, nachts allein nach Hause zu gehen; die jedesmal dann stattfinden, wenn eine Frau vergewaltigt oder geschlagen wird, und die jedesmal dann stattfinden, wenn ein Kind mißhandelt wird.

Wir müssen nicht nur den Status quo der sogenannten institutionalisierten Gewalt verändern, wir müssen auch uns selbst von Grund auf ändern, bevor wir das soziale und politische Leben verändern können. Für mich ist die Gewaltfreiheit im Sinne von Martin Luther King, Mahatma Gandhi und Bertha von Suttner eine ganz natürliche Sache, die statt auf Waffengewalt auf der Macht der Wahrheit beruht und die aus dem Gefühl für die grundsätzliche Einheit aller Menschen herrührt. Allerdings kann es auf breiter Ebene erst dann einen ausdauernden gewaltfreien Kampf geben, wenn soziale Institutionen aufgebaut werden, die sich auf das Prinzip der Gewaltfreiheit gründen.

Wenn auch gewaltfreier Widerstand und direkte Aktion einen überaus wichtigen Teil dieser Bewegung innerhalb Europas und der ganzen Welt ausmachen, liegen die Wurzeln der Gewaltfreiheit doch tiefer: in der gemeinsamen Liebe, dem einigen Verlangen nach Gerechtigkeit und in vereinter konstruktiver Arbeit, die zusammen die Struktur der neuen globalen Gesellschaft bestimmen werden. Das Gewissen muß stärker werden als die Gewohnheit, und die Menschen müssen bereit sein, zugunsten des Gemeinwohls Risiken auf sich zu nehmen.

Ich denke hierbei insbesondere an die mutigen Initiativen der katholischen Bischöfe in den Vereinigten Staaten zu den Fragen der atomaren Abrüstung. Ich denke an Bischof Raymond Hunthausen, der bereits im April 1982 zu einem Steuerboykott aufgerufen hat und jetzt damit rechnen muß, dafür ins Gefängnis zu kommen. Ich denke an Daniel Ellsberg und an die vielen Männer und Frauen, die auf den Eisenbahnschienen in Rocky Flats gesessen haben, um einen Plutoniumzug zu stoppen. Ich denke an die Bauern in Comiso, Italien, die versuchen, das Land aufzukaufen, um die Stationierung von Cruise Missiles zu verhindern, die auf Libyen gerichtet werden sollen. Ich denke an das „andere Amerika", das in der Freeze-Kampagne mitarbeitet, und ich denke an die vielen Schwestern und Brüder in Japan, die zusammen mit unseren Freunden im Pazifik für eine kernwaffenfreie Welt demonstrieren. Und ich denke auch an unsere Schwestern und Brüder in Osteuropa, sei es in der Gewerkschaft Solidarnosc oder in der ostdeutschen Friedensbewegung innerhalb der Kirchen in der DDR unter dem Symbol „Schwerter zu Pflugscharen".

Wir müssen mehr über die pazifistische Tradition wissen, über die Anfänge der Gewaltfreiheit und über den Kampf um die Gewissensfreiheit. Und als Frau muß ich wiederholen, daß besonders meine Schwestern darauf pochen müssen, daß die von Männern an Frauen verübte psychologische, physische und ökonomische Gewalt erkannt und abgeschafft wird, und daß soziale Institutionen so verändert werden, daß sie nicht länger das alte Herrschafts-und Unterdrückungsmodell widerspiegeln. Wir müssen uns für humanere und liebevollere Verhaltensweisen einsetzen und unsere zwischenmenschlichen Beziehungen freimachen von Aggression, Konkurrenzneid und Ausbeutung. Wir Frauen stehen unseren Unterdrückern so nahe, und dies hat mich zuweilen pessimistisch gestimmt.

Wir müssen neue Umgangsformen entwickeln und sollten nur mit solchen Männern Kontakt pflegen, die sich gewaltfrei verhalten. Der feministischen Auffassung gemäß, die auch eine ökologische ist, verzichten wir darauf, Feinde beim Namen zu nennen, und greifen lieber aus der Gewaltfreiheit bekannte Konzepte auf: das Benennen unterdrückender Verhaltensweisen, das Benennen widerrechtlichen Machtmißbrauchs statt des namentlichen Aufführens der Person, die wir am liebsten umbringen würden. Barbara Demin hat dazu gesagt: „Wenn wir die Macht der Gewalttätigkeit des Mannes brechen können, dann ist es natürlich nicht nötig, dem Mann selbst alle Knochen zu brechen. Und wenn dieser Mann, der sich in einer Hinsicht als Unterdrücker aufführt, in anderer Hinsicht jedoch unser Genosse ist, brauchen wir auch nicht zu fürchten, daß wir politisch Herz und Verstand verloren haben, wenn wir ihn als Person behandeln, die von uns und von sich selbst auf eben diese Weise getrennt ist." Wir müssen stets die soziale Rolle beurteilen und hinter dieser Rolle den Menschen sehen. Im Patriarchat geht es um Besitzverhältnisse, und in den meisten Fällen werden Frauen und Kinder vereinnahmt. Das Patriarchat ist das ursprüngliche Autoritätsmodell, das molekulare Totalitarismusmodell, und jede Form von Gewalt hat sich daraus abgeleitet. Deshalb müssen wir den Krieg der Mächtigen gegen die Machtlosen für immer beenden und ebenso die kleinen Kriege der Bösewichte gegen die Erzbösewichte, das heißt, wir müssen Sand ins Getriebe der patriarchalischen Maschinerie in Ost und West streuen. Viele gewaltfreie Gruppen sind 1976 nach Washington, D. C., gezogen. In dem Aufruf zu diesem Marsch hieß es unter anderem: „Durch die Vorrangigkeit der Rüstungsausgaben werden unsere Schwestern und Brüder auf diesem Planeten weiter um ihre Würde und sogar ums Leben gebracht. Das Elend wächst, und die Inflations- und Arbeitslosenraten steigen. Eine auf Angst und Mißtrauen aufgebaute Außenpolitik vergrößert die ohnehin schon riesigen Waffenvorräte noch. Nicht-nukleare Waffen werden auch weiterhin eingesetzt, um den sozialen Wandel aufzuhalten und um Ungerechtigkeiten weiterbestehen zu lassen ... Wir wissen, daß die einflußreichen Männer in den Regierungen der Illusion erlegen sind, der Militarismus könne die Interessen der Nationen und Völker schützen. Die letzten dreißig Jahre haben gezeigt, daß die Regierungen ohne massiven Druck von seiten der Öffentlichkeit keinen einzigen Schritt in Richtung Abrüstung unternehmen."

Was ich vor mir sehe, das ist nicht nur eine Bewegung mit dem Ziel direkter Demokratie, der Selbst- und Mitbestimmung und der Gewaltfreiheit, sondern eine Bewegung, in der Politik die Macht bedeutet, lieben zu können, und die Macht, sich mit dem Raumschiff Erde vereint zu fühlen.

Wir brauchen lebensbejahende Strömungen in der Politik, und deshalb werden die Grünen niemals Kompromisse schließen bei Fragen über Leben und Tod, bei Fragen über das Recht auf Leben, das Recht auf Gesundheit, auf Frieden und auf eine sichere und gesunde Umwelt. Bei solchen Fragen gibt es kein entweder oder, sie dürfen nicht für die Aufrechterhaltung von Machtpositionen und Machtansprüchen mißbraucht werden. Bei den bevorstehenden Bundestagswahlen im März 1983 werden die Grünen keinerlei Kompromisse schließen, was diese Fragen über Leben und Tod betrifft. Wenn wir uns nämlich auf einen Kompromiß einließen, würden wir nicht nur unsere Wähler betrügen, sondern auch unsere Mitglieder und die ganze Bewegung.

In einer Welt, die sich mit Gewalttätigkeit und Unredlichkeit herumschlagen muß, wird es immer dringlicher, daß sich die Gewaltfreiheit nicht nur rein theoretisch weiterentwickelt, sondern zu einer konkreten politischen Kraft auf den Straßen, auf den Marktplätzen, vor den Raketenstützpunkten, in den Chemiekonzernen und in der Rüstungsindustrie anschwillt. In einem Brief Bensons, des Verfassers des Friedensbuches, an die Herren Breschnew und Reagan heißt es, daß von unserem Geld derzeit 500 Milliarden Dollar jährlich – das sind eine Million Dollar pro Minute – weltweit für die Aufrüstung ausgegeben werden, obwohl wir bereits ein 40faches Overkill haben. Benson fordert in seinem Brief Breschnew und Reagan auf, uns, dem Volk, einen winzigen Anteil des Rüstungsetats, nämlich 100 Millionen Dollar, zurückzugeben, das ist ein Fünfzigstel von einem Prozent der jährlichen Rüstungsausgaben in der Welt. Mit einem einzigen Knopfdruck können wir heute alle vernichtet werden, und mit einem Strich aus ihrer Feder könnten wir gerettet werden. Derzeit arbeiten 400.000 Techniker und Ingenieure in der Rüstungsindustrie und versuchen, neue Vernichtungsmethoden zu entwickeln. Aber nur zwei Personen, zwei Männer, sitzen am Verhandlungstisch in

Genf und versuchen, sogenannte „landgestützte Mittelstrekkenraketen" abzubauen. Da sieht man doch, wie die Prioritäten gesetzt werden.

Wir müssen eine Wirtschaft ablehnen, die ihr Geschäft mit dem Tod macht, und deshalb müssen wir zuerst die Zahlung von Kriegssteuern verweigern. Wir müssen uns weigern, in der Rüstungsindustrie zu arbeiten, wir müssen uns weigern, in der Bundeswehr zu dienen. Auch ohne eine abgeschossene Kugel, ohne eine abgeworfene Bombe und ohne eine abgefeuerte Rakete können wir, wenn wir ehrlich sind, nur sagen, daß uns das Wettrüsten tötet. Militärische Eskalation und Armut sind eng miteinander verknüpft. Und während ich hier in Stockholm spreche, hat die Reagan-Administration, die sogenannte Schutzmacht des Westens, Kürzungen im Sozialprogramm angekündigt, bei den Renten, Lebensmittelkarten und anderen Formen staatlicher Unterstützung, doch das Preisschild auf der MX-Rakete und den neuen Waffensystemen, das astronomische Zahlen aufweist, bleibt als goldenes Kalb bestehen, darf nicht angetastet werden. Vor fünfzehn Jahren, auf dem Höhepunkt des Vietnam-Kriegs, sprach sich der Nobelpreisträger Marin Luther King jun. gegen das fanatische Denkmuster der Pentagon-Experten aus, die unter Sicherheit nur militärische Stärke verstünden, dabei jedoch völlig außer acht ließen, wie viele Menschenleben das kostet:

„Die Sicherheit, die wir mit militärischen Mitteln anstreben, verlieren wir in unseren sterbenden Städten. Die Bomben von Vietnam explodieren zu Hause, sie machen unsere Hoffnungen und Möglichkeiten zunichte, ein anständiges Leben zu führen. Eine Nation, die Jahr um Jahr mehr Geld für militärische Verteidigung ausgibt als für strukturverbessernde Sozialprogramme, nähert sich dem seelischen Tod."

Ich stelle mir eine soziale und zivile Verteidigung vor, eine Welt, die nicht nur ohne die zerstörerischen Waffen der Männer auskommt, sondern auch ohne das sogenannte militärische Sicherheits- und Verteidigungssystem. Wenn wir felsenfest zu unseren demokratischen Grundsätzen stehen, wenn wir an unsere Redefreiheit, an unser Versammlungsrecht und an unsere Gewissensfreiheit glauben, dann kann uns kein Panzer und keine Rakete unter Druck setzen. Die soziale Verteidigung, die eine hochentwickelte Form der gewaltfreien direkten Aktion ist (sollte es einen sogenannten Aggressor innerhalb oder außerhalb unserer Grenzen geben), treibt die Kosten für den Angreifer so hoch, daß er es sich zweimal überlegen wird, bevor er eine Invasion durchführt.

Die Grundlage der sozialen Verteidigung ist eine demokratisierte Gesellschaft, eine Gesellschaft, die auf gegenseitiger Solidarität aufgebaut ist. Gegenwärtig begeht nicht nur die Reagan-Administration einen Akt der Aggression mit ihren steigenden Militärausgaben, sondern alle Regierungen dieser Erde, die es ihr gleichtun.

Die Tatsache allein ist schon als Verbrechen zu werten, denn selbst wenn die Waffen nicht zum Einsatz kommen, verursachen ihre Kosten doch die Not und das Elend, an dem die Ärmsten dieser Welt zugrunde gehen. Jeder Versuch, das Ausmaß des Wettrüstens zu erfassen, führt unweigerlich zu der Erkenntnis: daß der Tod durch Armut und Elend mit Sicherheit genauso gräßlich ist wie der Tod durch Waffengewalt. Unsere Jugendlichen brauchen den Wehrdienst nicht, sie brauchen Arbeitsplätze; wir Älteren brauchen keine neuen Overkill-Waffen, wir brauchen bessere Wohnungen zu günstigen Mieten. Unsere arbeitende Bevölkerung kann nicht mit den inflationären Auswirkungen der Militärausgaben leben, sie hat ein Anrecht auf einen Arbeitsplatz, ein Anrecht auf Arbeit und ein Anrecht auf qualitativ gute Arbeit. Unsere Kranken brauchen keine Cruise Missiles, sie brauchen eine erschwingliche Gesundheitsfürsorge. Und unsere Kinder brauchen keine Neutronenbomben, sie brauchen bessere Schulen. Keiner von uns braucht die SS-20 oder die MX-Rakete, wir brauchen gut funktionierende öffentliche Verkehrsmittel. Wir müssen auf unserem Planeten die verschiedenen Gruppen zusammenführen, die bisher getrennt voneinander tätig waren, und das ist harte Arbeit. Wenn wir erfolgreich ein größeres Publikum ansprechen wollen, dann müssen wir ein Basisbündnis schaffen, das auf gemeinsamen Interessen beruht.

Wir müssen eine gewaltfreie Strategie entwickeln, damit wir nicht nur die Stationierung von Erstschlag-Waffen in Europa stoppen, sondern anfangen, alle Massenvernichtungswaffen abzubauen, bis wir sie schließlich ganz loswerden. Und ich richte einen letzten Appell nicht nur an die Friedensbewegung in Europa, sondern auch an die Dritte-Welt-Bewegung überall, weil gerade die Frauen und Kinder in der Dritten Welt zuerst umkommen werden. Sie sind bereits dem Hungertod nahe, und ihr Los heißt, still Hungers zu sterben. Die Tragödie der Frauen in der Dritten Welt berührt mich tief, sie trifft mich ins Mark. Gegenwärtig gibt es ungefähr 100 Millionen hungernder Kinder unter fünf Jahren. 15 Millionen Kinder sterben jährlich an Infektionskrankheiten und an Unterernährung, und es gibt weltweit etwa 800 Millionen Analphabeten, von denen zwei Drittel Frauen sind. All das steht in engem Zusammenhang mit unserem Wohlstand und mit dem sogenannten materiellen und wirtschaftlichen Wachstum.

Die Industrienationen sind bis an die Zähne bewaffnet und lassen es nicht dabei bewenden, sondern reißen alles, was sie kriegen können, an sich. Die notleidenden Menschen auf diesem Planeten müssen sich zusammentun, um ihr Leben selbst in die Hand zu nehmen und um den derzeitigen Herrschern, die sie ins Verderben stürzen, die politische Macht zu entreißen. Der Erde ist übel mitgespielt worden, und wir können den patriarchalischen Egoismus nur dadurch überwinden, daß wir wieder ein Gleichgewicht herstellen und mit der Erde leben, indem wir unser Wissen und Können für sanfte Energien und eine sanfte Technologie einsetzen, eine Technologie für den Menschen und für das Leben. 1984 und George Orwell – nähergerückt ist auch der Polizei- und Atomstaat und die Gefahr totalitärer Regimes – alles im Namen der Absicherung nuklearer Gesellschaften.

Wir müssen unsere Furcht verlieren, wir müssen unsere Stimme erheben und das fordern, was uns und unseren Kindern gehört.

Wir müssen anfangen, unsere eigene Natur wiederzuentdekken, wir müssen uns endlich neue Möglichkeiten ausdenken, ganzheitliche Konzepte, Wege des Miteinander, des Ausgleichs, der Erhaltung und der Dezentralisierung. Gandhi sagte: „Die Gewaltlosigkeit der Schwachen muß die Gewaltfreiheit der Mutigen werden." Ich glaube, daß unbewehrte Wahrheit und bedingungslose Liebe das letzte Wort im Leben haben werden.

Anwar Fazal
Die neue Verbraucherbewegung

Eines schönen Tages vor etwa drei Jahren unterbrachen im Dorf Banjaran in Indonesien Trommelschläge die Stille, Trommelschläge, die ungefähr 200 Menschen zusammenriefen.

Die Leute marschierten zu einer nahegelegenen Chemiefabrik und brannten sie nieder.

Diese Fabrik hatte ihr Wasser vergiftet. Sie hatte ihre einst ertragreichen Felder zerstört.

Diese Fabrik hatte die Auflagen der Lokalbehörde, das Ausströmen giftiger Abwässer einzudämmen, einfach ignoriert.

Diese Fabrik hatte ihr Versprechen nicht eingehalten, 1.800 US-Dollar Ausgleich an die betroffenen Bauern zu zahlen.

Die Dorfbewohner hatten jahrelang versucht, die Fabrik dazu zu bewegen, ihre Müllbeseitigung zu verbessern.

Jetzt sind die Trommeln des Dorfes Bajaran verstummt, und die Bauern mußten den Preis dafür bezahlen, daß sie sich eigenhändig zu ihrem Recht verhalfen – sie kamen ins Gefängnis.

Vergiftete Gewässer, unfruchtbar gewordene Reisfelder, brennende Fabriken, zerstörtes Leben und gebrochene Menschen. Das ist die traurige Welt, in der wir leben, eine Welt, in der täglich 50.000 Menschen aus Mangel an Trinkwasser und sanitären Einrichtungen sterben, während auf der Erde gleichzeitig jede Minute 1 Million US-Dollar für Waffen, Gewehre, Bomben, Panzer und dergleichen ausgegeben werden.

Wir leben in einer Welt, wo Gewalt, Verschwendung und Manipulation nicht allein eine zentrale Rolle in unserem Leben spielen, sondern darüber hinaus auch noch profitträchtig geworden sind für diejenigen, die ihr Geschäft mit dem Tod machen, die Erde schänden und unser Verhalten, unsere Ängste und Wünsche manipulieren.

Gewalt – nach Schätzungen in einem kürzlich erschienenen Buch mit dem Titel „Prescriptions for Death" („Tod auf

Rezept“) sind Arzneimittel sehr wahrscheinlich für jährlich 10 bis 15 Millionen Schadensfälle und 1 Million Todesfälle bei Menschen in der Entwicklungswelt verantwortlich. Vorsichtigen Berechnungen zufolge werden pro Jahr mindestens 375.000 Menschen in der Dritten Welt durch Pestizide vergiftet, und davon sterben wenigsten 10.000 an Pestiziden, die meist in den Herstellerländern verboten sind.

Verschwendung – keine Berechnung wird die mutwillige Zerstörung und den Mißbrauch von Rohstoffen, Produktionsmethoden und Erzeugnissen in unserer Gesellschaft je auch nur annähernd erfassen können. Wir erleben die Vernichtung der tropischen Regenwälder und die Vergeudung der schmalen Einkünfte armer Menschen in der Dritten Welt an unnütze, überflüssige Güter – an Güter, die sie weder brauchen, noch sich leisten können. Aus Bangladesh verlautete einmal, der Großteil der Vitaminpillen wäre von Leuten gekauft worden, die sie gar nicht nötig hatten und größtenteils mit ihrem Urin wieder ausschieden; vitaminangereicherter Urin ist ein Luxus, auf den Bangladesh gut verzichten kann!

Manipulation – wohl eine der einschneidendsten Verhaltensänderungen trat durch die Abkehr von der natürlichen, unübertroffenen, sicheren Methode des Stillens mit Muttermilch ein, die durch zwei sogenannte „moderne technische Verfahren“ eingeleitet wurde – das technische Verfahren der Kuhmilchaufbereitung und das technische Verfahrung der Vermarktung. Wir erleben allenthalben, wie das menschliche Verhalten durch die Werbe- und Verkaufsförderungsmaßnahmen manipuliert wird, die bei manchen Unternehmen schon ans Kriminelle und Unmoralische grenzen – mit Bestechungsangeboten in Form von Kugelschreibern bis hin zu Frauen. Diese Abkehr vom Stillen steht in ursächlichem Zusammenhang mit den Gesundheitsproblemen bei jährlich 10 Millionen Kindern. UNICEF-Leiter James Grant hat einmal gesagt, das Leben von 1 Million Kindern pro Jahr könne gerettet werden, wenn wir das Stillen unterstützen und protegieren.

Was aber können wir angesichts dieser Gewalt, Verschwendung und Manipulation tun?

Ich möchte Ihnen heute gern aufzeigen, was organisierte Verbraucher, was die „Verbraucherbewegung“, wie sie genannt wird, auf diesem Gebiet leisten kann und bereits leistet.

Die Verbraucherbewegung hat fünf wesentliche Anliegen:

Erstens einmal geht es in der Verbraucherbewegung um Menschen, um Menschen, die die Belange der Gesellschaft aus einer ganz bestimmten Perspektive heraus sehen, einer Perspektive, die jeden Menschen miteinbezieht, ob Mann, Frau oder Kind. Wir sind alle Konsumenten und Käufer und verbrauchen Güter oder nehmen Dienstleistungen in Anspruch, die von Handel und Gewerbe oder staatlichen Einrichtungen produziert, beziehungsweise bereitgestellt werden. Es geht darum, inwieweit solche Güter und Dienstleistungen in der Dritten Welt überhaupt verfügbar sind. Es geht nicht nur um die Lebenshaltungskosten, sondern viel häufiger um die Lebenserhaltungskosten! Es geht nicht allein um den Wert des Geldes, sondern vielmehr um den Wert, der dem Menschen beigemessen wird.

Zweitens hat die Verbraucherbewegung etwas mit Macht zu tun – mit der Macht gewöhnlicher Menschen, sich gemeinschaftlich zu einer Gegenkraft zu formieren, um die eigenen Interessen zu vertreten und gemeinsam gegen diejenigen anzugehen, die für die gegen uns gerichtete Gewalt, Verschwendung und Manipulation verantwortlich sind, sowie mit der Macht, die Strukturen zu verändern, die diese Gewalt, Verschwendung und Manipulation zulassen.

Drittens nehmen in der Verbraucherbewegung die Menschenrechte eine zentrale Stelle ein, das Recht auf ein anständiges Leben in Würde und das Recht, uns zur Wahrung unserer Interessen zu organisieren. Insbesondere legen wir auf sieben Verbraucherrechte Wert – das Recht, unsere Grundbedürfnisse effektiv und angemessen zu befriedigen, um überleben zu können, das Recht auf Sicherheit, das Recht auf Schadenersatz und Ausgleich, das Recht, unsere Stimme in eigener Sache zu erheben, das Recht auf korrekte Information, das Recht auf Verbrauchererziehung und das Anrecht auf eine gesunde Umwelt.

Viertens liegt der Verbraucherbewegung auch die Umwelt am Herzen – eine Erde, um die es gut bestellt ist. Wir dürfen uns nicht nur darum kümmern, daß unserem Körper, das heißt unserer „Innenwelt", gedient ist und Schutz zuteil wird, wir müssen uns darüber hinaus um unsere „Außenwelt", um Mutter Erde, sorgen – eine mächtige, komplexe und doch anfällige, erschöpfbare Stuktur. Diese Struktur liefert uns die Voraussetzungen für ein gutes Leben, ist jedoch leicht zu zerstören – nicht durch die Grundbedürfnisse des Menschen, sondern durch Gier, Unwissenheit und Sorglosigkeit. An die Stelle des schonungslosen Verbrauchs sollte der schonende Gebrauch treten.

Fünftens ist Gerechtigkeit ein Anliegen der Verbraucherbewegung. Dabei geht es darum, politische, gesetzgebende und wirtschaftliche Systeme so zu organisieren, daß eine gerechte und vernünftige Grundlage für das Zusammenleben geschaffen wird.

Diese fünf Pfeiler bilden meines Erachtens das Fundament, von dem aus Bedeutung, Kompetenz und Erfolg der Verbraucherbewegung beurteilt werden können. Inzwischen sind diese fünf bereits ein wesentlicher Bestandteil der Arbeit unserer International Organization of Consumer Unions (IOCU – Internationaler Verband der Verbraucher-Gewerkschaften) – einer Arbeit, bei der wir genötigt sind, uns weltweit mit der Macht transnationaler Unternehmen zu befassen, mit den Möglichkeiten, die internationalen Institutionen gegeben sind, und mit der Einrichtung globaler, untereinander vernetzter Bürgerinitiativen.

Wir beschäftigen uns mit den Problemen der Säuglingsnahrung, der Pharmazeutika und Pestizide. Um das Problem der Beseitigung verbotener oder strengen Bestimmungen unterliegender Stoffe in den Griff zu bekommen, haben wir ein Netzwerk für die Bürgerinitiativen in aller Welt aufgebaut, die Consumer Interpol (Verbraucher-Interpol). Dieses Netz garantiert den Bürgerinitiativen einen schnellen Informationsaustausch, verschafft ihnen durchgängige Untersuchungsmöglichkeiten über solche Stoffe und koordiniert weltweit Aktionen, die sich auf die Müllbeseitigungsfrage konzentrieren.

IOCU ist das Bindeglied für die Arbeit von über 120 Verbrauchergruppen in etwa 50 Ländern jeder Entwicklungsstufe auf allen Kontinenten. Durch die erstmalige Vernetzung von Bürgerinitiativen haben wir dazu beigetragen, insbesondere die International Baby Food Action Network (IBFAN), die sich mit der Babynahrungsfrage befaßt, die Health Action International (HAI) für Gesundheitsfragen und das Pesticides Action Network (PAN) für Probleme mit Schädlingsbekämpfungsmitteln ins Leben zu rufen und stehen mit Hunderten von Verbrauchergemeinschaften, Initiativgruppen, Entwicklungshelfern, Umweltschützern, Frauengruppen und Gewerkschaften in Kontakt, die unser Anliegen an Millionen Menschen herantragen – Mütter, die Nestlé-Produkte boykottieren wegen der Art und Weise, mit der diese Firma Kuhmilch für Babys vermarktet hat, Ärzte, die Ciba-Geigy-Erzeugnisse boykottieren, weil dieser Konzern an einer der schlimmsten Arzneimittelkatastrophen beteiligt war, die durch den Stoff Clioquinol verursacht wurde.

Die Arbeit der Verbrauchergruppen hat eine Wende herbeigeführt!

Jetzt gibt es einen internationalen Kodex zur Anregung und Förderung des Stillens, und Ciba-Geigy hat vor kurzem bekanntgegeben, alle oralen Formen des Mittels Clioquinol vom gesamten Weltmarkt zurückziehen zu wollen.

Wir hoffen, daß durch die Consumer Interpol und andere Initiativgruppen Gewalt, Verschwendung und Manipulation, von denen unsere Gesellschaft so tiefgreifend geprägt ist, reduziert, wenn nicht gar ausgemerzt werden können.

Dabei werden wir Mittel anwenden, die ebenso human sind wie unsere Ziele.

Nun will ich Ihnen noch fünf Punkte nennen, die ich für nützlich befunden habe und die einen Aktionsrahmen für verantwortungsbewußte Verbraucher abstecken. Wir bezeichnen sie auf Sanskrit, einer uralten Sprache, als die Panchasila für Verbraucher.

Kritisches Bewußtsein – es muß uns endlich klar werden, daß wir die Güter und Dienstleistungen, die wir verbrauchen und in Anspruch nehmen, mehr in Frage stellen müssen. „Warum" wir konsumieren, sollte uns genauso wichtig sein wie „was".

Engagement und Aktion – wir müssen uns durchsetzen und handeln, damit gewährleistet ist, daß wir auch bekommen, was uns zusteht. Am besten fangen wir bei uns selbst an, beziehen dann allmählich unsere Umgebung mit ein und schließlich unsere Gemeinde und unsern Staat.

Soziale Verantwortung – wir müssen sozial verantwortlich handeln, mit Umsicht und Fingerspitzengefühl, was die Wirkung auf den Bürger, besonders auf benachteiligte Gruppierungen innerhalb der Gemeinde angeht. Kaufkraft ist eine wirkliche Kraft, und ein Boykott ist eine machtvolle Waffe. Die Kaufkraft gibt einem die Möglichkeit, seine Stimme abzugeben und beispielsweise gegen Rassisten in Unterdrückerregimen anzugehen oder durch gezieltes Einkaufen oder Kaufverweigerung mitzuwirken, daß zum einen bessere Produkte auf den Markt kommen und darüber hinaus eine bessere Welt geschaffen wird.

Ökologisches Verantwortungsgefühl – der Verbraucher muß sich der Tatsache bewußt werden, daß seine Entscheidung eine Wirkung auf die physische Umwelt hat. Danach sollte er sich richten. Wir müssen gegen die Schändung unserer Umwelt kämpfen, wenn wir wirkliche Verbesserungen der Lebensqualität in Gegenwart und Zukunft erreichen wollen.

Solidarität – am besten und effektivsten ist es, seine Anstrengungen zu vereinen und gemeinsam zu handeln. Die Bürger sind aufgerufen, sich in Initiativen zusammenzutun und damit die Kraft und den Einfluß zu gewinnen, die nötige Aufmerksamkeit auf die Verbraucherinteressen zu lenken.

Fangen Sie selbst an, sich diese Leitpunkte zu eigen zu machen.

Zum Schluß will ich Ihnen noch folgendes nahelegen: Schlafen die Menschen, weckt sie auf. Haben die Menschen Angst zu handeln, dann macht ihnen Mut, indem Ihr selber den ersten Schritt tut.

Sir George Trevelyan
Für eine spirituelle Bildung der Menschheit

Der Wrekin Trust ist ein gemeinnütziges Bildungswerk, das sich mit der geistigen Natur des Menschen und des Universums befaßt. Er vermittelt im Rahmen der Erwachsenenbildung spirituelle Erkenntnisse. Ich habe die Stiftung 1971 ins Leben gerufen. Ihr Zweck ist es, Wochenendkurse und -konferenzen anzubieten. Da wir kein Tagungszentrum haben, mieten wir geeignete Räumlichkeiten von Bildungsinstitutionen in verschiedensten Teilen Großbritanniens. Die Teilnehmerzahl der Kurse ist sehr unterschiedlich: von kleineren Workshops, bei denen praktische Erfahrungen der inneren Verwandlung gesammelt werden können bis zu großen Konferenzen mit 400 bis 500 Teilnehmern. Außerdem finden noch Tagesveranstaltungen und Vortragsreisen statt. Als reine Erwachsenenbildungsinstitution sind wir keiner speziellen Gruppierung angegliedert oder verpflichtet. Darum pflegen wir freundschaftliche Beziehungen und Kontakte zu allen Bewegungen, die der Erweckung eines spirituellen Bewußtseins dienen.

Der Wrekin Trust nimmt folglich eine einzigartige Position ein. Unser Hauptanliegen war es, Menschen die Augen zu öffnen für eine ganzheitliche, spirituelle Weltanschauung, in der Hoffnung, daß sie dadurch den tieferen Sinn des Lebens erkennen und den Weg finden, dem sie persönlich folgen möchten. Viele Menschen sehnen sich danach und sind inzwischen reif für diese neue Denkungsart. Etliche machen auch schon eine Bewußtseinsveränderung und eine tiefere Stufe intuitiven Erlebens durch – was sie anfänglich oftmals beunruhigt, bis sie merken, daß ihre Erfahrungen Teil eines allgemeinen Wandels sind.

In unserem materialistischen Jahrhundert vollzieht sich ein Durchbruch hin zu einem kosmischen Bewußtsein und einer ganzheitlichen Anschauung, eines der aufregendsten Phänomene in der geistigen Atmosphäre unserer Zeit. Die sogenannte New-Age-Bewegung hat in den 60er Jahren einen gewaltigen Sprung nach vorn gemacht und ist mittlerweile in Großbritannien und Amerika weit verbreitet.

Wie ist der Wrekin Trust entstanden? Der Name geht auf den Wrekin in Shropshire zurück, einen heiligen Berg im Herzen Englands. Ich habe 24 Jahre lang Attingham Park vorgestanden, dem Erwachsenencollege von Shropshire, in einem schönen Herrschaftshaus aus dem 18. Jahrhundert am Fuße des Wrekin. Das College wurde 1947 gegründet und war eines der ersten Kurzzeit-Colleges im Internatsstil.

Wir wollten es als Kulturzentrum für jedermann nutzen, um nach den Kriegsjahren neues Interesse und Begeisterung für friedliche Aufgaben zu wecken. Wir boten Programme zu allen möglichen Themen an – Shakespeare, Beethoven, Geschichte, Literatur, Musik, Archäologie, Kunsthandwerk und bildende Kunst, Philosophie, Naturgeschichte und so fort. In den 24 Jahren meiner Tätigkeit in Attingham haben wir über 1000 Lehrgänge abgehalten, die samt und sonders Neuschöpfungen waren; darüber hinaus fanden noch 700 geschlossene Tagungen statt.

Inspiriert hatte mich ein Wort des Philosophen Whitehead – „wahre Erziehung ist unmöglich ohne eine ihr eigene visionäre Vorstellung von Größe" – ein schönes Motto für die Erwachsenenbildung. Mein Interesse an einer spirituellen Weltsicht ist während des Krieges durch mein Eindringen in die Gedankenwelt Rudolf Steiners erwacht.

Die spirituelle Anschauung kam wie eine Offenbarung über mich und weckte immer größere Begeisterung in mir. Und so fing ich in den 60er Jahren an, neben anderen Lehrstoffen in Attingham auch fünf bis sechs Kurse im Jahr über spirituelle Themen anzubieten. Die Reaktion war höchst überraschend. Ich konnte tatsächlich das Haus füllen mit Themen wie „Die Erweiterung des Bewußtseins", „Das große Abenteuer Tod" oder „Die Suche nach dem Gral in unserer Zeit". Wir erlebten den Beginn der spirituellen Bewegung, und viele der Leitfiguren auf diesem Gebiet haben den Weg nach Attingham gefunden und sich dort getroffen.

Als ich mit 65 Jahren in den Ruhestand trat, war mir klar,

daß ich weiterhin Lehrgänge über spirituelle Themen abhalten mußte, denn ich war mir der großen Nachfrage gewiß. So gründete ich mit guten Freunden zusammen, das gemeinnützige Bildungswerk und nannte es nach dem Berg Wrekin. („Ich hebe meine Augen auf zu den Bergen.“) Ich muß doch noch weiter ausholen. Mitte der 30er Jahre beflügelte mich die Vorstellung, Landhäuser für die Erwachsenenbildung zu nutzen, lange vor der Realisierung der Erwachsenenbildungsprojekte, wie sie die Nachkriegszeit brachte. Damals war ich Lehrer in Gordonstoun, wo ich unter anderm auch Prinz Philip unterrichtete. Der Rektor des Instituts, Dr. Kurt Hahn, sagte mir, ich solle mir doch die Volkshochschulen in Dänemark und Schweden ansehen, die der Anregung und Idee des dänischen Theologen Grundtvig zu verdanken waren. Grundtvig plädierte für eine Erwachsenenbildung, in der es auf eine Vereinigung von Leben und Spiritualität ankommt, wie er in seiner „Doktrin vom lebendigen Wort“ dargelegt hat. Seine Redner mußten frei, ohne Textvorlagen, vortragen, Beispiele aus der dänischen Geschichte, dem Volksbrauchtum und der Literatur anführen und ihre Zuhörerschaft dadurch so mitreißen, daß die jungen Bauern in Begeisterung versetzt wurden.

Ich wollte seinem Modell nun die „Doktrin von der lebendigen Idee“ beifügen und als zentrales Element der neuen Erwachsenenbildung eingliedern.Das heißt nicht allein, Ideen lebendig darzulegen; es bedeutet vielmehr, daß Ideen lebendig sind. Im platonischen Sinne sind sie in Wahrheit Wesen aus dem Ozean des göttlichen Denkens und realisieren sich, wenn sie ins menschliche Denken treten. Sie haben eine Eigendynamik und machen eine Veränderung der Lebensweise erforderlich. Darum treffen sie unter Umständen auf Widerstand. Rein abstrakte Ideen haben nichts Bedrohliches an sich. Lebendige Ideen können einen grundlegenden Bewußtseinswandel bewirken und somit unser Handeln beeinflussen.

Die geistige Vision des New Age ist kein ausgeklügelter Plan für den sozialen Wandel. Sie repräsentiert nur das Hereinströmen von dynamischen, dem schöpferischen Denken entspringenden Energien. Offenbar findet ein Transformationsprozeß statt. Die spirituelle Weltanschauung erkennt die Realität höherer Intelligenz- und Daseinsformen an. Wir erleben das Wiedererwachen der alten Mysterienweisheit. Danach ist das Universum ein unermeßliches Kontinuum schöpferischen Bewußtseins. Es ist nicht etwa ein Mechanismus, sondern etwas Geistiges, eine Wesenheit. Das Analogiegesetz hat hier Gültigkeit – wie oben, so unten, wie innen, so außen, wie im Makrokosmos, so im Mikrokosmos.

Unsere Erde wird als lebendiges Geschöpf gesehen, als Organismus mit Atemtätigkeit und Blutkreislauf, mit Reaktionsfähigkeit und Intelligenz. Der Mensch ist ein wesentlicher Bestandteil der Natur und als Krone der Schöpfung auch Verwalter des Planeten.

Wir jedoch haben in unserer Dummheit und Habgier diesem herrlichen Planeten übel mitgespielt und seine Ressourcen rücksichtslos ausgebeutet. Aber die Erde selbst ist wieder Teil eines größeren Organismus, des Sonnensystems. Die Planeten sind den endokrinen Drüsen im Körper vergleichbar (wiederum Mikro- und Makrokosmos). Wenn eines dieser kleinen Organe erkrankt, leidet der ganze Körper darunter. Die Erde ist dunkel und krank geworden. Wie lange, glauben wir, wird im Bereich höherer Intelligenz diese Disharmonie noch toleriert? Die Antwort lautet: nicht länger mehr. Die Zeit ist abgelaufen. Der Erdball muß erlöst und gereinigt werden durch die Wirkung lebendiger Energieströme, die im menschlichen Bewußtsein fließen. Geschichtsereignisse können als Symptome der Bewußtseinsevolution betrachtet werden. In unserer Zeit ist ein entscheidener Punkt erreicht worden.

Die nächsten Schritte im evolutionären Prozeß finden jetzt offenbar im Innern des Menschen statt in Form von selbstreflektierendem Bewußtsein. Volle Verantwortung ist dem Menschen aufgebürdet, der dazu erzogen wird, in aller Freiheit Mitschöpfer Gottes zu werden. Wir treten in das „Zeitalter des Bewußtseins" ein, indem wir uns eine ganzheitliche Weltanschauung zueigen machen. Hierin liegt die große Hoffnung unserer im Aufruhr befindlichen Zeit. Wir haben den Hauptfaktor bei unserer Situation übersehen. Wir haben unsere Hauptverbündeten vergessen. Wir sind aufgerufen, die Realität einer Ebene höherer Intelligenz und die Existenz von spirituellen Welten anzuerkennen. Die wandelnde, läuternde Energie kann Liebe genannt werden, das Einströmen der Christusmacht in die Menschenseelen, die bereit sind, sie zu empfangen. Ich möchte nachdrücklich betonen, daß es sich dabei nicht um ein Dogma handelt, an das man glauben muß. Wir reden hier von den Ideen derer, die in die spirituelle Welt eindringen. Wir sind alle dazu in der Lage, solche Impulse aus dem Äther in uns aufzunehmen. Wir greifen sie auf, weil sie schön sind, weil sie dem Leben auf Erden einen Sinn geben, aber sie entziehen sich einer Überprüfung durch den kritischen Verstand. Wir können jedoch lernen, sie in unser Denken mit einzubeziehen, wenn wir gleichzeitig mit unserem Urteil zurückhalten; wir können so leben, als glaubten wir an sie, in derErkenntnis, daß sie, falls sie sich bewahrheiten, eine neue Gewißheit in sich tragen, weil sie lebendig sind. Damit haben wir eine Technik, mit deren Hilfe wir die unwägbaren Welten erforschen können.

Wir lernen, wirklich kreativ mit den lebendigen Ideen umzugehen. Es ist dies keineswegs reine Theorie, da die Ideen, sobald sie Gestalt annehmen, wirksam werden und unseren Lebensstil verändern. In unseren Wrekin-Trust-Kursen machen wir diese ganzheitliche Weltansicht verständlich und geben eine Einführung in Techniken der Meditation und inneren Wandlung, in der Hoffnung, daß die Lernenden dadurch ihren eigenen Weg finden.

In den 11 Jahren, seit der Wrekin Trust besteht, haben wir über 450 Wochenendkurse und Konferenzen zu den verschiedensten Themen abgehalten. 1974 hat sich mir Malcolm Lazarus angeschlossen, der inzwischen Ko-Direktor des Bildungswerks ist. Malcolm hat beträchtliches Geschick darin bewiesen, Menschen auf die Erforschung ihrer geistigen Natur vorzubereiten, und leitet mit seiner Frau Jane, einer Astrologin, mit Erfolg eine Reihe von Workshops unter dem Titel „The Transformational Journey" (Die Transformations-Reise). Seit 10 Jahren halten wir auch alljährlich die Holistic-Healing-Konferenz über ganzheitliches Heilen ab, an der 400 bis 500 Menschen teilnehmen. Diese Tagungen sind ein wichtiger Brennpunkt für die Bewegung des geistigen Heilens und alternativer Therapien. Den Vorsitz führte immer der große Heiler Major Bruce MacManaway. Die Vortragsqualität ist hervorragend, denn wir ziehen inzwischen Kapazitäten sowohl aus den alternativen Therapien als auch aus der orthodoxen Medizin an. Wir haben darüber hinaus noch fünf große Konferenzen zum Thema „Mystiker und Wissenschaftler" abgehalten. Es war zu beobachten, wie einige der führenden Wissenschaftler den Durchbruch schafften und entdeckten, daß das Universum Geist ist. Sie kommen zur gleichen Anschauung wie die Mystiker. Dr. Fritjof Capra, der auf den ersten Treffen als Physiker sprach, erklärte vor kurzem: „Ich glaube jetzt, daß die Weltsicht mystischer Traditionen der beste und geeignetste philosophische Hintergrund für die Theorien der modernen Wissenschaft ist."

Auf unserer letzten Tagung gehörte Sir John Eccles, Nobelpreisträger und führender Neurophysiologe, zusammen mit dem Metropoliten Antonius, dem Oberhaupt der Russischen Kirche in Europa, zu den Referenten. Bei unserer nächsten Konferenz, der sechsten, wird Professor David Bohm, der Autor von „Wholeness and the Implicate Order" (Die implizite Ordnung) unser Hauptvortragender sein. Es ist einer der führenden theoretischen Physiker der Welt und darüber hinaus ein Kollege Krishnamurtis. Ferner wird einer der Referenten der ehrwürdige Sangaratchita sein, das Oberhaupt des Western Buddhist Order.

Mystik und Wissenschaft überwinden also tatsächlich ihre Trennung. Die vielen Konferenzen haben die Erwachsenenbildung auf eine neue Stufe gehoben. Der Wrekin Trust ist sichtlich ein Rednerpodium für die besten Referenten Amerikas und Europas.

Vortragsreisen und Netzwerke

Neben dem generellen Programm, habe ich mich in den vergangenen Jahren Vortragsreisen in verschiedene Landesteile gewidmet, um mit Gruppen Verbindung aufzunehmen, die durch Anregungen aus Wrekin-Trust-Lehrgängen entstanden sind. Allenthalben entstehen Gruppen und Zentren für Weiterbildung, Meditation und Heilen. Die Bewegung ist breit angeschwollen und entspringt den unterschiedlichsten Quellen; wir wiegen uns in dem stolzen Gefühl, daß der Wrekin Trust das Seine dazu beigetragen und wichtige Anregungen für dieses erstaunliche Erwachen gegeben hat.

Es ist gerade so, als überziehe ein Gewebe aus Lichtzentren die Erde und breche dem spirituellen Licht Bahn. Wie wir sehen, treten vermehrt Genossenschaften und Gemeinschaftsunternehmungen in Erscheinung, die miteinander Kontakt pflegen und einem alternativen Lebensstil folgen. Dazu gehören unter anderm der organische Landbau mit Anbau und Vertrieb vollwertiger Nahrungsmittel, die Eröffnung von Werkstätten, die Anwendung alternativer Technik sowie die Gründung neuer Schulen und der Aufbau von Zentren für Meditation, Heilen und Yoga. Auch die breite Umwelt-, Landschafts- und Tierschutzbewegung muß hinzugerechnet werden. Natürlich brauchen die Umweltschützer sich nicht unbedingt einer spirituellen Weltanschauung zu verschreiben, aber es ist doch klar ersichtlich, daß sie im Grunde der Erde dienen als Fürsprecher und Sachwalter all ihres Lebens.

Der alternative Lebensstil zeigt, daß eine Lebensweise gedeihen kann, die sich nicht auf Wettbewerb und Ausbeutung gründet, sondern auf Kooperation, Gewaltfreiheit, ökologisches Bewußtsein, Mitgefühl und Friedfertigkeit. Sie verwirklicht Schumachers Vision des „small is beautiful".

Die treibende Kraft der Bewegung ist das Bewußtsein für die Dringlichkeit, die in unserem Zeitalter gegeben ist, denn es ist offenkundig, daß Unheil über uns hereinbricht, wenn die Menschheit nicht zu einem Lebensstil findet, bei dem die nicht erneuerbaren Ressourcen der Natur erhalten bleiben. Wir fühlen uns zutiefst geehrt, den Right-Livelihood-Preis entgegennehmen zu dürfen. Der Zeitpunkt hat eine ganz besondere Bedeutung. Wandel ist das Merkmal unserer Zeit.

Wir stehen alle an einer Schwelle, die wir überschreiten müssen, wenn wir zu einem neuen, tieferen Verständnis kommen wollen. Es ist von ausschlaggebender Bedeutung, daß von nun ab Geldmittel, die spirituelle Energie symbolisieren, in die „Bewußtseins-Bewegung" einfließen, wie sie zu Recht genannt wird. Im 19. Jahrhundert erhielt die Kunst enormen kulturellen Auftrieb durch das Vermögen, das die Amerikaner in der Industrie verdienten und in prächtige Galerien und Museen steckten. In unserer Generation werden große schöpferische Energien freigesetzt, wenn in ähnlicher Weise dafür Mittel bereitgestellt werden. Wir erleben, wie sich ein alternativer

Lebensstil durchsetzt, von dem tatsächlich das Überleben der Menschheit und die Rettung des geschändeten Planeten abhängen könnte. Viele Unternehmungen in dieser Richtung, die von bewundernswertem Weitblick zeugen, führen einen Kampf ums Überleben.

Um dieses Werk fortsetzen zu können, müssen große Opfer gebracht werden, weil die nötigen Mittel fehlen, so daß die kreative Weiterführung der Arbeit sehr behindert wird. Möge das leuchtende Vorbild des Right-Livelihood-Preises Leistungen anspornen, die ein wesentlicher Faktor für den gesellschaftlichen Wandel werden können. Wir leben wahrlich in einem Zeitalter, in dem die schöpferischen Kräfte der lebendigen Idee endlich freigesetzt werden.

S. Tilakaratna: PIDA
Die Graswurzelbewegung in Sri Lanka

Als Repräsentant der Aktionsforschungsgruppe des Participatory Institute for Development Alternatives – PIDA (Kooperatives Institut für Entwicklungsalternativen) danke ich der Right-Livelihood-Stiftung für die Ehre und Anerkennung, die unserer Gruppe durch die Verleihung des Right-Livelihood-Preises 1982 erwiesen wird, der so treffend Alternativer Nobelpreis heißt.

Damit wird eine relativ kleine und junge Gruppe von Aktionsforschern außerordentlich ermutigt und bestätigt, die Basisarbeit auf einer fernen Insel leistet, in Sri Lanka. Ich darf aber gleich hinzufügen, daß wir keineswegs in völliger Isolation auf einer einsamen Insel die Initiative ergriffen haben. Vielmehr sind wir Teil eines größeren Prozesses in Richtung „alternativer Entwicklung", der im asiatischen Raum im Gange ist. Wir haben fruchtbare Verbindungen zu Graswurzel-Bewegungen und -gruppen in den verschiedensten Teilen Asiens und pflegen einen regen Austausch mit diesen Gruppen, so daß wir alle von den Erfahrungen und Entwicklungen wechselseitig profitieren. Und so nehme ich den Preis nicht nur als Stellvertreter PIDAs entgegen, sondern im Namen all derer, die in Asien durch Basisinitiativen und originelles Experimentieren Entwicklungsalternativen erarbeiten.

Ich möchte auch erwähnen, daß es für die Verleihung dieses Preises wohl kein besseres Land als Schweden gibt, das durch Institute wie die Dag-Hammarskjöld-Stiftung und SAREC die Idee der „Entwicklungsalternativen" von jeher unterstützt hat. Obgleich PIDA eine noch junge Organisation ist und als unabhängige Körperschaft erst zwei Jahre besteht, reichen unsere Wurzeln bis in die Mitte der 70er Jahre zurück, als sich ein asiatisches Gelehrtenteam um das Asiatische Entwicklungsinstitut der UN in Bangkok scharte.

Es waren Forscher, die zum Nachdenken über die Realität

der Armut in Asien anregten, Überlegungen über den Mißerfolg früherer Entwicklungskonzepte anstellten und ein Rahmenprogramm für Entwicklungsalternativen in Asien erarbeiteten.

Die asiatische Gesellschaft ist vorwiegend eine Agrargesellschaft. Seit etwa drei Jahrzehnten ahmen die Länder Asiens ein ihnen fremdes Entwicklungsmodell nach, dessen zentrale Elemente Industrialisation, Wachstum im gesamten modernen Sektor, Kapital- und Technologietransfer, Trickle-down-Effekt und eine Form der Planung von oben nach unten sind. In vielen Ländern ist das Modell so, wie es ist, gescheitert. Es hat sogar zu Fehlentwicklungen geführt: Die Gesellschaft wurde polarisiert, und die Menschen wurden ihrer Kultur und Tradition entfremdet. Die unbarmherzigen Kräfte, die der Armut Vorschub leisten, blieben unvermindert bestehen. Die Armut hat weiter zugenommen, sowohl bei stagnierender als auch bei gesteigerter Produktion. Das untaugliche konventionelle Modell fand immer weniger Befürworter. So war die Situation, als das genannte Forscherteam nach Alternativen zu suchen begann. Sie studierten die Makro- und Mikroprozesse, die in den asiatischen Ländern abliefen, und erarbeiteten ein Rahmenkonzept, das die theoretischen Grundlagen für eine ländliche Entwicklung schuf. Mit kooperativen Forschungsmethoden untersuchten sie vor allem die der Bhoomisena-Basisbewegung in Indien und gelangten damit zu einer schärferen Begrifflichkeit im Hinblick auf Entwicklungsalternativen. Wissen und Können der Menschen an der Basis sowie moderne Erkenntnisse und wissenschaftliche Analysen beeinflußten sich wechselseitig, so daß erstmalig praktisch darauf hingearbeitet wurde, das kreative Potential der Menschen im agrargesellschaftlichen Asien für eine Gesamtentwicklung ihrer Lebensumstände freizusetzen und nutzbar zu machen.

Der logische nächste Schritt hieß, ein Versuchsprojekt durchzuführen, um die Anwendbarkeit der Theorie zu erproben, und eine Mitarbeitergruppe in kooperativer Handlungsforschung auszubilden. Für dieses Experiment wurde Sri Lanka ausgewählt; unter der Schirmherrschaft der Regierung und mit Mitteln aus dem Entwicklungsprogramm der Vereinten Nationen (UNDP) lief ein Aktionsforschungsprojekt an. Über einen

Zeitraum von etwa 18 Monaten wurde eine Kerngruppe von Aktionsforschern entsprechend geschult, die ihrerseits wieder dörfliche Kader („Träger des Wandels“) ausbildeten, von denen die neue Praxis der volksgerechten Entwicklung in die Dörfer getragen wurde. Das Projekt erwies sich als voller Erfolg.

Aus diesem Versuch heraus wurde PIDA geboren. Eine Gruppe von Aktionsforschern, die im Rahmen dieses Projekts geschult worden waren, gründete das Institut im August 1980 mit Hilfe der Forscher, die als erste nach Entwicklungsalternativen für Asien gesucht hatten.*

PIDAs Entwicklungsvorstellungen

Wir betrachten Entwicklung ganz im humanistischen Sinne als einen Prozeß der Gesamtentwicklung des Menschen und seiner Möglichkeiten. Der Weg zur Entwicklung wie auch ihr Ziel ist die Freisetzung der schöpferischen Potentiale des Menschen. Der Mensch ist der bestimmende Mittelpunkt der Entwicklung, statt ihr ausgeliefert zu sein oder nur ihre Zwecke zu erfüllen.

Eine solche humanistische Entwicklungsauffassung hat mehrere wichtige Aspekte: – Entwicklung kann den Menschen nicht als Fertigprodukt von außen aufgezwängt werden. Sie ist im wesentlichen ein innerer Wachstumsprozeß, der seinen Anfang im Herzen einer jeden Gesellschaft nimmt. – Entwicklung hat nur dann einen Sinn, wenn sie milieugebunden ist und in der Praxis einer jeden Primärgemeinde wurzelt. Entwicklung findet einzig und allein dort statt, wo die Menschen leben und arbeiten, in erster Linie also in ihrer unmittelbaren Umgebung. – Kein Entwicklungsmodell hat Allgemeingültigkeit. In Wahrheit ist die Entwicklung um so fruchtbarer, je vielfältiger und verschiedenartiger die aus der Kultur und

*Die Gründungsmitglieder von PIDA waren der inzwischen verstorbene G. V. S. de Silva, Wilfred Karunaratna, H. Podinilame, S. Tilakaratna, Ponna Wignaraja, S. P. Wikramaarachchi und Niranjan Mehta. Der Gelehrtenkreis der ersten Stunde in Bangkok bestand aus G. V. S. de Silva, Wahidul Hague, Niranjan Mehta, Anisur Rahman und Ponna Wignaraja.

sind. Versuche in Richtung Uniformität und Universalismus sind mechanistisch und wirken entfremdend auf die Menschen. – Selbständigkeit, Mitbestimmung und kontrollierende Macht sind zentrale Faktoren des Entwicklungsgangs, wie wir ihn verstehen. Diese drei Faktoren bilden eine Einheit, ein geschlossenes Ganzes. Selbständigkeit hat nichts mit den beschränkten Vorstellungen von Autarkie und Selbstversorgung zu tun. Vielmehr handelt es sich dabei um die autonome Fähigkeit, selbst über seine Lebensumstände zu entscheiden und seinen eigenen Entwicklungsweg zu wählen, ohne sich von äußeren Einflüssen leiten zu lassen.

Der Mensch übernimmt die Kontrolle seiner Lebensverhältnisse wieder selbst, die bisher anderen überlassen blieb. Er besinnt sich allmählich auf seine Rechte. Das Ziel heißt, aus Herrschafts-Abhängigkeits-Beziehungen auszubrechen und Bindungen auf gleichberechtigter Basis einzugehen. Mitbestimmung ist ein zentraler demokratischer Wert und der natürliche Ausdruck eines neuerwachten Selbstbewußtseins. Mitbestimmung bedeutet, daß Menschen, die aus freien Stücken handeln, ihrem Leben angemessene Entscheidungen treffen. Mitbestimmung erfordert organisiertes Vorgehen, damit der Mensch zunehmend mehr Kontrolle über Ressourcen und Institutionen gewinnt, von denen er bisher ausgeschlossen war. Und um sich aus Herrschafts- und Ausbeutungsverhältnissen zu befreien, müssen die Menschen ein gewisses Maß an kontrollierender Macht gegen die vorherrschenden Gesellschaftsinteressen aufbauen und ausüben. Macht beherrscht; kontrollierende Macht befreit. Für einen Entwicklungsprozeß, wie er oben ins Auge gefaßt wurde, müssen die Menschen (die Benachteiligten, Unterdrückten und Armen) die sozioökonomische Realität ihrer Umwelt untersuchen, analysieren und verstehen, insbesondere die Kräfte, die für Elend und Unterdrückung verantwortlich sind, und in gemeinsamer Anstrengung das Selbstvertrauen und die Fähigkeit entwickeln, mit solchen Kräften fertig zu werden.

Die Bewußtseinsbildung (kritisches Bewußtsein der Wirklichkeit, Wahrnehmung der Möglichkeiten zur Veränderung der Wirklichkeit und Erwerben der Fähigkeit, diesen Wandel mitzuvollziehen) spielt eine zentrale Rolle im Entwicklungsprozeß. Die Bewußtwerdung führt direkt zu Organisation und Aktion, durch die mit der Unfreiheit (Herrschafts-Abhängigkeits-Beziehung) gebrochen wird. Jede Handlung wird im Nachhinein überdacht und analysiert, so daß der nächste Schritt besser wird und vor allem Raum für weitere Aktionen entsteht. Die Leute kommen praktisch (in einem progressiven Aktions-Reflexions-Rhythmus) in Bewegung. Die Befreiung von Herrschaftsverhältnissen setzt ihre schöpferischen Energien frei, und die in ihnen schlummernden Produktivkräfte werden aktiviert.

Gleichzeitig wird ein Prozeß der Kapitalbildung in Gang gesetzt, der von eigenen Ressourcen, technischen Verbesserungen, Produktions- und Produktivitätssteigerungen sowie vermehrter Ressourcennutzung ausgeht. Die Menschen lassen sich bewußt auf einen Entwicklungsprozeß ein, den sie in jedem Abschnitt selbst bestimmen durch das progressive Wechselspiel von Aktion und Reflexion, statt ihn einfach so hinzunehmen, wie er von oben diktiert wird.

PIDA arbeitet vorrangig mit der armen Landbevölkerung in Sri Lanka. Ein wesentlicher Ausgangspunkt für diese Arbeit ist die Uneinheitlichkeit ländlicher Gemeinschaften. Im dörflichen Leben bestehen grundsätzlich Widersprüche innerhalb der verschiedenen Gesellschaftsgruppierungen, die mehr gegensätzliche als gemeinsame Interessen haben. Die soziale Grundstruktur eines Dorfes ist im allgemeinen durch die Existenz einer Interessenmehrheit gekennzeichnet (beispielsweise der Händler und Geldverleiher, der Grundbesitzer, der ländlichen Oberschicht und auch ländlicher Bürokraten), der durch einen Status quo gedient ist, während die in der Minderzahl befindlichen Klein- und Lohnbauern, die grundbesitzlosen Landarbeiter und dörflichen Handwerker in Armut leben.

Der Dynamik dieser Widersprüche passen sich früher oder später die meisten staatlich oder privat eingerichteten Insitutionen wie auch die von ihnen vorgenommenen angeblich „neutralen“ Eingriffe in ländliche Gebiete an: sie unterstützen also letztendlich nur die vorherrschenden Interessen und erhalten den Status quo aufrecht. Obwohl einerseits ein Interessenkonflikt zwischen den verschiedenen Klassen und Gruppierungen innerhalb der ländlichen Gesellschaft besteht, sind sie andererseits doch auch auf einander angewiesen.

Diese Beziehungen sind jedoch asymmetrisch: Sie haben Herrschafts-Abhängigkeits-Charakter und bilden ungleiche Abhängigkeitsverhältnisse. Die Kleinerzeuger zum Beispiel (ob Kleinbauern oder dörfliche Handwerker) verlieren einen erheblichen Teil ihres Einkommens (des wirtschaftlichen Mehrwertes) an Geldverleiher, Händler, Grundbesitzer, an die Oberschicht und Bürokratie, und zwar infolge überhöhter Zinskonditionen, des Zusammenwirkens von niedrigen Warenpreisen und hohen Herstellungskosten (bzw. schlechten Handelsbedingungen), hoher Landpacht, Korruption und dergleichen mehr.

Der Gewinnabfluß durch Abhängigkeitsverhältnisse (Herrschafts-Abhängigkeits-Beziehungen) leistet der Verelendung Vorschub, unterdrückt die Produktiv-Kräfte auf dem Lande und hält die Produktivität in der ländlichen Wirtschaft in einem niedrigen Gleichgewichtszustand.

Solche asymmetrischen Verhältnisse schaffen darüber hinaus auch Abhängigkeitshaltungen bei der armen Landbevölkerung; bestimmte Geisteshaltungen und Wertvorstellungen werden geprägt, um die Abhängigkeitsverhältnisse und die bestehende Gesellschaftsstruktur zu rechtfertigen. Überdies sind die Armen keine einheitliche Klasse, da sie in Kasten und vieles gegliedert sind. Außerdem konkurrieren sie miteinander um die begrenzten wirtschaftlichen Möglichkeiten im Dorf.

Diese Faktoren, insbesondere Abhängigkeitshaltungen und Uneinigkeit, hindern die Armen daran, die Initiative zu ergreifen, um ihr Los zu verbessern, und begründen ihre Unfähigkeit, neue Denkansätze zu finden, Probleme zu lösen und zu experimentieren – sie fügen sich einfach in den Status quo. Dadurch werden wiederum die asymmetrischen Abhängigkeitsverhältnisse stabilisiert oder verstärkt, so daß ein Teufelskreis von Abhängigkeit und Armut entsteht. Das erklärt, warum der selbständige ländliche Entwicklungsprozeß nur unter Schwierigkeiten oder überhaupt nicht spontan in Gang kommt. Meistens bringt nur vermittelndes Einschreiten den Stein ins Rollen, muß bei der armen Landbevölkerung erst das Bewußtsein geweckt werden für gezieltes gemeinsames Handeln, damit sie sich eigenständig entwickeln kann.

Kurzer Überblick über die Arbeit von PIDA

PIDA spielt bei den ländlichen Gemeinschaften im wesentlichen die Rolle eines vermittelnden Katalysators und hilft der armen Landbevölkerung dabei, die sozioökonomischen Gegebenheiten ihrer Umwelt zu untersuchen, zu analysieren und zu begreifen, insbesondere die Kräfte, die der Armut Vorschub leisten. Hauptanliegen PIDAs ist es, die arme Landbevölkerung zu mobilisieren und ihr die Bewußtwerdung und Organisation zu erleichtern. Zu diesem Zweck verfügt PIDA zur Zeit über einen Kader von 15 ausgebildeten Aktionsforschern, und weitere werden draußen an Ort und Stelle geschult. Alle Forscher verlassen ihren Arbeitsbereich allmonatlich einmal für drei bis vier Tage, um sich zu treffen, ihre Arbeit zu reflektieren und der gesamten Gruppe über ihre jeweilige Tätigkeit Bericht zu erstatten. Bei diesen monatlichen Zusammenkünften, die der Aktions-Reflexion dienen, wird das Vorgehen ständig überprüft, ausgewertet und verbessert. Alle Entscheidungen werden kollektiv von der gesamten Gruppe im Konsens gefällt; die organisatorischen Aufgaben werden von den Aktionsforschern in Rotation bewältigt. So wurde eine für gemeinsame Überlegungen günstige Atmosphäre geschaffen; die Aktionsforscher leben bei ihren monatlichen Treffen in der Gruppe zusammen, was den Gedankenaustausch, die gegenseitige Befruchtung und den Dialog fördert.

PIDA funktioniert weitgehend ohne Verwaltungskosten, Verwaltungspersonal und Fahrzeuge. Es unterhält weder ein Büro noch entsprechendes Personal, sondern hat lediglich ein einfaches „Heim", in dem die Versammlungen stattfinden und die Forscher oder etwaige Besucher wohnen können. Im Augenblick operieren die PIDA-Leute gerade in ländlichen Gemeinschaften verschiedenster Art, bei Kleinbauern aller Kategorien (solchen mit und ohne Bewässerungsanlagen, Berg- und Reisbauern), Landwirten großen Stils und kleinen Selbstversorgern, Alteingesessenen und Neuzugezogenen, rechtmäßigen und unrechtmäßigen Ansiedlern auf regierungseigenem Land, nebenberuflichen Landwirten – die einesteils vom Ackerbau und andernteils von Lohnarbeit leben –, Tagelöhnern, kleinen Fischern, dörflichen Handwerkern und Heimarbeiterinnen.

Wenn PIDA in eine Gemeinschaft eingreift, geht es in der

ersten Phase darum, die Armen dazu zu bewegen, sich zusammenzuschließen und nachzuforschen, warum sie eigentlich arm sind. Der PIDA-Helfer untersucht und analysiert mit den Leuten zusammen die in der unmittelbaren Umgebung wirksamen Kräfte, denen die Armut zu verdanken ist. Im Falle der Kleinerzeuger (Kleinbauern und ländliche Handwerker) beispielsweise konzentrieren sich Untersuchung und Analyse vorwiegend auf die Einkommensmenge (wirtschaftlicher Mehrwert), die infolge von Abhängigkeitsverhältnissen an Geldverleiher, Händler, Grundbesitzer und andere verlorengeht. Das Ausmaß des Mehrwertverlusts wird meist jedem Erzeuger oder der Erzeugergemeinschaft im Dorf mit einfachen arithmetischen Mitteln dargelegt. Diese Kalkulationen enthüllen oftmals, daß der dörfliche Kleinerzeuger auf Grund bestehender Abhängigkeiten nicht einmal die Hälfte des Marktwertes für sein Produkt bekommt. Der dörfliche Händler und Geldverleiher gibt dem Kleinerzeuger Kredit zu Wucherzinskonditionen (die sich zwischen 200 und 250 Prozent pro Jahr bewegen), und häufig muß sich der Erzeuger auch noch verpflichten, sein Produkt an eben diesen Händler zu verkaufen und darüber hinaus alles, was er zur Herstellung braucht, sowie seine Konsumgüter ebenfalls bei diesem Händler zu erwerben, daß weiteren Mehrwerteinbußen Tür und Tor geöffnet sind. Derartige vorkapitalistische Verhältnisse behindern die Entwicklung der ländlichen Produktivität. Zu Anfang führen die Leute ihre Armut noch auf Kräfte im lokalen Umkreis zurück; mit der Zeit fangen sie jedoch an, ihre unmittelbaren Erfahrungen auch mit der weiteren Sozialstruktur in Verbindung zu bringen, der sie weniger direkt ausgesetzt sind.

Auf diese Weise löst die wechselseitige Einflußnahme zwischen PIDA und der armen Landbevölkerung gewissermaßen eine chemische Reaktion aus. Die angesammelten Kenntnisse und Erfahrungen der Gemeinschaft werden mit analytischen Mitteln, die der PIDA-Forscher vorgibt, integriert, und so wird bei den Armen ein wissenschaftlicher Untersuchungsprozeß eingeleitet.

Die Leute kommen bei ihren Überlegungen zum Phänomen der Armut allmählich von der rein gefühlsmäßigen Wahrnehmung ihres Elends wie auch von fatalistischen Überzeugungen und Auffassungen über ihre Fähigkeiten ab und finden zu einem begrifflichen, analytischen Problemansatz – sie merken, daß es in ihrer Macht liegt, die Wirklichkeit zu verändern. Jetzt werden sie dazu angehalten, praktische Möglichkeiten zu erwägen, mit deren Hilfe diesem Verarmungsprozeß entgegengewirkt werden kann.

Kleinerzeuger beispielsweise beginnen auszuforschen, was sie tun können, um den Mehrwert, den sie erwirtschaften, auch zu behalten. Von diesem Punkt an kann mit Alternativen experimentiert und empirisch geforscht werden. Der erste Schritt besteht meist darin, einen kleinen Rücklagenfonds einzurichten und ein gewisses Maß an gemeinsamer Stärke und wirtschaftlichem Stehvermögen zu erreichen. Jede Aktion wird im Nachhinein überdacht und analysiert, damit der nächste Schritt möglichst noch besser gerät. Mit jeder weiteren Aktion wächst das Vertrauen der Menschen in ihre Fähigkeit, die Wirklichkeit selbst verändern zu können. Und wenn sie endlich merken, daß es ihnen freisteht, ihre unmittelbaren realen Lebensumstände zu verändern, sind sie auch geneigt, sich zu einer Organisation zusammenzuschließen, deren Struktur und Vorgehensweise von ihnen selbst bestimmt wird, die auf ihren eigenen Erfahrungen aufbaut und ihren speziellen Bedürfnissen gerecht wird. Im Laufe dieses Prozesses entstehen innerhalb der organisierten Bevölkerungsgruppen Kader und katalytische Kräfte. Von hier ab ziehen sich die PIDA-Helfer allmählich zurück und lassen die Leute ihre Sache selbst in die Hand nehmen. Das bedeutet jedoch keine völlige Abkehr.

Der PIDA-Helfer widmet jetzt mehr Zeit der Verzweigung des Prozesses auf neu hinzukommende Dörfer und sorgt für den Informationsaustausch zwischen den verschiedenen Gruppen innerhalb eines bestimmten Umkreises, damit die Leute über ihre unterschiedlichen Erfahrungen reden und voneinander lernen.

Einige Ergebnisse, die PIDA durch sein Eingreifen erzielen konnte

Organisierte Bevölkerungsgruppen, die auf PIDAs Anregung hin entstanden sind, konnten ihre Lebensumstände bedeutend verbessern: – Organisierte Kleinerzeugergruppen haben sich mit Erfolg den wirtschaftlichen Mehrwert erhalten können, den sie sonst durch Abhängigkeitsverhältnisse eingebüßt hatten. Den lokal operierenden Ausbeutern sind erhebliche Gewinne abgerungen worden. Die Folge davon waren wesentliche Einkommensverbesserungen bei den Kleinerzeugern, in manchen Fällen bis zu 100 Prozent. – Daß es möglich war, den wirtschaftlichen Mehrwert voll zu erhalten, war ein gewaltiger Anreiz zur Produktionssteigerung durch Nutzung verfügbarer Ressourcen, Produktivitätsverbesserungen, Anwendung von ausgereifter Technik, den Anbau neuer Getreidesorten und besseren Zugang zu staatlichen Vertriebssystemen. – Alle Gruppen haben einen Teil ihres höheren Einkommens in einen Gruppenfonds eingezahlt. Dieser Gemeinschaftsfonds hat die Gruppe widerstandsfähiger gemacht, so daß sie Krisen besser überstehen kann, und stellt Mittel bereit für unvorhergesehene Familienprobleme (Krankheits-und Todesfälle). Darüber hinaus ist ein Investitionsprozeß in Gang gesetzt worden, der größtenteils von der Eigenleistung der Leute getragen und durch Kredite aus anderen Quellen ergänzt wird. – Viele Gruppen haben ein breitgefächertes Aktionsprogramm; sie haben eine eigene Gesundheitsfürsorge ins Leben gerufen (das heißt einen Gesundheitsfonds eröffnet und ein Gruppenmitglied in Erster Hilfe ausgebildet – zu einer Art „Barfuß-Arzt") und engagieren sich kulturell und sozial. – Die Leute haben eigene Organisationen geschaffen, die nicht hierarchisch und ziemlich zwanglos im Aufbau sind. Fast alle Gruppen haben es vorgezogen, größenmäßig überschaubar zu bleiben (im allgemeinen gehören einer Gruppe höchstens 25 benachbarte Familien an). Da sie klein sind, können sie als Kollektiv tätig werden, ohne richtige Geschäftsstellen aufmachen und die Arbeit geschultem Personal zuweisen zu müssen. Selbstverwaltung ist ein Grundcharakteristikum für alle Gruppen. Die Mitglieder bilden kleine Teams und bewältigen die anliegende Arbeit im Wechsel. Alle Gruppen treffen sich meist regelmäßig an einem bestimmten Abend in der Woche, besprechen bereits zurückliegende Aktivitäten, informieren sich über soziale und wirtschaftliche Zusammenhänge und beschließen neue Aktionen. Die Aktivitäten werden gruppenintern ausgewertet. Auf diese Weise ist ein praxisbezogener Prozeß, eine Aktions-Reflexions-Spirale, in Bewegung gesetzt worden. – Das Leben der Menschen hat dadurch Selbstachtung und Selbstvertrauen gewonnen. Seit die Leute endlich ein gewisses Maß an Kontrolle über ihre unmittelbare Umgebung ausüben, haben sie Zutrauen zu ihrer Fähigkeit gefaßt, die Wirklichkeit verändern zu können. Sie sind nicht länger passiv, sondern experimentierfreudig. – Organisierte Gruppen haben mit unterschiedlichem Erfolg eine Kontrollmacht gegen lokale Machtstrukturen aufbauen können. Sie haben ihre Verhandlungsposition gegenüber Händlern und solchen, von denen benötigte Produkte erworben werden mußten, gegenüber Oberschicht und Bürokratie entscheidend verbessert. Infolge ihrer stärkeren Verhandlungsposition, die mit einer erhöhten Qualifikation für Förderung gekoppelt ist, haben die Gruppen jetzt auch besseren Zugang zu staatlichen Einrichtungen. Allerdings ging dieser Prozeß nicht ganz ohne Konflikte vonstatten. Die Gruppen trafen oft auf Widerstand und waren Sabotageakten von seiten der herrschenden Interessenschicht ausgesetzt. In den meisten Fällen sind diese Konflikte jedoch entweder erfolgreich beigelegt worden oder haben wenigstens nur zu vorübergehenden Rückschlägen geführt; immerhin waren sie nicht imstande, den Unternehmungsgeist der Leute zu dämpfen. – An einem gewissen Punkt angelangt, hatten die organisierten Gruppen das Bedürfnis, den Prozeß auch auf andere Dörfer zu übertragen und somit die Isolation der ursprünglichen Gruppen aufzuheben. Sobald neue Gruppen entstanden, kam ein lebhafter Austausch unter den verschiedenen Gruppierungen des betreffenden Umkreises in Gang.

Dererlei Interaktionen zwischen den Gruppen, durch die sie Erfahrungen austauschen und voneinander lernen, sind in manchen Dorf-Nachbarschaften zur Regel geworden.

Zukunftsaufgaben

Nach unserer Erfahrung gibt es immer politische oder wirtschaftliche Freiräume, in denen der Prozeß einer selbständigen Entwicklung an der Basis (im Dorf) eingeleitet werden kann. Überdies ist dieser Raum nicht statisch, sondern dehnt sich mit jeder erfolgreichen Aktion aus. Zum einen wird das Selbstvertrauen der Leute gestärkt, die Realität verändern zu können, und zum andern steigert die Verbesserung der wirtschaftlichen Verhältnisse und die Einrichtungen Gruppenfonds die Fähigkeit der Menschen zu weiteren Aktionen. Außerdem wird dadurch, daß sich in einem bestimmten Gebiet mehrere solcher Gruppen bilden, die Isolation aufgehoben, denn die Gruppen beeinflussen sich gegenseitig und knüpfen Beziehungen miteinander an, die eine weitere Quelle der Ermutigung und Stärkung sind.

PIDAs Erfahrungen mit einer Vielzahl von armen Bevölkerungsgruppen zeigen, daß durchaus auch unter verschiedensten ökonomischen und sozialen Bedingungen ein Prozeß der Mobilisierung, Bewußtwerdung und Organisation angeregt werden kann und daß der Entwicklungsgang reproduzierbar ist. Das sind für sich genommen schon sehr interessante und brauchbare Ergebnisse; die Leute haben innerhalb gewisser Grenzen frei agieren und den lokalen Machtstrukturen ein bestimmtes Maß an Kontroll-Macht entgegensetzen können. Besteht die Aussicht, daß solche Graswurzelinitiativen über den Lokalbereich hinaus wirksam werden und auch auf nationaler Ebene eine Gegenkraft darstellen? Inwieweit sind Graswurzel-Mikroprozesse dazu in der Lage, schließlich in nationale Makro-Bewegungen hineinzuwachsen? Inwiefern sind Basisinitiativen der erste sichtbare Beweis für eine neue, befreite Gesellschaft?

Diese Fragen lassen erkennen, daß eine Organisation wie PIDA allein wenig ausrichten kann. Vielmehr muß ein Verbindungsnetz innerhalb eines Landes aufgebaut werden, müssen Kontakte zu anderen Basisgruppen und gleichgesinnten Organisationen, Institutionen und Gruppen geknüpft werden, unter deren Schutz sich dann aus den Graswurzel-initiativen eine größere Bewegung entwickeln kann. Basisinitiativen sind noch immer eine sehr kontroverse Angelegenheit in vielen Ländern der Dritten Welt. Sie werden oft mit Argwohn betrachtet und manchmal als eine Art „subversiver" Kräfte interpretiert.

Häufig besteht auch die Gefahr der Übernahme oder Unterdrückung. Darum brauchen Basisinitiativen Daseinsberechtigung und Anerkennung, wenn sie nicht länger am Rande der

Gesellschaft, abseits vom Hauptstrom des sozialen Lebens, stehen sollen wie bisher. Sie müssen endlich als effektive Methode gelten, wie die arme Bevölkerung angesprochen und zur Mitbestimmung hinzugezogen wird, die ein Grundrecht des Menschen ist. Eine Regierung, die sich Entwicklungsalternativen und der Mitbestimmung verpflichtet, könnte vieles bewirken, indem sie das nötige politische Klima schafft, durch das Basisinitiativen in größere gesellschaftliche Bewegungen hineinwachsen können. Aber solche politischen Umfelder werden zunehmend rarer in der Dritten Welt.

Ein ermutigender Aspekt ist immerhin der, daß viele interstaatliche Organisationen, insbesondere manche UN-Unterorganisationen, wachsendes Interesse daran zeigen, die kollektive Mitbestimmung als wesentlichen Faktor in ihre Dritte-Welt-Projekte einzubeziehen. PIDA hat verschiedenen UN-Organen in dieser Hinsicht bereits Hilfestellung geleistet. Die Einsichtigen in der internationalen Gemeinschaft können eine wichtige Funktion übernehmen, wenn sie als Lobby und Pressure-group den Graswurzelinitiativen, die für Entwicklungsalternativen eintreten, Freiraum Daseinsberechtigung und Schutz gewähren. Basisinitiativen, die sich Entwicklungsalternativen widmen, stecken noch in den Kinderschuhen.

Es bedarf noch vieler Experimente, weiterer Konzeptualisierung und einer Verbesserung der Methodik, der Reproduktionsmechanik sowie der Mikro-Makro-Verbindungen. Die dazu nötigen Kenntnisse müssen praktisch erworben werden. Die in verschiedenen Regionen Asiens tätigen Aktionsforscher müssen regelmäßige ihre Erfahrungen austauschen und analysieren, sie müssen einen Lernprozeß durchmachen, der auf der Aktions-Reflexions-Analyse beruht. Interaktionen begrenzter Art hat es in Asien schon gegeben.

PIDA hat in seiner Entstehungszeit ungeheuer von dem Erfahrungs- und Gedankenaustausch mit zwei asiatischen Gruppen profitiert, dem Volksinstitut für Entwicklung und Ausbildung (PIDT) in Indien und PROSHIKA (Zentrum für humane Entwicklung) in Bangladesh. Innerhalb eines ILO/ICDC-Programms konnten die Aktionsforscher von Bangladesh, Indien, den Philippinen und Sri Lanka miteinander interagieren und dadurch die Weiterentwicklung der Programme individueller Länder fördern.

Vor nicht allzu langer Zeit hat die Gesellschaft für Internationale Entwicklung ein spezielles Programm gestartet (GRIS: Grass Root Initiatives and Strategies – Graswurzelinitiativen und -strategien), das weltweit eine Verbindung zwischen Basisgruppen schaffen will. Trotzdem wird es vorerst weiterhin nötig sein, vermehrt miteinander Austausch zu pflegen und ein Netzwerk von asiatischen Graswurzelinitiativen aufzubauen. Viele Organisationen und Einzelpersonen haben PIDA auf den verschiedenen Stufen seiner Entwicklung zur Seite gestanden. Besondere Erwähnung verdient der inzwischen verstorbene G. V. S. de Silva, der den Grundstein für PIDAs Anschauung und Arbeit gelegt hat. Es sei auch darauf hingewiesen, daß PIDA erst durch die Unterstützung der niederländischen Regierung und der CUSO in Kanada auf die Beine gestellt werden und seinen gegenwärtigen Entwicklungsstand erreichen sowie Anerkennung finden konnte.

Mit dem Geldwert des Preises, den wir von der Right-Livelihood-Stiftung entgegennehmen durften, wird ein Treuhandvermögen angelegt, das unserer Gruppe eine gewisse Stabilität gibt und mit der Zeit Spenden von außerhalb hoffentlich unnötig macht.

Leif Sandholt in Vertretung von Erik Dammann

Für eine internationale Wirtschaftsordnung

Warum nehmen Tausende von Schweden, Dänen, Finnen und Norwegern in unserer Bewegung bereitwillig wirtschaftliche Einschränkungen und einen niedrigeren Lebensstandard auf sich?

Dafür gibt es viele Gründe:

Wir wissen, daß fortgesetztes Wirtschaftswachstum in unseren reichen Ländern zu Lasten der Menschen geht, die eine Aufbesserung ihrer materiellen Verhältnisse wirklich dringend brauchen – die Unterprivilegierten in der Dritten Welt.

Wir finden es absurd, wenn 80% all dessen, was auf der Welt konsumiert wird, von 20% der Menschheit in den reichen Ländern verbraucht wird. Wir weigern uns, weiterhin ein so unlauteres Verhalten unsern Brüdern und Schwestern in der Dritten Welt gegenüber an den Tag zu legen.

Unsere Arbeit entspringt in erster Linie dem Verlangen nach Gerechtigkeit. Bei vielen von uns wurzelt dieser Wunsch auch in einem Gefühl von moralischer und historischer Verantwortung für die Enwicklungen, die zu dem heutigen Ungleichgewicht geführt haben.

Eines der von der Natur am reichsten gesegneten Fleckchen der Erde ist Bengalen, Bangladesh. Vor über 200 Jahren jedoch nahm dort eine Entwicklung ihren Anfang, die Bangladesh zu einer der ärmsten Nationen der Welt machte. Blühender Handel hatte diese Gegend einst reich gemacht. Es gab eine Oberschicht, die in größtem Luxus lebte – aber auch die breite Mehrheit hatte damals ihr gutes Auskommen!

1757 kamen die Engländer nach Bengalen und fingen an, das Land unter militärischem Druck nahezu uneingeschränkt auszubeuten. Neue Steuersysteme und Eigentumsrechte wurden eingeführt. England wollte daheim eine eigene Textilindustrie aufbauen und griff daher massiv in die Seiden- und Baumwollstoff-Produktion ein. 1765 hatte die Stadt Dacca noch 450.000 Einwohner, 35 Jahre später war die Zahl auf 20.000 gesunken! Können wir uns einen Begriff davon machen, welche Veränderungen in der Gesellschaft vorgegangen sein müssen, um eine Stadt innerhalb von nur 35 Jahren auf 5% ihrer ursprünglichen Größe zu reduzieren?

Inzwischen ist Bangladesh seit einem Jahrzehnt unabhängig, dafür aber vollkommen vom Weltmarkt abhängig. Die Juteproduktion des Landes geht auf die Kolonialzeit zurück. 1974 bestritt die Jute 80 % des gesamten Exporteinkommens. Fiel die Weizenernte einmal schlecht aus, zwangen die USA die Bengalen durch ein Getreideembargo, ihren Jutehandel mit Kuba einzustellen, und das kostete etlichen Hunderttausenden das Leben.

In Sri Lanka war früher der Nahrungsbedarf der Bevölkerung überreichlich gedeckt, bis beschlossen wurde, die Insel zur Teeplantage der Welt zu machen. Ein Großteil solcher Abhängigkeiten und Handelsstrukturen ist in der Kolonialzeit geschaffen worden. Sie existieren noch heute, denn solange wir in den reichen Ländern 80% von dem für uns beanspruchen, was auf der Erde produziert wird, sind wir auch nicht bereit, von unserer politischen, wirtschaftlichen und militärischen Dominanz über die Dritte Welt abzugehen.

Die heutige Entwicklungshilfe zementiert die Hilflosigkeit der Dritten Welt vielfach nur noch. Die Weltbank beschließt Landwirtschaftsprogramme und forciert die Grüne Revolution, wodurch eine neue Abhängigkeit von kostspieliger Technik, teuren Pestiziden und Kunstdüngern entsteht, die nur den Reichen etwas nützt und viele Menschen von ihrem Grund und Boden vertreibt. Von Tansania forderte die Weltbank die Schließung der freien Schulen, die Beendigung der kostenlosen Gesundheitsfürsorge und den Stop der Subventionen für Nahrung und Transport als Voraussetzung für einen Kredit. Wir müssen von diesen unwürdigen Abhängigkeitsverhältnissen loskommen!

Wenn wir in „Die Zukunft in unseren Händen“ unseren materiellen Lebensstandard zurückschrauben und einem „neuen Lebensstil“ folgen, betrachten wir das als einen Akt der Solidarität, als eine Möglichkeit, die Unterschiede zwischen reich und arm auf dieser Erde auszugleichen.

Natürlich wird die Welt nicht gleich gerechter, nur weil jemand sich einen neuen Lebensstil zu eigen macht. Selbst die norwegische und schwedische Obrigkeit spricht mittlerweile von „Maßhalten", allerdings aus ganz anderen Beweggründen: Sie wollen, daß wir auf dem Weltmarkt wettbewerbsfähiger werden und damit die Grundlage für weiteres Wirtschaftswachstum schaffen.

Wünschen wir also, daß unser „neuer Lebensstil" eine spürbare Wirkung zeigt, müssen wir sicherstellen, daß der erwirtschaftete Überschuß dazu verwendet wird, die Gesellschaft in eine solidarische Gemeinschaft zu verwandeln. Aber ist es überhaupt möglich, die Mehrheit dazu zu bewegen, ihren Lebensstandard einzuschränken? Wir glauben ja, weil immer mehr Leute merken, daß zwischen einem höheren materiellen Lebensstandard und glücklicher Zufriedenheit kein Zusammenhang besteht. Ein großer Weiser drückte es vor 2000 Jahren so aus: „Was hülfe es dem Menschen, wenn er die ganze Welt gewänne und nähme doch Schaden an seiner Seele?"

In den vergangenen 30 Jahren mit ihrem hohen Lebensstandard hat sich in Norwegen die Selbstmordrate verdoppelt, der Alkoholkonsum verdoppelt und nicht zuletzt der Drogenkonsum einschließlich Narkotika drastisch erhöht. Gewaltverbrechen kommen mehr als doppelt sooft vor, Mord dreimal so häufig wie vorher. Allem Anschein nach hat die Seele unserer Gesellschaft wirklich Schaden genommen, leben wir heute in einer weniger angenehmen, weniger glücklichen Gemeinschaft als noch vor 20, 30 Jahren. 1975 wurden in einer norwegischen Meinungsumfrage zwei Alternativen präsentiert: „ein angenehmes, nur auf das Notwendigste beschränktes, einfaches Leben bei begrenztem Einkommen und eingeschränkten beruflichen Aufstiegsmöglichkeiten" oder „ein hohes Einkommen, viele Konsumgüter und gute Aufstiegschancen, aber mit Streß bei der Arbeit und nach Feierabend verbunden". 75 % der Befragten wählten die erste Alternative. Auf die Frage, ob ihres Erachtens ein höheres Einkommen gleichbedeutend sei mit einem besseren Leben oder ob es nur mehr Probleme schaffe, erwiderten drei von fünf, ihrer Meinung nach gäbe es mehr Probleme, auf jeden Fall aber keine Verbesserung.

Wir wollen für eine gerechte Verteilung der Rohstoffe dieser Welt sorgen – sowohl für die heute Lebenden, als auch für zukünftige Generationen. Das heißt für uns, unbedingt unseren Rohstoffverbrauch einzuschränken und darauf zu achten, daß der Überschuß an die Armen der Dritten Welt geht und dort zu ihrer Entwicklung verwendet wird, ohne neue Abhängigkeiten zu schaffen. Darüber hinaus sollte der Überschuß dazu genutzt werden, eine Veränderung in unserer Gesellschaft zu insgesamt mehr Zusammengehörigkeitsgefühl zu bewirken. Von unserem Ziel, bei all unserm Tun und Lassen nicht länger nur die materielle Rentabilität im Auge zu behalten, werden auch unsere eigenen Länder profitieren. Es werden ungeahnte Möglichkeiten für zwischenmenschliche Kontakte und Kooperation offen stehen, die bislang bei dem Wettrennen um „Effektivität" auf der Strecke blieben.

Die aktive Solidarität unter den Menschen sollte ein Bewertungskriterium für unser Handeln, Denken und Tun sein. Unserer Überzeugung nach hat jeder das Recht auf die sozialen und materiellen Verhältnisse, in denen er sich voll und ganz entfalten kann, ohne dabei andere daran zu hindern, jetzt oder in Zukunft das gleiche Recht für sich in Anspruch zu nehmen. Wir müssen unsere biologische Umwelt, unsere Lebensgrundlage, schützen, wenn unsere Lebensqualität erhalten bleiben soll. Wer immer diesen Wertvorstellungen entsprechend handelt, darf den Namen „Die Zukunft in unseren Händen" führen. Wir bitten alle, selbständig zu denken und eigene Lösungen zu finden, die auf diesen Werten aufbauen. Darum benutzen mittlerweile viele Menschen, Gruppen und Organisationen unseren Namen oder fühlen sich unserer Bewegung zugehörig. Wir sind keine starre Körperschaft, die Entscheidungen fällt und klare Lösungen für die Probleme unserer Zeit anbietet. Aber es sind eine ganze Reihe von Lösungsvorschlägen und Projekten praktisch erarbeitet worden, die nun den reichen Ländern wie auch der Dritten Welt vorgestellt werden. Unsere Hauptaufgabe sehen wir darin, jeden einzelnen, aber auch Organisationen, Parteien, Gewerkschaften, Kirchen, Firmen usw. anzuspornen, bei uns mitzumachen und die Verantwortung für eine ausgewogene Entwicklung auf dieser Erde zu übernehmen.

Unsere Arbeit in Norwegen wird von unserem Informationszentrum in Oslo koordiniert, in dem etwa 20 Leute beschäftigt sind. Wir geben eine erstklassige Zeitschrift heraus, die unsere Ideen an so viele Menschen wie nur möglich heranträgt. Vorrang genießt zur Zeit das Projekt „Zukunftsalternativen" – die eingehendste Gesellschaftsstudie, die je in Skandinavien durchgeführt worden ist, und die aufzeigt, wie die nordischen Länder in Zusammmenarbeit mit Ländern der Dritten Welt vom internationalen Handelswettbewerb loskommen können.

Unsere Bewegung hat zwei Fonds, die durch regelmäßige Beiträge unserer Mitglieder aufgefüllt werden. Mit dem einen finanzieren wir lokale Vorhaben in der Dritten Welt und mit dem andern alternative Entwicklungsprojekte in Norwegen. Ferner haben wir eine Bildungsinstitution, die unsere Ideen auf dem Wege der Erwachsenenbildung verbreitet. Und schließlich haben wir noch das „Institut für sinnvolle Produktion". Viele von uns sind gezwungen, Erzeugnisse herzustellen, die wir gar nicht brauchen oder die schädlich sind (Kriegsmaterial, vielerlei chemische Produkte usw.). Immer mehr Arbeiter fragen sich, was sie eigentlich produzieren, wie und warum es produziert wird und wer davon profitiert. Sie wollen nicht einfach irgendeine Arbeit tun, sondern eine gesellschaftlich sinnvolle Arbeit. Sie wollen wissen, wie die Produktion organisiert ist, welche Technologien und Energiequellen nutzbar gemacht werden könnten und werdie betreffenden Entscheidungen fällt. Mensch und Natur sollen endlich im Vordergrund stehen.

Ein weiterer inländischer Zweig unserer Organisation erarbeitet mit Lehrern zusammen ein Erziehungsprogramm, das auf unseren Werten beruht. Örtliche Gruppen haben in ihren Gemeinden Recyling-Projekte in Angriff genommen, vom Sammeln wiederverwendbarer Abfälle bis hin zu Second-Hand-Läden, um dem Ausstieg aus der Wegwerfgesellschaft den Weg zu ebnen.

Viele lokale Gruppen unterhalten Partnerschaften mit Dörfern, Gruppen, Schulen usw. in der Dritten Welt, um zu einer dauerhaften praktischen Zusammenarbeit mit Gleichgesinnten in diesen Ländern zu finden. Wir haben etwa 100 solcher Projekte laufen.

Außerdem sind wir mit Friedens-, Umweltschutz- und Frauenorganisationen gemeinsam an der Nordischen Alternativ-Kampagne beteiligt. Eines unserer Gemeinschaftsprojekte ist der „Tag des Miteinander-Teilens“ zur Tagundnachtgleiche im Frühling, an dem das Licht gleichmäßig über die Erde verteilt ist, und der uns daran erinnern soll, wie weit wir noch von einer gerechten Verteilung der Rohstoffe entfernt sind. Im nächsten Jahr werden wir Ideenwettbewerbe über Zukunftsalternativen abhalten. Wir machen Ausstellungen und führen Studien durch. (Für das Projekt „Nordische Zukunftsalternativen“ hat die norwegische Regierung gerade 1,2 Millionen Kronen zur Verfügung gestellt, um einen Teil der Forschungen zu finanzieren.) Unsere Probleme erfordern völlig neue politische Lösungen. Da wir nicht glauben, daß globale Lösungen in nächster Zukuft gefunden werden, müssen wir uns darauf beschränken, die notwendigen Veränderungen in einem ganz bestimmten Gebiet einzuleiten. Dafür sind die nordischen Länder mit ihrer gemeinsamen Kultur und Tradition und ihren vielseitigen Rohstoffgrundlagen ein guter Ausgangspunkt.

Um Alternativen zu den verheerenden Auswirkungen der gegenwärtigen Weltordnung realistisch diskutieren zu können, werden wir unser Augenmerk auf die Loslösung der nordischen Länder aus dem wettbewerbsorientierten Weltwirtschaftssystem richten und auf eine wirtschaftliche Unabhängigkeit hinarbeiten. Wenn dieses Modell auch Lösungen für den Nord-Süd-Konflikt aufzeigen soll, muß unsere Alternative eine enge gegenseitige und gleichberechtigte Zusammenarbeit mit einem oder mehreren Ländern der Dritten Welt einbeziehen, und ein Musterbeispiel für eine neue internationale Wirtschaftsordnung werden.

Unser Ziel ist keineswegs der Isolationismus. Eine allmähliche weltweite Kursänderung kann aber nur durch ein realistisches regionales Modell eingeleitet werden, das später einfach erweitert wird, wenn sich noch mehr Länder unter den gleichen Bedingungen beteiligen wollen. Eine größere wirtschaftliche Unabhängigkeit schränkt auch keinesfalls unsere politische, soziale und kulturelle Zusammenarbeit mit der übrigen Welt ein.

Wir wollen die Chancen und Folgen erforschen, die sich ergeben, wenn man statt dem Wirtschaftswachstum andere

Möglichkeiten in Erwägung zieht, um soziale und wirtschaftliche Gerechtigkeit, langfristige ökologische Verantwortung, vermehrte Kooperation und eine größere Einflußnahme des einzelnen auf die Arbeitsbedingungen, auf Technologie und Entwicklung in unserer Gesellschaft zu erreichen. Der Zuschuß des norwegischen Parlaments zeigte die Zustimmung, die unsere Bewegung von seiten einer breiten Öffentlichkeit inzwischen genießt. 31 Gewerkschaftsführer, deren Gewerkschaften zwei Drittel aller organisierten norwegischen Arbeiter vertreten, haben unseren Appel für eine derartige Forschung durch ihre Unterschrift unterstützt, desgleichen prominente Persönlichkeiten aus dem kirchlichen Bereich, aus medizinischen Berufen und anderen Sparten.

Wir werden oft gefragt, warum wir keine politische Partei werden. Es ist zu bezweifeln, daß wir in diesem Fall genauso effektiv sein könnten wie jetzt, denn viele von denen, die uns gegenwärtig ihre Unterstützung gewähren, würden uns dann als Wahlkonkurrenten betrachten. Könnten wir uns überhaupt in unserer Rolle als Botschafter neuer grundlegender Ideen und Ziele in der Gesellschaft behaupten, wenn wir in der Alltagspolitik untergingen? Man kann durchaus gute politische Arbeit leisten, ohne fertige Lösungen innerhalb des von der Linken bis zur Rechten gesteckten Rahmens anzubieten.

Wir halten es für wichtig, daß sich jeder von uns entscheidet, ob er zu den Problemen der Welt oder zu ihrer Lösung beitragen will: In dem Augenblick, in dem wir verantwortlich handeln und unsere Wahl aus der Sicht aller Menschen dieser Erde treffen, statt uns von persönlichen oder nationalen Gesichtspunkten leiten zu lassen, findet eine grundlegende, weitreichende Veränderung statt. Wir Menschen sollten mit unsern Mitmenschen zusammen die Zukunft in unsere eigenen Hände nehmen.

Die Preisträger des Jahres 1983

Die Amerikaner Amory und Hunter Lovins, die nachgewiesen haben, daß die bevorzugte Nutzung erneuerbarer und dezentralisierter Energiequellen nicht nur umweltfreundlich, sondern auch ökonomisch vorteilhafter ist.

Manfred Max-Neef, der gezeigt hat, daß positive Veränderungen der Lebensbedingungen in Lateinamerika auf örtlicher Ebene mit bescheidenen Mitteln und geringer Unterstützung von außen möglich ist.

Häuptling Ibedul von Palau, einer Inselgruppe unter amerikanischer Treuhänderschaft, die gegen massiven Druck der USA dafür kämpft, daß ihr Land frei bleibt von Atomwaffen und Atommüll.

Der Österreicher Professor Leopold Kohr erhält einen Ehrenpreis für seine Studien über die Erfolge und Vorteile kleiner Nationen. Seine Arbeit gab wertvolle Impulse für die nach dem Buch „Small is beautiful“ benannte weltweite Bewegung.

Amory und Hunter Lovins

Amory Lovins ist der Begründer der Internationalen Arbeitsgemeinschaft für „Wege der sanften Energie“ und Vizepräsident der „Freunde der Erde“. Er verfaßte Gutachten zur Energie-Problematik für Präsident Carter, für die Regierungen von Kanada und Schweden und für die deutsche Bundesregierung. Sein Aufsatz „Energy Strategy: The Road not taken“ („Engergie-Strategie: Der Weg, der nicht eingeschlagen wurde“) in „Foreign Affairs“ vom Oktober 1976 wurde der am meisten angeforderte Nachdruck in der Geschichte dieser Zeitschrift.

Hunter Lovins ist Anwältin, Politologin, Soziologin und Forstwissenschaftlerin. Sie hat das kalifornische Naturreservat-Projekt mitbegründet und war dessen stellvertretendc Leiterin von 1974 bis 1979. Sie ist Mitverfasserin von drei Büchern und zahlreichen Aufsätzen ihres Mannes Amory.

Die Lovins sind zur Zeit am Aufbau des Rocky Mountains Instituts in Colorado (USA). Zu dessen Aufgaben gehören:

1. Die wirtschaftlichen und sonstigen Vorteile „sanfter“, umweltfreundlicher Energien einem breiten Publikum zugänglich zu machen.
2. Das Studium der Finanzierung des Übergangs zu neuen Energiequellen.
3. Die Neudefinition des Begriffs „Nationale Sicherheit“.
4. Die Analyse des Wasser-Land-Energieproblems bei Anwendung derselben Kriterien des „Endnutzens“ und der „Kostenminimierung“, mit denen die Lovins die Energiedebatte in neue Bahnen gelenkt haben.

Manfred Max-Neef

Manfred Max-Neef ist chilenischer Wirtschaftswissenschaftler. Sein Ziel ist es, kleine und mittelgroße Städte und ländliche Gemeinschaften zu erhalten und mit neuem Leben zu erfüllen, u.a. durch Förderung ihrer Kultur und handwerklicher Tätigkeiten und durch Stärkung des Selbstvertrauens der dort lebenden Menschen und Festigung ihrer traditionellen Wurzeln. „Dörfer und kleine Städte" – so Max-Neef – „leiden nicht Not, weil sie klein sind, sondern wegen der Unersättlichkeit der Großstädte." Max-Neef hat seine akademische Laufbahn aufgegeben und arbeitet an praktischen Alternativen zum ständigen Anwachsen der Slumgebiete in den Großstädten der Dritten Welt. Er ist der Begründer von CEPAUR (Zentrum für Studium und Förderung städtischer und ländlicher Entwicklungsalternativen) und ist zur Zeit vor allem in Brasilien und Mexiko aktiv. Veröffentlichung: „Einblicke eines Außenseiters: Erlebnisse eines Barfuß-Ökonomen". („From the Outside Looking In: Recollections of a Barefoot Economist", Upsala 1982)

Häuptling Ibedul von Palau

Ibedul Gibbons ist das traditionelle Oberhaupt der Bewohner der Palau-Inseln. Diese Insel-Nation im pazifischen Ozean ist ein UNO-Treuhandgebiet unter Verwaltung der USA. Im Jahre 1979 lehnten die Inselbewohner einen amerikanischen Vorschlag ab, gegen Gewährung finanzieller Hilfe Militärstützpunkte auf Palau zu errichten. Mit einer Mehrheit von 92 Prozent stimmten sie für eine Verfassung, die Transport und Lagerung von nuklearen, chemischen und biologischen Waffen sowie von Atommüll auf ihrem Gebiet für unzulässig erklärte. Die USA weigerten sich, dieses Votum anzuerkennen, und haben seitdem drei weitere Abstimmungen über diese Frage erzwungen. Aber trotz massiver amerikanischer Propaganda blieben die Palauer bei ihrem Nein. Nachdem das Abstimmungsergebnis vom Februar des Jahres vom Obersten Gericht Palaus bestätigt worden ist, muß jetzt über die Beziehungen zwischen Palau und den USA neu verhandelt werden. Der Right-Livelihood-Preis soll helfen, die Position Palaus bei diesen Verhandlungen zu stärken.

Leopold Kohr

Leopold Kohr zitiert gern Konfuzius: „Ich weiß nur eines, aber dieses Eine durchdringt alles" – und noch bildhafter den Dichter Pigres aus Halikarnassos: „Der Fuchs kennt viele Schliche; aber am allerbesten ist der einzige Schlich des Igels." Und tatsächlich, wo wir in der Gesellschaftstheorie auch hinrasen mögen, steht bereits eine untersetzte Gestalt mit Hörgerät und ruft fröhlich in salzburgisch-englisch gefärbtem Tonfall, „Ick bün all da!" Grenzen des Wachstums, Club of Rome (1972) Kohr hat das Thema wortwörtlich schon 1951 der Jahresversammlung der amerikanischen volkswirtschaftlichen Vereinigung AEA vorgetragen. Small is beautiful (1973) Der Verfasser, E. F. Schumacher, lernte Kohr durch gemeinsame Interessen etwa 1962 kennen, schrieb den letzten Satz seines Buches in Kohrs Haus in Puerto Rico und sagte nach seinem großen Erfolg: „Mein Guru ist Leopold Kohr." Separatismus der Waliser, der Bretonen, des neuen Jura-Kantons in der Schweiz? Kohr ist Vordenker der Waliser; sein Büchlein Is Wales Viable erschien 1971, eine französischsprachige Umarbeitung, Une Bretagne libre – Est-elle Viable?, 1976. Auf der zeitweise um Unabhängigkeit bemühten karibischen Insel Anguilla hat er kein Standbild, aber er hätte es verdient. Verkehrschaos und Tod der Innenstädte? Schon 1953 formulierte Kohr seine These der Umlaufgeschwindigkeit, die eine mittlere Bevölkerungsdichte ins Unerträgliche steigern kann. „Jeder Versuch, Verkehrshindernisse zu beseitigen, verstärkt nur den Verkehr. Die Stadt existiert dann für die Fahrzeuge, statt umgekehrt." Lebensqualität? In Artikeln und Vorträgen der frühen 70er Jahre predigte er „die vergessene Schönheit," die letzten Endes auch die wirtschaftliche Anziehungskraft einer Gemeinde ausmacht. Entwicklungshilfe? Vor 10 Jahren schrieb Präsident Kenneth Kaunda von Zambia das Vorwort zu Kohrs Development Without Aid, in dem der Professor die Entwicklungshilfe grundsätzlich ablehnte und meinte, die „Entwicklungsländer" sollten die verderbliche Abhängigkeit vom Welthandel streng meiden. Krise der Europäischen Gemeinschaft? Seit einem Menschenalter weist Kohr auf das Verhängnisvolle der Integration hin. Kriegsursachen? Einzig und allein die kritische Masse: das Gefühl, stärker als irgendeine Kombination möglicher Gegner zu sein. Wieviele Kriege hat das erzkapitalistische Liechtenstein oder das kommunistische Jugoslawien entfacht? Und wieviele das quietistische Indien? Die heute friedliebenden Schweden und Schweizer waren einst der Schrecken Europas, aber inzwischen sind ihnen die Nachbarn ja über den Kopf gewachsen. Atomkrieg? Es ist einfach unwirtschaftlich, eine Bombe zum Beispiel auf Wales abzuwerfen: man trifft kein Nervenzentrum, am wenigsten in den so grünen und verzweigten Tälern. Und wer ist nun dieser strahlend liebenswerte, nur geistig stachelige Igel? Geboren 1909 als Sohn eines Landarztes in Oberndorf bei Salzburg, Universitätsstudium Innsbruck, Paris, Wien, London School of Economics. Doktor beider Rechte und Dr.rer.pol. Im spanischen Bürgerkrieg Berichterstatter einer französischen Nachrichtenagentur; Freundschaft mit Ernest Hemingway und George Orwell. 1938 Bergarbeiter in Kanada, dann Sekretär des „Vaters der kanadischen Geschichtswissenschaften," George W. Wrong. Von 1946 bis 1955 Lehrstuhl der Wirtschaftswissenschaften an der Rutgers University in New Jersey; 1955 bis 1973 Universität Puerto Rico; 1973 bis 1977 University of Wales, Aberystwyth. Endlich besann sich dann sein Vaterland Salzburg auf den lange verlorenen Sohn. („Professor Kohr, sind Sie für die Abtrennung Österreichs von Deutschland?" „Ach was, ich bin für die Abtrennung Salzburgs von Österreich.") 1981 wurde ihm der Ehrenring des Landes Salzburg verliehen; 1982 veranstaltete Salzburg ein Symposium unter dem Titel „Rückkehr zum menschlichen Maß: Kleinheit als Überlebensprinzip." Teilnehmer kamen aus

Puerto Rico, USA, Kanada, Mexiko, Schweden, Italien, Spanien, Deutschland, England, und selbstverständlich aus Wales. Er selbst ist inzwischen auch nach Salzburg heimgekehrt.

Jakob von Uexküll
Wir müssen die kulturellen Zwangsjacken sprengen

Liebe Freunde,
die Right-Livelihood-Preise sollen lebenswichtige Arbeit im Dienste der Menschheit würdigen und unterstützen, angefangen bei unseren Bedürfnissen nach Nahrung und Obdach, nach einer sauberen Umwelt und nach der Entfaltung des menschlichen Geistes bis hin zur Erhaltung unseres Planeten.

Wir wollen eine Arbeit würdigen, die von ökologischer Verantwortung zeugt und die in der Tradition begründete Weisheit der Menschheit nicht einfach ignoriert, insbesondere nicht die Kenntnisse, die die Dritte Welt besitzt. Denn ein wahrhaft internationaler Preis muß unsere kulturelle Zwangsjacke sprengen, unser Vorurteil ausräumen, demzufolge alles Wissenswerte in Theorie und Praxis angeblich in den letzten 50 Jahren in westlichen Laboratorien und an westlichen Universitäten entdeckt worden ist.

Wir erleben eine Zeit weltweiter Verwirrung und Zweifel, von der sogar unsere starrsten Institutionen betroffen sind. In Hülle und Fülle tauchen neue Theorien auf, aber praktisch nutzbare, nachahmenswerte Projekte mit Bezug auf die offenen Fragen sind kaum darunter zu finden. Dieser Preis würdigt solche Projekte, die Ecksteine einer neuen Welt sind, in der das Leben lebenswert ist.

Des weiteren ist mit diesem Preis beabsichtigt, eine Diskussion über die Wertvorstellungen anzuregen, die unserer täglichen Arbeit, unseren Zielen und Institutionen zugrunde liegen. Wir müssen diese Werte identifizieren, herauskristallisieren und in Frage stellen. Wissenschaft und Technik versprechen uns Antworten auf alle Fragen, „wie man's macht", aber auf die Frage „Warum eigentlich?" bekommen wir keine passende Antwort mehr. Ohne eine solche Antwort jedoch werden die modernen Wunder ebenso vergehen wie die Straßen und Aquädukte der Römer.

Die „Sinnkrise“ wirkt sich lähmend auf unsere Bereitschaft aus, mit anderen vor uns liegenden Krisen fertig zu werden. Der bundesdeutsche Politiker Erhard Eppler schreibt, daß 1974/75 in der Politik noch die Grundstimmung vorherrschte, alles sei machbar, während heute das Empfinden überwiege: Nichts geht mehr. Man sei sich dessen bewußt, daß die auftauchenden Krisen zu schwerwiegend seien, um sie noch in den Griff zu bekommen. Ein Gefühl der Unsicherheit und Hilflosigkeit breite sich unter Politikern wie Alternativen aus, und das sei etwas Neues. Unsere Experten behaupten zwar, objektiv und wertfrei zu urteilen und nur dem Gebot von Vernunft und Fakten zu folgen. Je eher und öfter wir diesen gefährlichen Unsinn bloßstellen, um so besser. Um mit Gunnar Myrdal zu sprechen: „Wir sind immer Wertvorstellungen verhaftet. Objektive Forschung hat es nie gegeben und wird es nie geben. Den Antworten müssen Fragen vorausgehen. Einblick kann man nur nehmen, wenn man einen Standpunkt hat. Bei Fragen, die aufgeworfen werden, ist bereits ein Standpunkt gewählt und sind die entsprechenden Wertungen schon vorgenommen worden.“ Und Albert Einstein sagte: „Die Theorie entscheidet darüber, was wir beobachten können.“

Deshalb wollen wir hier nicht etwa unsere subjektiven Wertvorstellungen auf eine Welt objektiver Gegebenheiten übertragen. Sondern nach eingehender Prüfung der verdeckten Wertvorstellungen, die hinter diesen angeblich objektiven Gegebenheiten liegen, haben wir diese Werte als unbrauchbar und verabscheuungswürdig verworfen.

Der modernen Wissenschaft darf nicht länger gestattet werden, sich hinter ihren Wundern zu verstecken und die Verantwortung für ihre Monster abzulehnen. Selbst die brillantesten Köpfe der Wissenschaft sind allem Anschein nach nicht dazu in der Lage, das zu begreifen. Auf dem jüngst in Paris abgehaltenen Symposium mit dem Thema „Technik: Illusion oder Fortschritt?“ hatten die anwesenden 23 Nobelpreisträger nichts anderes anzubieten als Platitüden wie „die Wissenschaft erfüllt alle Verheißungen dieser Erde“ und „jede Technik birgt unvermeidlich ihre Risiken“.

Das Dogma der modernen Wissenschaft erkennt keine Gottheit außer dem blinden Zufall an. Der Nobelpreisträger Jacques

Monod: „Nur der Zufall liegt jeder Neubildung, aller Schöpfung in der Biosphäre zugrunde. Reiner Zufall, absolut frei, aber blind, ist die Wurzel des erstaunlichen Gefüges der Evolution ... “ Dieses zentrale Konzept der modernen Biologie ist nicht länger nur eine unter vielen Möglichkeiten oder nur eine denkbare Hypothese. „Es ist heute die einzig denkbare Hypothese, die einzige, die mit beobachteten und geprüften Fakten vereinbar ist.“

Wenn aber unser Geist das Produkt blinden Zufalls ist, wie können da unsere Beobachtungen und Erkenntnisse verläßlich oder gar wahr sein? Es ist doch eine seltsame Sache, wenn unsere großen Geister sich keinen anderen Begriff von sich selbst machen können als den, willkürliche Zusammenballungen von Materie zu sein! Logik und Beobachtungsgabe sind keine Eigenschaften der Materie. Daran festzuhalten, Intelligenz sei dem sinnlosen Walten roher Kräfte zu verdanken und das menschliche Gehirn sei nur ein Zufallsprodukt chemischer Reaktionen, ist für jeden, der noch nicht die Gehirnwäsche dieses mechanistischen Glaubens durchgemacht hat, höchst irrational. Überdies steht es im Widerspruch zu den Entdekkungen der Physik in der vergangenen Jahrhunderthälfte. Die subatomare Welt ist ein Gefüge ineinandergreifender Beziehungen und nicht einzelner winziger Bröckchen Materie.

Nachdem sie unser Dasein für sinnlos und unsere Werte für irrational erklärt hat, will die „moderne“ Wissenschaft uns nun im Namen von Objektivität und Vernunft ihre eigenen Werte, Bedeutungskonzepte und Götter aufzwingen – an erster Stelle und vorrangig ihre Verehrung für technologische Superlative. Computer, wie überhaupt Maschinen, werden uns als neue, uns überlegene Lebensformen vorgeführt, die vernünftig programmiert werden können und praktisch unsterblich sind. Auf die Frage, ob Computer eines Tages den Menschen ersetzen werden, entgegnet der Zukunftsforscher und Autor Isaac Asimov: „Ich hoffe es.“ Einer der angesehensten Wissenschaftler dieses Jahrhunderts, J. D. Bernal, hegte gleichfalls die Hoffnung, uns aus „unserm Larvenstadium, unserm Erdengefängnis“ herauszuholen, unser Gehirn in „erschütterungssichere Metallbehälter“ einzulagern und „einen vollkommen effektiven, vom Verstand gelenkten Mechanismus“ zu entwikkeln. Alvin Toffler geht heute noch eine Schritt weiter; er beschreibt an Computer angeschlossene menschliche Gehirn-Pools, die „ungeheuer spannende Möglichkeiten“ eröffneten, und zitiert Professor Robert White: „Wir könnten Einsteins Gehirn am Leben erhalten und dafür sorgen, daß es normal weiterfunktioniert.“ Wenn sich die Gelegenheit bietet, werden die Auschwitz-Experimentatoren würdige Nachfolger finden!

In ihrer Unfähigkeit, das Leben zu verstehen, würden diese Wissenschaftler es am liebsten durch eigene Machwerke ersetzen. Wenn wir dieser pervertierten Wissenschaft nicht Einhalt gebieten, werden ihre Frankenstein-Schöpfungen wohl das Erbe unserer Erde antreten. Bei nordamerikanischen Männern ist die Spermienzahl auf weniger als ein Fünftel der Menge gesunken, die noch vor 50 Jahren gemessen wurde, und zwar auf Grund wissenschaftlich hergestellter Gifte wie PCB, die sich in den Fortpflanzungsorganen konzentrieren. Einer Untersuchung zufolge sind inzwischen 23 % steril, und der Prozentsatz steigt rapide an. Das Problem der Überbevölkerung ist offenbar auf dem besten Wege, durch eine wissenschaftliche Dauerlösung behoben zu werden.

Aber welche neuen Lebensformen haben unsere Wissenschaftler denn bisher geschaffen? „Es ist ein Junge“, telegraphierte Edward Teller nach der Detonation seiner ersten Atombombe. Der Pilot des Bombers, der die H-Bombe über Nagasaki abwarf, äußerte ähnliche Gefühle: „Es war etwas Lebendiges, eine neue Spezies von Wesen, die vor unsern ungläubigen Augen geboren wurde.“

Tellers Grund für den Bau der Atombombe war Treue: „Wir wären der Tradition unserer westlichen Zivilisation untreu, wenn wir davor zurückschreckten, die Grenzen menschlichen Leistungsvermögens zu erforschen.“ Über die Radioaktivität machte er sich weiter keine Sorgen, denn schließlich „haben zufällige Mutationen letztendlich den Menschen hervorgebracht“. Es sei darauf hingewiesen, daß dieser Wahnsinnige noch immer Berater von US-Präsidenten ist und höchstes Vertrauen genießt. Der mehr sensible Robert Oppenheimer begründete seine Miterschaffung dieser „neuen Spezies von Wesen“ schon philosophischer: „Es ist gut, der Menschheit insgesamt die größtmögliche Macht überhaupt zu überantworten, mit der sie die Welt kontrollieren kann und mit der sie ihren Erkenntnissen und Werten entsprechend umgehen kann."

Wenn also die Wissenschaftler aufgefordert werden, die Verantwortung für ihre Schöpfungen zu übernehmen, danken sie lieber mit Hinweis auf jene Werte ab, die sie zuvor nicht als Grenzen oder Richtlinien für ihre Arbeit anerkennen wollten. Paul Berg, dem 1980 der Nobelpreis für Chemie zugesprochen wurde, klagte, „kaum etwas lähme die wissenschaftliche Forschung so sehr wie die Konfrontation mit der Forderung nach Anwendbarkeit"; Val Fitch, der im selben Jahr den Physik-Preis gewann, pflichtete ihm bei: „Es ist das Wissen um des Wissens willen, das uns voranträgt. Ich sehe keine direkten Anwendungsbereiche für unsere Entdeckungen. Soweit ich aber überhaupt welche sehe, sind sie zu phantastisch, um der Öffentlichkeit überhaupt anvertraut werden zu können."

Der Soziologe Max Weber sah diese „eisige Polarnacht der Gesellschaft" voraus, „wo seelenlose Experten über herzlose Hedonisten regieren". Während kanadische Eltern vor 20 Jahren hoffnungsvoll glaubten, ihre Kinder hätten es in Zukunft besser als sie selbst, ist es heute genau umgekehrt: 85 % sind der Meinung, ihre Kinder träfen es schlechter. In einer schwedischen Studie jüngeren Datums äußerten sich 80 % der befragten Jugendlichen pessimistisch und fühlten sich machtlos. Von einem achtjährigen Mädchen verlautete, sie wünsche sich, so alt zu sein wie ihr Großvater, damit sie sich nicht mehr solche Sorgen um die Atombombe zu machen brauche. Eine Wissenschaft, die stolz behauptet, „alle Verheißungen dieser Erde zu erfüllen", sich jedoch weigert, die Verantwortung dafür zu übernehmen, daß sie eine Welt geschaffen hat, in der kleine Kinder sich wünschen, ihr Leben neige sich schon dem Ende zu, ist eine Beleidigung für unser Menschsein. Der Biochemiker Erwin Chargaff schreibt: „Wer sich heute mit der Wissenschaft befaßt, ohne von ihr leben zu müssen, kann sich kaum des Eindrucks erwehren, von ihr umgebracht zu werden."

Und wenn sich die Opfer dieser Wissenschaft in ihrer Verzweiflung hilfesuchend an die Medizin wenden, geht es ihnen höchstwahrscheinlich so wie der Schriftstellerin Joanna Macy, deren „tiefes Entsetzen über die Zerstörung der natürlichen Wildnis als Angst vor ihrer eigenen Libido diagnostiziert wurde ... während die sie peinigende Anteilnahme am amerikanischen Ausbomben Vietnams als ungesunder, durch puritanische Schuldgefühle ausgelöster Katzenjammer interpretiert wurde".

In letzter Konsequenz führt die moderne Wissenschaft mit größter Wahrscheinlichkeit geradewege zu dem, wovon die Wissenschaftler immer behaupten, das sei das Ziel ihrer Kritiker: eine Rückkehr zu Steinzeitverhältnissen, aber natürlich nicht infolge von Aktionen fanatischer Umweltschützer, sondern ganz im Gegenteil in erster Linie durch unsere Unfähigkeit, genug Sand ins Getriebe der Vernichtungsmaschinerie zu werfen.

Nach der Seveso-Katastrophe in Italien richtete sich der Zorn der Betroffenen nicht allein gegen die verantwortliche Firma, sondern auch gegen alle Amtspersonen und Außenstehenden, namentlich die Wissenschaftler, die gekommen waren, um zu „helfen", sich aber schon bald gezwungen sahen, ihre Unkenntnis einzugestehen. Nach der US-Bombardierung Kambodschas wandten sich die Überlebenden nicht nur gegen die Schergen des gestürzten Regimes. Wer eine Brille trug, lieferte damit bereits den Beweis, mit der modernen Technik in Verbindung zu stehen, die ihr Land zerstört hatte, und bot damit Grund genug, im Gegenterror der Roten Khmer umzukommen. Wenn unsere Wissenschaftler glauben, eine nukleare Katastrophe in ihren Bunkern überleben zu können, wie glauben sie dann der Wut der andern Menschen entgehen zu können, wenn sie wieder herauskommen? Vielleicht sind solche Denkanstöße nötig, um die immer noch geringe Zahl von Wissenschaftlern zu vermehren, die sich weigern, den Kräften der Zerstörung weiterhin zu dienen.

Die Kritiker der Wissenschaft werden des Luddismus bezichtigt. Die Ludditen, so wird uns gesagt, zogen in den Anfangstagen der industriellen Revolution durch England und zerstörten aus blindem Haß gegen den Fortschritt alle Maschinen. In Wahrheit zerstörten sie nur Maschinen, deren Besitzer den Lohn seiner Arbeiter und/oder die Qualität seiner Erzeugnisse vermindert hatte. Folglich waren die Ludditen alles andere als blindwütig, sondern gingen bewußt gegen die zunehmende Verschlechterung der Lebensqualität vor, die einer Neuordnung zu verdanken war, von der nur einige wenige profitierten.

Die blindwütigen Zerstörer von heute sind die Fortschrittsfanatiker, die die Früchte aller von der Menschheit angesammelten Weisheit ignorieren, vernichten und schmähen. Hassan Fathy, unser erster Preistäger, hat sein ganzes Leben lang dafür gearbeitet, die traditionelle Architektur seiner nordafrikanischen Heimat zu erhalten, wo Lehmziegelhäuser seit etwa 4500 Jahren ununterbrochen bewohnt sind. Wie er sagt, können sie natürlich mit Hilfe moderner Erkenntnisse verbessert werden. Aber statt dessen lehnt die moderne Architektur sie als „primitiv" ab und führt westliche Technik ein, was für die Dritte Welt meist bestenfalls einen Betonkasten mit Wellblechdach bedeutet, in dem die Kinder an Überhitzung sterben.

Einer der verschwindend wenigen Wissenschaftler aus der Dritten Welt, der einen Nobelpreis erhielt, ist Abdus Salam. Vor kurzem hat er erklärt, die Länder der Dritten Welt müßten, um wirklich unabhängig zu werden, trotz der enormen Kosten eigene Atom-Teilchenbeschleuniger bauen, damit sie selber Forschungen im prestigeträchtigen Bereich der Subnuklearphysik durchführen könnten. Innerhalb des gegenwärtigen Systems hat er natürlich recht. Nur wenn die Wissenschaftler der Dritten Welt endlich Elementarteilchen in ihren eigenen Beschleunigern entdecken, werden sie auch von unserem wissenschaftlichen Establishment ernstgenommen – falls es überhaupt noch existiert.

Man erzählt uns stolz, was alles vor 50 Jahren noch undenkbar, inzwischen aber an der Tagesordnung sei. Aber man schweigt sich lieber über all die wissenschaftlichen Symposien vor 20 Jahren aus, die uns für die achtziger Jahre das Paradies auf Erden versprachen. Heute überschlagen sich die Kosten für den wissenschaftlichen Fortschritt und das Wirtschaftswachstum förmlich. Das Waldsterben in der Bundesrepublik ist im vergangenen Jahr von 8 % auf 34 % angestiegen, und trotzdem sollen die endlich veranlaßten gesetzlichen Maßnahmen gegen den sauren Regen erst in den neunziger Jahren in Kraft treten!

Anstelle unserer kurzsichtigen Wissenschaft und Technik, die auf rascher Ausbeutung der in der Erde aufgespeicherten, nicht erneuerbaren Ressourcen beruht und den daraus entstehenden Folgen gegenüber machtlos ist, brauchen wir eine vorausschauende, eine beständige Wissenschaft, die auf dem ewigen Wissen der Menschheit fußt, eine Wissenschaft, die unsere Rolle als Sachwalter der Erde akzeptiert. Wir müssen nach Erkenntnissen trachten, die unserer Selbstverwirklichung und der Realisierung unserer Wertvorstellungen dienen.

Die Gefahren weiterer Untätigkeit sind in verschiedenen Untersuchungen eingehend geschildert worden. „Wahnsinn“ ist die heute gebräuchliche Bezeichnung für die sogenannte Verteidigungspolitik, ein Wort, das sogar militärische Befehlshaber im Ruhestand im Munde führen, sobald sie erst der Gehirnwäsche der Weltuntergangs-Strategen entkommen sind. „Jedes einmal hergestellte Gewehr, jedes Kriegsschiff, das vom Stapel läuft, jede abgefeuerte Raktete ist letztlich ein Diebstahl von denen, die hungern und nicht gesättigt werden, an denen, die frieren und nicht bekleidet werden.“ (Präsident Eisenhower) Wir müssen noch weiter gehen: Wer wird Hungers sterben, damit das Getreide an Rinder verfüttert werden kann, aus denen die Hamburger hergestellt werden, die wir bei einem Abendbummel verzehren? Wer hat sich wie viele Stunden auf seinen Knien abgeschunden, um das Gold zu gewinnen, damit wir irgendein banales Schmuckstück kaufen können, mit dem wir uns eitel behängen?

Sind wir reif für eine Veränderung? Seit Jahren schon enthüllt eine Meinungsumfrage nach der andern nicht nur wachsendes Unbehagen gegenüber der gegenwärtigen Ordnung und wachsendes Mißtrauen gegenüber jeglicher Obrigkeit, sondern auch die Tatsache, daß die große Mehrheit bereit ist, Opfer zu bringen für die Erhaltung der Umwelt – einen Teil des Sozialprodukts zu opfern, damit künftige Generationen überhaupt noch ein Sozialprodukt haben können, ein weniger materiell orientiertes Leben zu führen, sich dem exzessiven Raubbau an den Ressourcen der Welt zu widersetzen, und so fort.

Was heute nottut, ist nicht „eine weitere Variable oder Dimension oder auch Perspektive, nötig ist vielmehr ein neues Verständnis für die menschliche Problematik, auf Grund dessen sich ein alternatives Modell wissenschaftlicher Forschung entwickeln kann“ (Rajni Kothari).

Die Arbeit von Professor Leopold Kohr spielt in diesem

neuen Denkmodell eine wesentliche Rolle. Lange, bevor noch irgendjemand anders auf den Gedanken kam, hat er schon unseren Glauben an Superlative und Wachstum in Frage gestellt, ebenso den Trugschluß, wenn etwas gut sei, müsse mehr davon noch besser sein. Professor Kohrs Ideen sind einfach, und er bringt sie zum Ausdruck. In einem Jahrhundert, in dem die Überzeugung vorherrscht, wer Verstand besitze, müsse unverständlich sein, ist dies eine hohe Tugend. Professor Kohr hat noch eine weitere akademische Sünde begangen: Er hat seine Ideen in der Praxis getestet. Er hat über die Lebensfähigkeit und die Vorzüge kleiner Völker geschrieben, und dabei stieß er auf einen Bericht über die kleine Insel Anguilla, die aus der Föderation, der sie durch ihren Kolonialherrn angeschlossen war, ausschied und allein zurechtkommen wollte. Leopold Kohr fuhr sofort dorthin, um seine Hilfe anzubieten. Er sorgte für einige Bestürzung bei den Geschäftsleuten, die ebenfalls an diesen Schauplatz geeilt waren. „Was fällt denn hier für Sie ab?" fragten sie ihn immer wieder.

Vor über 20 Jahren publizierte Professor Kohr ein Buch mit dem Titel The Overdeveloped Nations („Die überentwickelten Völker"). Bis heute hat sich dieser Begriff noch nicht eingebürgert. Schließlich wollen sich die entwickelten Nationen weiterentwickeln: Wirtschaftswachstum bis in alle Ewigkeit ist noch immer das einzige Rezept, das unsere versammelten Obrigkeiten von links bis rechts anzubieten haben. Wenn es aber allzu offensichtlich wird, daß die reichen Länder nicht beispielgebend sind, sondern eine echte Existenzbedrohung für die restliche Welt darstellen, bedient man sich heute lieber diskreterer Ausdrücke wie „Fehlentwicklung".

Der Gedanke, es könne eine optimale Größe geben, einen Zeitpunkt, wo man „genug" sagen sollte, wird noch immer weitgehend verdrängt, obgleich das einzige, was in unseren Wirtschaftssystemen heutzutage noch wächst, die sozialen Kosten des Wachstums sind. Professor Kohr hat aufgezeigt, daß nicht etwa unsere Probleme ohne Beispiel sind, sondern ihr Ausmaß: Durch ein menschlicheres Maß bei unseren Institutionen und Gemeinden werden wir unsere Probleme wieder in den Griff bekommen können.

Selbst wenn wir nicht davon überzeugt sind, daß Kleinheit

die Lösung schlechthin ist, werden wir nur durch die Rückkehr zu einem menschlichen Maß dazu in der Lage sein, vernünftige Fragen zu stellen und vernünftige Antworten zu bekommen. Denn nur bei Einhalten dieses Maßes können wir die Folgen unseres Handelns und unserer Entscheidung voraussehen, können wir sehen, wer davon profitiert und wer darunter leidet. Auf diesem Niveau können wir die Werte, von denen wir uns leiten lassen, nicht hinter den Abstraktionen einer falschen Objektivität verstecken.

Es ist mir deshalb eine große Freude, Herrn Professor Kohr dieses Jahr durch die Right-Livelihood-Stiftung zu ehren.

Auf alle unter uns, die im Norden Europas aufgewachsen sind und dort leben, haben die Pazifikinseln stets einen speziellen Reiz ausgeübt. Besonders im Winter richten wir unsern Blick gern auf die andere Seite des Erdballs und träumen von der Südsee. Wann immer ich jemanden getroffen habe, der um die Welt gesegelt ist, habe ich ihn gefragt, wo er es am schönsten fand. Wenn der Betreffende die Palauinseln kannte, lautete die Antwort unweigerlich – Palau.

Heutzutage steht der Name Palau nicht nur für Schönheit, sondern auch für Mut, Eingebung und Beharrlichkeit. Wer behauptet, einzelne Menschen und kleine Völker seien machtlos, dem sagen wir: Sieh dir Palau an! Selten hat es einen ungleicheren Kampf gegeben. Eines der kleinsten Völker der Welt hat sich nichts weiter erbeten, als frei zu bleiben von Atomwaffen, Müll und Militärstützpunkten. Die mächtigste Nation der Erde hat wiederholt die demokratischen Ideale in den Schmutz getreten, die sie hochzuhalten vorgibt, und mit allen zu Gebote stehenden Mitteln und Tricks versucht, Palau zu zwingen, seinen Status als erste verfassungsmäßig verbürgte atomfreie Nation aufzugeben. Eklatanter kann wohl kaum das Wohlergehen eines Volkes mißachtet werden, das vorübergehend den USA anvertraut worden war! Der Kampf ist längst nicht vorbei, und dieser Preis soll Ausdruck unserer Hilfe und Solidarität sein. Ich freue mich sehr, heute abend Oberhäuptling Ibedul Gibbons und seinen Mitarbeiter Herrn Alan Seid hier begrüßen zu dürfen. Es ist mir ein großes Vergnügen, den Oberhäuptling zu bitten, im Namen der Bevölkerung von Palau den Right-Livelihood-Preis entgegenzunehmen.

Unsere Experten reden uns ein, die Reichen müßten noch reicher werden, damit sie den Armen etwas abkaufen und es sich leisten könnten, ihnen zu helfen. Die Wachstumsraten, die für nötig befunden werden, um die Arbeitslosigkeit einzudämmen, würden bedeuten, daß in den reichen Ländern das Pro-Kopf-Einkommen jährlich um mehr ansteigen muß, als das gesamte Pro-Kopf-Einkommen vieler armer Länder beträgt. Bei dieser Rate hätte jeder Schwede eher seinen eigenen Privatjet, als die Armen ihre Grundbedürfnisse abgedeckt hätten. Hat wohl jemals eine menschliche Gesellschaft an einer so unglaublich lächerlichen Überzeugung festgehalten?

Professor Manfred Max-Neef schreibt: „Es geht nicht mehr darum, das zu korrigieren, was schon existiert. Diese Gelegenheit ist längst verpaßt. Es geht auch nicht mehr darum, den alten mechanistischen Modellen neue Variablen hinzuzufügen. Es geht darum, viele Sachen von Grund auf neu zu machen und radikal neue Möglichkeiten zu ersinnen." Professor Max-Neef ließ seine akademische Karriere hinter sich und schuf einen neuen Berufsstand: den Barfuß-Ökonomen.

Kleine Gemeinschaften wiederzubeleben und die Landflucht in die Slums der Großstädte zu stoppen, ist innerhalb des vorhandenen Wirtschaftsmodells, das sich nur mit dem befaßt, was sich in harter Währung niederschlägt, auf wessen Kosten auch immer, nicht zu erreichen. Wir begrüßen in Professor Max-Neef heute abend den Pionier der neuen Ökonomie der Solidarität und des menschlichen Maßes, einer Ökonomie, die Bestand hat, einer Ökonomie der Liebe.

Die Summe von 6 Milliarden Dollar bedeutete einmal zweierlei. Zum einen ist das die Summe, die nach offizieller Verlautbarung einer Kommission des US-Präsidenten nötig wäre, um den Hunger in der Welt zu stillen. Zum andern entspricht sie ungefähr dem US-Militär-Budget für eine Woche. Vor kurzem hat sie noch eine andere Bedeutung erlangt: Auf diese Summe werden die Kosten für ein Atomkraftwerk im Staate Washington geschätzt, das stillgelegt wurde, ehe es überhaupt Strom produzierte.

Auf die enormen Kosten sowie die ökologischen und gesellschaftlichen Gefahren der Kernkraft wie auch auf die Vorteile erneuerbarer Energien und des Engeriesparens ist schon häufig hingewiesen worden, jedoch nie eindringlicher und hartnäckiger als durch das Wirken von Amory und Hunter Lovins. Ihre Berechnungen sind zwar oft angezweifelt, aber nie widerlegt worden. Regierungen, Unternehmen und Kapitalanleger, die nach einem Ausweg aus der Klemme suchten, in die sie sich durch ihre Sucht nach großtechnischen Lösungen selbst gebracht hatten, haben bei ihnen Rat eingeholt. Doch in erster Linie haben Amory und Hunter ihre Erkenntnisse in den Dienst der einfachen Leute gestellt: Sie haben geholfen, den üblichen Fachjargon in eine allgemeinverständliche Sprache zu übertragen, ihn zu entlarven und dadurch die Energiediskussion ihren Hauptleidtragenden, den Verbrauchern, zugänglich zu machen.

Laut konventioneller Volkswirtschaft zahlt Sparsamkeit bei den Ressourcen sich nicht aus, da die Preise der meisten Rohstoffe in der Geschichte langsamer gestiegen sind als die Zinssätze bei angelegtem Kapital. Nach dieser Logik, schreibt Herman Daly, „hätte der Schutz von Walen lediglich den Anbruch des Ölzeitalters verzögert, und das Konservieren von Erdölbeständen lediglich die nächste Stufe der auf dem Vormarsch befindlichen Technologien hinausgezögert, sei es nun das Zeitalter des Atoms, der Sonne oder der reinen Energien, die der Gott der Marktwirtschaft ausstrahlt.“

Zum Schluß möchte ich an die Worte Erhard Epplers erinnern, einem der wenigen Politiker in Europa, dessen Horizont über die nächste Wahl hinausgeht. Er schreibt, es gäbe keine breite Straße in die Zukunft, sondern nur in eine Katastrophe hinein. Ein Plan für die Welt von 2010 existiere auch nicht. Es seien lediglich schmale Pfade da, die durch dorniges Gestrüpp führten. Man nehme deshalb ein Werkzeug, vielleicht eine kleine Axt oder eine Schere, und fange an, sich in einer bestimmten Richtung eine Fährte durch die Büsche zu bahnen, auch wenn man sich dabei die Hosen zerreißt und blutige Finger holt. Das ist jedoch mit Nadel und Faden sowie Heftpflaster leicht zu beheben. Wir können die Fährte verbessern, und je mehr uns folgen, um so schneller wird sie sich in einen gangbaren Pfad verwandeln.

Manfred A. Max-Neef
Die Barfuß-Ökonomie

Zunächst einmal möchte ich meine Rede dem Gedenken meines Vaters Hermann Max widmen. Ich weiß, wie sehr er sich heute gefreut hätte, denn er hat mich dazu ermutigt, dieser unorthodoxe Typ Ökonom zu werden, der ich bin, und er war es auch, der mich davon überzeugt hat, daß die größte Gefahr für das Überleben der Welt, wie wir sie kennen, in der menschlichen Dummheit begründet liegt. Da der Preis, mit dem ich geehrt werde – wie ich ihn verstehe – in erster Linie denen zugedacht ist, die kämpfen und arbeiten, um die verheerenden Auswirkungen der vielen Arten von praktisch erwiesener menschlicher Dummheit möglichst gering zu halten, hätte Hermann Max heute sowohl persönlich als auch ganz allgemein allen Grund, zufrieden zu sein.

Des weiteren möchte ich meine Ausführungen und Gedanken in Liebe drei Frauen widmen – Magdalene Sophie Neef, meiner Mutter, Gabriela de Amesti, meiner Frau, die mit mir nach Stockholm gekommen ist, und meiner Tochter Magdalena Max-Neef. Ohne ihre Inspiration, Solidarität, ihre Kraft und ihr unerschütterliches Vertrauen in die Arbeit, an der ich mich versuchte, hätte ich die Perioden der Dunkelheit und Verzweiflung nicht durchstehen können, dieses Lehrgeld, das wir für die praktische Verwirklichung eines Traums zahlen mußten, der unserm Leben einen Sinn gibt. In meinen Dank schließe ich auch meinen Bruder Norbert mit ein, ohne dessen Beistand und Rat meine Zukunft recht ungewiß gewesen wäre, und all jene Freunde, die mir mit ihrer Klugheit, ihrem Verständnis, ihrem Kampfgeist und ihrer Hoffnungsfreudigkeit das Leben erleichtert und bereichert haben. Mein Dank gilt ferner der Dag-Hammarskjöld-Stiftung – meiner Uppsala-Familie, wie ich sie gern nenne –, die mir die Möglichkeit verschafft hat, meine Erfahrungen und Ideen zu verbreiten. Und last not least gedenke ich bei diesem festlichen Ereignis

Isabel Prez', der geliebten Kinderfrau unserer Familie, die mir über zwanzig Jahre lang gesagt hat, es komme der Tag, an dem ich einen solchen Preis in Empfang nehmen dürfe. Herzlichen Dank ihnen allen, denen ich so viel schulde.

Da zuvor von mir als einem „Barfuß-Ökonom" die Rede war, sollte ich vielleicht kurz die Geschichte meiner Verwandlung erzählen. Angefangen hat das alles – wie ich es in meinem Buch From the Outside Looking in („Einblick von außen") geschildert habe -, als ich in einer tiefen persönlichen Krise als Wirtschaftswissenschaftler steckte. In einem gewissen Stadium, es ist etwa 20 Jahre her, wurde mir klar, daß Wirtschaftswissenschaftler gefährliche Leute geworden waren. Trotz der Warnung Lord Keynes', die Wichtigkeit wirtschaftlicher Probleme solle nicht überbewertet werden, was nämlich zur Folge habe, daß ihren angeblichen Erfordernissen Dinge von größerer, bleibender Bedeutung geopfert würden, wurde die Ökonomie plötzlich die Zauberwissenschaft überhaupt, als könne nur sie Lösungen finden für die drückenden Probleme der Menschheit. Ihre Praktiker, auf einmal völlig unerwartet mit der Macht ausgestattet, ihren Einfluß bei Unternehmen, Interessengruppen und Regierungen geltend zu machen, betrachteten ihre Rolle als unantastbare, mächtige Zauberer flugs und voller Stolz als Selbstverständlichkeit. Es dauerte nicht lange, und der Wirtschaftswissenschaft, die ursprünglich ein Zweig der Moralphilosophie war, ging ein Gutteil ihrer menschlichen Dimension verloren, an deren Stelle dann ausgefallene Theorien und technische Banalitäten traten, die meist unverständlich sind und niemandem Nutzen bringen, außer ihren Autoren, die manchmal Preise damit gewinnen.

Nach einer Reihe von Jahren wich die Begeisterung und der Optimismus, mit dem ich als Wirtschaftswissenschaftler bei verschiedenen internationalen Organisationen gearbeitet hatte, einem wachsenden Unbehagen. Es kam der Punkt, wo ich das Gefühl hatte, unbekümmert an einem obszönen Ritual teilzunehmen, wenn ich mich weiterhin, sei es als Zuschauer oder als aktiver Teilnehmer, dafür engagierte, die Armut zu diagnostizieren, sie zu messen und Indikatoren zu ersinnen für eine prozentuale oder begriffliche Abgrenzung, eine Schwelle, von der ab ein Prozentsatz die Menge derer in Zahlen ausdrückte, die als extrem arm einzustufen waren; oder wenn ich an kostspieligen Seminaren und noch kostenaufwendigeren Konferenzen teilnahm, um Erkenntnisse auszutauschen, die Bedeutung der Erkenntnisse zu interpretieren , die den Erkenntnissen zugrundeliegende Methodologie zu kritisieren, unserer tiefen Besorgnis darüber Ausdruck zu verleihen (häufig bei einem Cocktail), was uns die Erkenntnisse enthüllten, und schließlich mit Empfehlungen aufzuwarten, die meist darin gipfelten, es sei vordringlich nötig, mehr Geld in die weitere Forschungsarbeit über dieses Thema zu stecken, deren Ergebnisse dann auf anderen Versammlungen erneut diskutiert werden müssen.

Ferner kam mir zu Bewußtsein, daß ich in einer Welt lebte, in der trotz aller überspannten Konferenzen, trotz alles angehäuften Wissens und aller Erkenntnisse, aller großen Wirtschafts- und Sozialpläne und aller „Entwicklungsdekaden" die zunehmende Verarmung – sowohl die relative als auch die absolute – ebenso unbestreitbar ein statistischer Trend wie eine unverhüllte, nackte Tatsache für jeden ist, der mit offenen Augen in die Welt schaut. Das hat mich veranlaßt, meine Rolle als Wirtschaftswissenschaftler neu zu überdenken. Durch kritische Prüfung kam ich – um es kurz zu machen – zu dem Ergebnis, daß mir persönlich vier Dinge Sorgen bereiteten, nämlich: unsere maßlose Bewunderung für Gigantentum und Lösungen großen Maßstabs, unser Besessensein von abstrakten Größen und Maßeinheiten, unser mechanistischer Denkansatz zur Lösung wirtschaftlicher Probleme und unser Hang, zu sehr zu vereinfachen, der sich darin widerspiegelt, wie wir uns um angebliche „technische Objektivität" bemühen, dabei jedoch Moralgefühl, Geschichtsbewußtsein und den Sinn für komplexe soziale Zusammenhänge verlieren.

Man muß fairerweise anerkennen, daß einige Wirtschaftswissenschaftler nicht von dieser schleichenden Krankheit befallen sind. Meine Kontakte zu manchen von ihnen haben sich insofern als entscheidend für mich erwiesen, als die Schlüsse, die ich auf Grund der von ihnen angeregten kritischen Betrachtungen zog, den Ausschlag gaben, mein Leben anders auszurichten, nicht nur beruflich, sondern auch als Mensch.

Übrigens freue ich mich ganz ungemein, daß einer jener

wirklich großen Wirtschaftswissenschaftler – den ich immer als den „Maestro“ betrachtet habe – heute ebenfalls geehrt wird: Professor Leopold Kohr aus Österreich.

Nun, ich habe also den Trends, die das Wirtschaftsestablishment diktiert, den Rücken gekehrt, habe die „objektiven Abstraktionen“ fahren lassen und mich entschlossen, mich in den Dreck zu knien. Und so bin ich ein Barfuß-Ökonom geworden und bis jetzt geblieben.

Ich könnte Ihnen erzählen, was ich bisher gemacht habe, aber ich will darauf verzichten. Da ich diesen Preis nicht als Krönung meines Lebenswerkes auffasse, sondern als Ansporn, den Weg weiterzugehen, den ich eingeschlagen habe, will ich lieber auf die Herausforderung eingehen, die meiner Ansicht nach Leuten und Gruppen wie uns – den Geehrten – in Zukunft begegnen werden.

Lassen Sie mich mit einer allgemeinen Diagnose beginnen.

Die drei Jahrzehnte, in denen ein technokratisches, mechanistisches, das Oberste zuunterst kehrendes Entwicklungsmodell als das A und O galt, haben weltweit eine Krise heraufbeschworen, die in der Geschichte nicht ihresgleichen hat. Die Merkmale dieser Krise, wie sie sich in der Dritten Welt zeigen, lassen sich auf einen erschreckenden, paradoxen Nenner bringen: Die wirtschaftlichen Gewinne, die aus dem vorherrschenden Entwicklungsmodell erwachsen, müssen absurderweise wieder zur Lösung jener akuten Probleme und Widersprüche verwandt werden (und in den meisten Fällen sind sie bereits dazu verwandt worden), die eben dieses Entwicklungsmodell aufgeworfen hat. Kurz, es handelt sich um einen selbstzerstörerischen Prozeß: die Schlange, die ihren eigenen Schwanz verschlingt.

In fast jedem Land der Dritten Welt können wir die Bevölkerung grob in zwei große Gruppen einteilen. Da sind einmal die Leute, die direkt oder indirekt mit der „Entwicklungsstrategie“ in Verbindung stehen, und zum andern die Menschen – meist die Mehrheit -, denen es selbst überlassen bleibt, eine „Überlebensstrategie“ für sich zu finden. Die Tatsache, daß weltweit beide Gruppen nebeneinander existieren und darüber hinaus die eine unbestreitbar wächst, dürfte Beweis genug sein, daß die rein mechanischen Möglichkeiten des sogenannten „Sickereffekts", der globalen Entwicklungsmodellen ursprünglich zugeschrieben wurde, nicht funktioniert haben. Die gesammelten Erfahrungen und Enttäuschungen haben bewirkt, daß sich ein alternatives Entwicklungsmodell herausschälen konnte, bei dem die Entwicklung „von unten nach oben" stattfindet. Es ist – obschon viel älter als das erstgenannte -, erst in den letzten Jahren zu genügend Ansehen gekommen, um auch bei Experten, Politikern und einer breiten Öffentlichkeit Beachtung zu finden. Der Dag-Hammarskjöld-Bericht von 1975 mit dem Titel „Was nun?" hat sowohl die Dringlichkeit als auch die Philosophie der „Entwicklungsalternativen" unterstrichen und damit einen entscheidenden Schritt getan, der Öffentlichkeit und dem Einzelnen bewußt zu machen, daß unbedingt neuen Prozesse in Gang gesetzt werden müssen, mit deren Hilfe Entwicklung und Ausgleich, die vorrangigen Ziele, vielleicht wirklich unter einen Hut gebracht werden können. An diesem Punkt heißt es jedoch aufpassen, denn wir stehen am Scheidewege. Wenn das orthodoxe Modell eine Entwicklung ohne gerechten Ausgleich vorangetrieben hat, muß das neue Sorge tragen, nicht plötzlich für einen Ausgleich ohne Weiterentwicklung einzutreten. Zudem sollte nie vergessen werden, daß Modelle gefährlich sein können, besonders dann, wenn sie „in" sind. Fakten und Beweise dürfen nicht durch Slogans ersetzt werden, und die harte Mühe, die zur Ausarbeitung einer soliden, kohärenten humanistischen Theorie erforderlich ist, sollte nicht noch durch Gefühlsüberschwang erschwert werden.

Wird das sich neu herauskristallisierende Modell als alternativer Prozeß verstanden, kann es auf dieser Stufe als Kette mit mehreren losen Gliedern gedacht werden. Es drängt auf Konsolidierung, läßt aber noch viel zu wünschen übrig. Wir kennen zwar seine Grundbestandteile, wissen aber noch nicht, wie sie zueinander in Beziehung gesetzt werden müssen, damit das Ganze reibungslos funktioniert. Die Rückkehr zum menschlichen Maß, die aktive, schöpferische Beteiligung der Öffentlichkeit, die Befriedigung der menschlichen Grundbedürfnisse, ökologische Anpassung, lokale Selbstversorgung – das sind einige der grundlegenden Ziele. Zwei wichtige Parameter sind Systemgröße (oder kritische Systemgröße) und Leistungsfähigkeit (qualitativ, nicht quantitativ). Das philosophisch-politische

Fundament besteht darin, daß zentralisierte Macht und Autorität, bürokratische Strukturen, mechanistische Modelle und andere technokratische Einrichtungen untergraben werden. Das Herz sitzt anscheinend schon am rechten Fleck, und alle Teile scheinen dazusein. Die große Frage lautet, wie man nun die Teile zusammenfügt.

Wenn wir über den Wesenskern der beiden Entwicklungsmodelle nachdenken, kommen wir wohl zu dem Schluß, daß Nummer eins, da es im wesentlichen einfach ist, künstlich kompliziert worden sein muß. Das neue hingegen ist im wesentlichen kompliziert und empfindlich und läuft daher Gefahr, künstlich vereinfacht zu werden. Dafür gibt es bereits Beweise. Manchmal gewinnt man im Gespräch mit Anhängern der neuen Alternative den Eindruck, als herrsche vielfach die Überzeugung vor, Befürworter und Aktive könnten diesen Prozeß alleine abwickeln. Man wird das Gefühl nicht los, als ob die ersehnte stärkere Praxisbezogenheit häufig dazu führt, sich nach Möglichkeit vom Theoretiker ganz zu trennen. Eine derartige Situation ist gefährlich. Sie legt die Saat der Selbstzerstörung bloß, die in diesem Denkmodell – wie in jedem Paradigma – schlummert. Wenn diese schlimme Saat nicht im Keim erstickt wird und die bereits in Erscheinung tretenden ersten Anzeichen der Krankheit nicht sofort behandelt werden, zerfällt das neue Modell womöglich – trotz seiner unbestreitbaren Vorteile -, noch ehe es die Chance hat, seinen Wert unter Beweis zu stellen. Es ist wirklich Gefahr im Verzug. Deshalb sollte man sich ins Gedächtnis rufen, daß theoriefernes praktisches Handeln genauso bedenklich ist wie wirklichkeitsfremde Theorie. Theorie und Praxis sind beide unentbehrlich; das eine kann nicht durch das andere ersetzt werden. Mittlerweile gibt es bereits ein ganzes Heer von Praktikern und Aktivisten alternativer Prozesse, während die Zahl derer, die sich der Systematisierung der angesammelten Erkenntnisse und Erfahrungen widmen, nur klein ist. Überdies arbeiten die wenigen Gruppen, die sich dieser Aufgabe verschrieben haben, meist isoliert voneinander und ermangeln folglich der Vorteile einer gegenseitigen Befruchtung, die ein dynamisches Netz zwecks Kommunikation auf gleicher Ebene mit sich brächte.

Wie wichtig eine Systematisierung im Hinblick auf die Entwicklung einer kohärenten humanistischen Alternativtheorie (oder mehrerer Theorien) auch sein mag, ist sie doch nur ein Teil des Problems, das es zu lösen gilt. Es bleibt dabei, daß beide Modelle weiterhin im dialektischen Widerstreit miteinander koexistieren – und wahrscheinlich sogar müssen. Die Fortdauer der Koexistenz ist wohl aus dem einfachen Grunde unvermeidlich, weil weder der Makroprozeß die Summe der Mikroprozesse ist, noch letztere als Auflösung des ersteren interpretiert werden können. Beide Prozesse sind vielmehr voneinander abhängig. Wie diese wechselseitige Abhängigkeit rational artikuliert wird, ist der zweite Teil des zu lösenden Problems. Kurz, die Situation – und damit die Aufgabe – kann also wie folgt zusammengefaßt werden: Während die vielen Schwachstellen und Limitierungen der Theorie, die das alte Entwicklungsmodell untermauert, behoben werden müssen (unter anderm die mechanistischen Interpretationen und unzureichenden Indikatoren), muß der theoretische Unterbau für das neue Modell erst noch geschaffen werden. Aber verstehen Sie mich recht – und darauf poche ich immer wieder mit Nachdruck –: Ich befürworte nicht etwa die Theorie um des Theoretisierens willen. Davon haben wir übergenug! Worauf es mir ankommt, ist die kohärente Systematisierung der Erfahrungen, die all jene von uns gesammelt haben, die seit Jahren an alternativen Lösungen für die realen Probleme arbeiten, mit denen unsere Welt heute konfrontiert ist, insbesondere die ärmsten und anfälligsten Teile der Weltbevölkerung.

Wir alle – und wir sind wirklich schon eine ganze Menge –, die wir uns für humanere Entwicklungsalternativen einsetzen, haben gemeinsame Ziele und eine gemeinsame philosophische Basis. Aber wir sprechen keine gemeinsame Sprache. Diese Sprache auf der Grundlage einer soliden Theorie zu entwikkeln, die auf unseren praktischen Erfahrungen beruht – und nichts weiter als das –, ist eine der großen Aufgaben, die noch vor uns liegen.

Hier muß ich noch einmal einhaken und darauf hinweisen, daß wir nicht umhin kommen werden, für die Durchführung der vor uns liegenden Aufgaben, was immer das auch sei, Mittel und Wege zu wählen, die einer kulturell ausgelaugten Umwelt angehören, einer Umwelt, in der die wirtschaftliche

Rentabilität mit ihrer Monotonie und Gleichförmigkeit an die Stelle des kulturellen Reichtums mit seiner Mannigfaltigkeit und Verschiedenartigkeit getreten ist. Nehmen wir einfach einmal Sprache. Sprache ist im weitesten Sinne sowohl das Produkt als auch der Ausdruck einer Kultur. Wenn sie an Umfang gewinnt oder zurückgeht, sich vielfältiger gestaltet oder verarmt, ist das gleiche Phänomen auch bei der Kultur zu beobachten, der sie angehört und die sie repräsentiert. In dem Maße, wie unsere Sprache allmählich alles erfaßt, was von einer technokratischen Kultur vorgegeben wird, verkümmert sie in den rhetorischen Möglichkeiten, mit denen sie alternative Kulturströmungen ausdrücken und preisen könnte. Sofern wir es für richtig halten, Entwicklung in Zahlen und Mengen auszudrücken, werden Zahlen und Mengenbegriffe die Sprache der Entwicklung darstellen, und das bedeutet umgekehrt, daß alles, was außerhalb dieses Sprachumfangs liegt, auch von unserer Entwicklung ausgeschossen bleibt. Es dürfte ersichtlich sein, daß bei Gebrauch einer verkümmerten, unvollständigen und unzulänglichen Sprache die Entwicklung gleichfalls kümmerlich, unvollständig und unzureichend sein wird. In unserm lächerlichen Bemühen, eine wertfreie Wirtschaftsentwicklungs-Theorie zu entwerfen, verlassen wir uns so blindlings auf Zahlen und gieren wir so sehr nach Mengenangaben, daß wir in unserer überströmenden Begeisterung gar nicht merken, wie wir alle Logik auf den Kopf stellen. Statt auswerten zu lernen, was wirklich von Bedeutung ist, klammern wir uns an das, was meßbar ist. Dann jedoch dürfen wir uns nicht wundern, wenn schließlich nichts anderes mehr zählt als das Einkommen, das in unserer Sprache für Entwicklung das Maß aller Dinge ist. Wenn aber unsere Sprache das Einkommen besser einzustufen vermag als jedes andere Maß, werden wir bei allen Überlegungen vor allem diesem Maß die Ehre geben. Entwicklung wird am Einkommen gemessen, Wohlergehen ist vom Einkommen anhängig, Inflation ist eine Einkommensfehlentwicklung und Arbeitslosigkeit ein Einkommensstillstand. So sieht es aus.

Viele von uns bleiben zwar dabei, daß die Entwicklung noch einiges mehr beinhaltet, Inflation hingegen weniger, daß für das Wohlergehen unter anderm auch Metaphysisches von

Bedeutung ist und daß Arbeitslosigkeit für zahlreiche Tragödien steht, von denen leibliche Menschen mit ihren Wünschen, Ängsten und Kümmernissen betroffen sind. Aber das findet offenbar keinen Widerhall in Systemen, die sich in abstrakten, dehumanisierten, angeblich auf Solidarität und Stärke fußenden Statistiken artikulieren. Dadurch werden wir, die wir nach menschlicheren Alternativen suchen, zur humanistischen Unterabteilung eines technokratisch dehumanisierten gesellschaftlichen Ganzen gemacht. Bei dem Versuch, unsere Sprache anzureichern und zu verbessern, fallen wir einer feindlichen Umwelt zum Opfer, in der die verkümmerte Sprache Ausdruck der Macht, der Gier und der Vorherrschaft ist.

Doch wie feindselig die Umwelt, in der wir arbeiten, auch sein mag, dürfen wir nie aufhören, mahnend darauf hinzuweisen, daß Entwicklung Menschen betrifft, und nicht etwa Sachen, und daß Entwicklung weder Herstellerschutz noch Verbraucherschutz zum Ziel haben darf, sondern die Befriedigung der menschlichen Grundbedürfnisse, die nicht nur im Haben bestehen, sondern auch im Sein. Wir werden nie ableugnen, daß ein gutes Auskommen Grundbedürfnis des Menschen ist und durch ein angemessenes Einkommen abgedeckt werden muß, durch Nahrung, Obdach und Arbeit für alle. Aber wir werden auch mit Nachdruck dafür eintreten, daß Schutz, Zuneigung, Verständnis, Mitwirkung, Muße, Kreativität, Identität und Freiheit ebenfalls elementare menschliche Bedürfnisse sind.

Unsere kümmerlichen Entwicklungsmodelle befassen sich in erster Linie mit dem Lebensunterhalt. Da aber diese Modelle vom Glauben an die wirtschaftliche Rentabilität und an die Zauberkraft der Marktwirtschaft geprägt sind, haben sie bei einem Teil der Menschheit zur völligen Übersättigung geführt und dafür alle andern ins Elend gestürzt. Und wie steht es mit den übrigen menschlichen Grundbedürfnissen? Nun, unsere vorhandenen Modelle laufen ihrer Befriedigung sehr schön und wirksam zuwider.

Wie können wir von Schutz reden inmitten zunehmender Militarisierung und beschleunigten Wettrüstens? Wie kann Zuneigung wachsen, wenn patriarchalische, autoritäre Strukturen vorherrschen? Wie kann sich echtes menschliches Verständnis entwickeln in Erziehungs-und Bildungssystemen, die vor den realen Problemen der Welt die Augen verschließen? Wie kann von Mitwirkung die Rede sein, da doch Frauen, Minderheiten und selbst größere Bevölkerungsteile diskriminiert werden? Wo hat Muße noch ihren Sinn, wenn wir Tag und Nacht mit albernen Spielereien und entfremdender Elektronik bombardiert werden? Wie kann sich denn überhaupt menschliche Kreativität dort entfalten, wo der höchst schöpferische Mensch zum Zwecke der Rentabilität zu einer leistungsfähigen Sache degradiert wird? Und wie ist es mit der Identität bestellt in einer Welt voller politisch Exilierter und voller Gruppen, denen eine Lebensweise aufgezwungen wird, die ihrer Kultur fremd ist?

Und Freiheit? Wo herrscht Freiheit? Sie hat sich verkrochen, weil sie überleben möchte. Hier und da zeigt sie uns ihr Gesicht, wie in dieser Weltgegend namens Schweden, wo heute gerade ein paar verrückte, aber sehr aktive Romantiker geehrt werden. Wir wissen, wo sie sich versteckt, werden sie aber nie an den Feind verraten. Doch inzwischen werden wir mit unserer Arbeit fortfahren. Wir werden den Reichtum unserer Sprache wiederentdecken, dem Bedeutung beimessen, was wirklich bedeutungsvoll ist, und alle Dinge und Taten beim Namen nennen.

Wir alle – und ich wiederhole, daß wir viele sind! -, die wir nach menschlichem Vermögen auf menschliche Lösungen hinarbeiten, wo Menschen wirklich Menschen sind, bilden eine Schar, die Macht besitzt, weil es ihr an Machtgier mangelt. Wir sind – wie in längst vergangenen dunklen Zeiten – die neuen „Klöster", in denen der Reichtum unserer kulturellen Verschiedenartigkeit und Mannigfaltigkeit bewahrt werden soll, bis die barbarischen Horden mit ihrer Gleichförmigkeit, ihrem Machthunger, ihrem Blutsaugertum und ihrer Gier unter der untragbaren Last ihrer eigenen gigantischen Dummheit zusammenbrechen.

Ich berufe mich heute abend auf Goethe, der im „Faust" sagt: „Die Kunst ist lang, das Leben ist kurz." Laßt uns in unserm Handeln immer der Kunst angehören und auf diese Weise dazu beitragen, daß unserer Erde das Leben erhalten bleibt!

Amory B. Lovins und L. Hunter Lovins
Der Weg zu echter Sicherheit

Es ist uns eine hohe Ehre, in die Gesellschaft so mutiger Streiter wie Oberhäuptling Ibedul, Manfred Max-Neef und Leopold Kohr eingereiht zu werden. Auf die Frage, was uns dieser Preis bedeutet, zitieren wir gern unsere Freundin, die Folksängerin Kate Wolf: „Finde heraus, was dir wirklich am Herzen liegt, und lebe dein Leben so, daß es darin sichtbar wird." Wir sind tiefbewegt, daß wir diesen Preis mit Menschen teilen, die das so vorbildlich tun. Herzlichen Dank.

Was ist es, das uns am Herzen liegt? Die Welt ist vor die große Aufgabe gestellt, dafür zu sorgen, daß die Menschen sich sicher, geachtet, mündig und verantwortlich fühlen, kurz: daß sich durch das Engagement des einzelnen und der Gemeinschaft echte Sicherheit entwickelt. Das waren unsere Beweggründe, für kostengünstige, gewaltfreie Energiekonzepte und für eine wirtschaftlich rentable Energiepolitik einzutreten, die so unterschiedliche Probleme lösen helfen kann wie die CO_2-bedingten Klimaveränderungen, den Mangel an erschwinglicher Energie für eine wirtschaftliche und kulturelle Entwicklung und die Atomwaffenverbreitung.

Vor vier Jahren haben wir eine Wallfahrt zum Friedensmuseum in Hiroshima gemacht. Dort haben wir Knochen gesehen, die durch den Feuerstoß mit Dachziegeln verschmolzen waren, und Treppenstufen aus Granit, die infolge des gewaltigen Wärmestrahls der Bombe eine andere mineralische Form angenommen hatten – außer da, wo ein Mensch gesessen und dem Gestein seinen Schatten aufgeprägt hatte.

Heute entsprechen die Atomwaffen in dieser Welt mehr als eineinhalb Millionen Hiroshimas und nehmen täglich dutzendweise zu. Ein einziges Poseidon-U-Boot kann ungefähr so viele Sprengköpfe tragen, daß auf jede der etwa 200 Sowjetstädte mit über 100.000 Einwohnern das Äquivalent von drei Hiroshimas abgeschossen werden kann. Die Vereinigten Staaten haben 31 solcher U-Boote. Doch da ihnen das offenbar nicht genug ist, bauen sie jetzt auch noch größere U-Boote mit Trident Missiles, die mit großer Zielgenauigkeit sowjetische Raketenabschußbasen angreifen können – warum denn bloß Basen attackieren, deren Raketen längst abgeschossen sind? Die USA entschieden, ihre etwa tausend auf dem Land aufgestellten Marschflugkörper seien allmählich zu leicht angreifbar, und deshalb bauen sie noch mehr davon: MX-Mittelstreckenraketen, die seit gut 15 Jahren nach einem Loch suchen, in dem sie sich verkriechen können. Die MX mit ihren hochakkuraten zehn atomaren Sprengköpfen ist eine Erstschlagswaffe und ein Plus für die Seite, die zuerst schießt. Die sowjetische Raketenkonstruktion und -politik scheint in die gleiche bedenkliche Richtung zu laufen, angeblich zum Zwecke des Aufholens, wie es seit 1945 heißt. Während amerikanische Regierungsbeamte klagen, Rüstungskontrollverträge seien so schwer zu verifizieren, macht das Vorgehen der USA eine Verifizierung geradezu unmöglich – Flugzeuge, Schiffe und vermutlich sogar Kleinlastwagen werden mit kleinen, gut geheimzuhaltenden Cruise Missiles bestückt. Ähnliche Marschflugkörper werden zweifellos bald auch auf sowjetischen U-Booten auftauchen. Und während US-Berichterstatter noch bei dem Gedanken an die Schießwütigkeit des sowjetischen Führungsstabs zusammenschaudern, der nach mehr als zweistündiger Beratung beschloß, eine koreanische Verkehrsmaschine abzuschießen, drängt Präsident Reagan auf Stationierung von Pershing-II-Raketen in Europa, die besagtem sowjetischen Führungsstab gerade noch sechs Minuten Zeit zum Überlegen lassen, ob die Welt in die Luft gejagt werden soll oder nicht. Die sowjetische Führung hat angeboten, ihre auf Westeuropa zielenden SS-20-Raketen so weit (auf etwa 120 bis 140 Marschflugkörper) zu reduzieren, daß nur etwa die Hälfte der Sprengköpfe (die bereits seit zwei Jahrzehnten auf Westeuropa gerichtet waren) mit weniger als einem Zehntel der Sprengkraft übrigbleiben würden. Die Vereinigten Staaten haben dieses Angebot ausgeschlagen und damit einer Reduzierung glatt entgegengewirkt, denn jetzt werden weitere Hunderte von Marschflugkörpern auf beiden Seiten stationiert – allesamt wahrscheinlich auf eine hochempfindliche Alarmstufe „Abschuß bei Warnung" programmiert, bei der ein fehlfunktionierender Computerchip ausreicht, um den evolutionären Prozeß der vergangenen Milliarden Jahre zunichte zu machen. Und als Dreingabe hat die Reagan-Administration mit ihrem Wahnsinn zu allem Überfluß noch in Westeuropa erreicht, was die Sowjetunion nie geschafft hat: das allgemeine Vertrauen der Westeuropäer in die Nato zu erschüttern.

Da all das im Namen der nationalen Sicherheit der Vereinigten Staaten geschieht, lohnt es sich, einmal das bemerkenswerte Buch *The Price of Defense* („Der Preis der Verteidigung") von Philip Morrison und der Boston Study Group zu lesen, das ein Schlaglicht auf diese Materie wirft. Daraus geht hervor, daß keinerlei schwerwiegende militärische Bedrohung für die Vereinigten Staaten existiert, gegen die sie sich tatsächlich verteidigen müßten. Im Klartext heißt das, die Amerikaner brauchten sich – wegen ihrer günstigen geographischen Lage – keine Sorgen zu machen um irgendwelche sowjetischen oder chinesischen Kriegsgeschwader, die angerudert kommen könnten. Beide Mächte sind einfach zu weit entfernt, um für den nordamerikanischen Kontinent eine konventionelle militärische Bedrohung darzustellen. Hingegen liegen drei Arten von Bedrohungen weit eher im Bereich des Möglichen:

– Terrorismus – gegen den sich eine freie Gesellschaft nicht schützen kann, es sei denn, sie macht sich weniger verwundbar und baut innere Spannungen ab.

– Kleinere Grenzzwischenfälle derart, daß die eigens dafür aufgestellte Küstenwache damit fertig werden kann; und

– ein strategischer Atomangriff – gegen den es keine wirksame Verteidigung gibt, auch wenn man glaubt, ihn durch Abschreckung abwehren zu können. (Die Paradoxie der Abschreckung besteht unter anderm darin, daß jede Seite so vernünftig ist, sich tatsächlich durch die drohende Gefahr der völligen gegenseitigen Vernichtung abschrecken zu lassen, daß man auf die gegnerische Seite jedoch trotzdem so unvernünftig wirkt, als ob man seine Drohung wahrmachen würde.)

Militärische Bedrohungen durch Terrorismus, Grenzzwischenfälle und einen atomaren Angriff können (laut Bostoner Studie), soweit sie überhaupt in den Griff zu bekommen sind, mit weniger als 3% der gegenwärtigen US-Streitmacht bekämpft werden: im Grunde also mit einer Küstenwache plus einer Handvoll Poseidon-U-Boote. Die übrigen 97% des US-Militärbudgets fließen in Allzweck-Streitkräfte, die amerikanische Macht bei anderer Leute Zwistigkeiten in fremden Ländern dokumentieren, an denen, wie der amerikanische Präsident meint, die USA ein berechtigtes Interesse haben (um es so neutral wie möglich auszudrücken).

Sowohl zum lauthals propagierten Zwecke der Verteidigung als auch mit der stillen Absicht, einzuschüchtern, geben die Vereinigten Staaten in jeder Sekunde etwa 10.000 Dollar für weitere, angeblich bessere Mordwaffen aus. Die Militärausgaben der ganzen Welt betragen ein Vielfaches dieser Summe. Aber was für eine Sicherheit wird mit derartigem militärischem Aufwand eigentlich erkauft? 1945 waren die Vereinigten Staaten praktisch militärisch unangreifbar. Heute ist diese Nation um 30.000 Atomwaffen reicher, aber jeden Augenblick der völligen Vernichtung preisgegeben. Was immer das Militärbudget auch erkauft, auf jeden Fall bringt es weder den Amerikanern noch sonst jemandem echte Sicherheit.

Im Grunde wird die Sicherheit nur zersetzt, nicht allein durch die Vervielfachung und Perfektionierung der Waffen, sondern darüber hinaus durch deren Verbreitung. Die ganze Zerstörungskraft des Zweiten Weltkriegs kann heute so zusammengepackt werden, daß sie bequem unters Bett paßt. Für Nukleartransporte kommen folglich nicht mehr nur Marschflugkörper in Frage, die durch Radar auszumachen sind und dadurch einen Vergeltungsschlag heraufbeschwören, sie finden jetzt leicht auch in Trampschiffen, Fischerbooten, Ochsenkarren, Lieferwagen und Postautos Platz. Wenn das Stadtzentrum von New York morgen früh um 8 Uhr in einem grellen Blitz verschwände und niemand sagen würde: „Das waren wir", gegen wen würden diese Abschreckungsraketen dann bloß abgeschossen? Atomare Angriffe können anonym und deshalb unabwehrbar sein. Wenn die nukleare Saat, die seit Jahrzehnten rund um die Welt angelegt wird, zu keimen beginnt – wie heute schon in Indien, Israel, Südafrika, Pakistan und Argentinien, bald auch in Ländern wie dem Irak, Iran, in Libyen, Taiwan, Südkorea und Brasilien -, sind atomare Zwischenfälle keine entfernte Möglichkeit mehr, sondern abzusehen. Mit

Militärgewalt sind solche Angriffe nicht zu verhüten, im Gegenteil: Sie ist vermutlich geradezu eine Einladung.

Die Verbreitung von Atomwaffen geschieht aus Prestigegründen und aus einem daraus abgeleiteten Gefühl der Überlegenheit heraus – vorrangig ausgerechnet durch die Vereinigten Staaten, der einzigen Nation, die je im Zorn von ihnen Gebrauch gemacht hat, der einzigen, die ihre Zusage verweigert, sie nie wieder einzusetzen, und der Nation schlechthin, die ihre Außenpolitik auf die Androhung atomarer Gewalt gründet (einer Drohung, die seit 1945 etwa einmal pro Jahr ausgestoßen worden ist). Politischer Gewinn dieser Art ist so verlockend, daß bisher nur ein Land, nämlich Schweden, bekannt ist, das ein bereits angelaufenes Atombombenprogramm gestoppt hat (obwohl es sich anscheinend die Möglichkeit offengehalten hat, im Falle eines Falles doch schnell an die Herstellung zu gehen).

Natürlich erfordert die Atombombenproduktion nicht nur Beweggründe, sondern auch das nötige Know-how; Kernkraftprogramme haben dieses Know-how um die ganze Welt getragen. Die zur Nutzung der Kernkraft notwendigen Rohstoffe, Kenntnisse, Fähigkeiten, Geräte und Einrichtungen bieten sich so unvermeidlich für die Bombenherstellung an, daß es unmöglich ist, das eine ohne das andere zu haben – ganz ungeachtet aller vergeblichen Bemühungen (insbesondere einiger lobenswerter Schweden), „internationale Sicherheitsvorkehrungen“ zu treffen. In einer Welt ohne Kernkraft hingegen wäre das zur heute üblichen Bombenherstellung nötige Know-how nicht länger ein Handelsgut. Es wäre also schwer daranzukommen; der Versuch, daranzukommen, wäre verdächtig; und es käme politisch teuer zu stehen, bei diesem Versuch erwischt zu werden, denn erstmalig wäre dann die diesem Wunsch zugrundeliegende Absicht eindeutig militärisch. Damit wäre die Verbreitung zwar nicht völlig unmöglich gemacht, aber zumindest außerordentlich erschwert.

Dem entgegen steht die Abneigung der Atomlobby (wie auch der Regierungen, die häufig unter ihrer Kontrolle stehen), ihre – bisher unerfüllten – Hoffnungen auf Profit und persönliche Befriedigung fahren zu lassen, die sie an subventionierte Exporte von Kerntechnologie insbesondere in Entwicklungsländer knüpft. Dabei stirbt die Kernkraft an einer unaufhaltsamen Attacke durch die Zwänge des Marktes in allen Marktwirtschaften der Welt. Neue Anlagen sind so unrentabel, daß es billiger wäre, sie abzuschreiben (und sich statt dessen in Energiesparprojekte einzukaufen), als sie zu betreiben. Denn es kann die Kernkraftlieferanten leicht mehr kosten, die Energie für ein neues, elektrisch beheiztes Gebäude bereitzustellen, als die gesamten Baukosten für das betreffende Gebäude betragen.

Wenn einfach die billigsten Energiemöglichkeiten gewählt würden, wäre die nichtnukleare Zukunft gesichert, ganz ungeachtet persönlicher Preferenzen oder Ideologien. Der Anfang ist bereits gemacht. Seit 1979 haben die Vereinigten Staaten über hundertmal soviel neue Energie durch Einsparungen gewonnen wie durch alle Maßnahmen zur Vergrößerung des Energieangebots; sie gewinnen jetzt mehr neue Energien aus erneuerbaren Quellen als aus erschöpfbaren; und es besteht eine größere Nachfrage nach kleinen stromerzeugenden Wasser- und Windkraftwerken als nach Kohle- und Kernkraftwerken zusammengenommen. (Seit Ende 1981 sind keine großen Atomkraftwerke irgendwelcher Art mehr in den Vereinigten Staaten in Auftrag gegeben worden, und durch das amerikanische Atomenergieprogramm, das größte der Welt, wird noch immer nur etwa halb soviel Energie geliefert wie durch Holz.) Trotzdem hat ein US-Präsident nach dem andern diese Marktrealitäten ignoriert und lieber durch das schlechte Beispiel seiner heimischen Energiepolitik unsicheren Atomprogrammen im Ausland Tür und Tor geöffnet. Mit ihrer Argumentation, selbst eine reiche, technisch versierte Nation, der alle Arten von Brennstoffen zur Verfügung stehen, könne nicht ohne Kernkraft und Plutoniumnutzung auskommen, haben die Vereinigten Staaten ähnlichen Behauptungen bei weniger begünstigten Ländern Vorschub geleistet. Wenn die Vereinigten Staaten nur die Marktentscheidung akzeptieren und sich der gewaltigen Anstrengungen enthalten würden, eine verfehlte Technik wiederzubeleben, für die sie lieber einen ordentlichen stufenweisen Abbau planen sollten, wenn sie einem schlecht funktionierenden Markt durch die Wahl billigerer Alternativen auf die Sprünge helfen und andern interessierten Ländern mit gutem Beispiel vorangehen würden, wären die übrigen Kernenergieprogramme der Welt – die samt und sonders in größten Schwierigkeiten stecken – bald vom Tisch.

Das Vorbild Schweden, Vorreiter dieses sanften Kurses, ist von entscheidener Wichtigkeit für die Nichtverbreitung. Ein modernes, hochindustrialisiertes Land ohne eigene fossile Brennstoffvorräte hat sich vorgenommen, die Kernkraft bis zum Jahre 2010 durch äußerst sparsamen Energieverbrauch und die Nutzung geeigneter erneuerbarer Energiequellen völlig abzubauen, die Möglichkeiten zu wählen, die am schnellsten und preisgünstigsten Öl einsparen helfen. Schwedens Erfolge in dieser Richtung werden andern Ländern ein deutliches Signal setzen, ebenfalls diesen Weg einzuschlagen, wie ja auch die Sparprogramme im heutigen Schweden – wohl die erfolgreichsten der Welt – weltweit als Beispiel dafür angeführt werden, was preisbewußte, praktisch denkende Menschen erreichen können. Aber die globale Kernindustrie fürchtet die Überzeugungskraft des schwedischen Vorbilds so sehr, daß sie das Ergebnis des Volksentscheids als klare Billigung einer nuklearen Zukunft mißdeutet. Schwedens größter Beitrag für den Weltfrieden könnte darin bestehen, einfach bekanntzugeben, was wirklich geschehen ist – daß nämlich 78% der schwedischen Wähler dafür eintraten, die Kernkraft zugunsten von Alternativen stufenweise abzubauen -, und nach Kräften die nationale Verpflichtung wahrzunehmen, aus diesem Abbau ein Musterbeispiel für glattes, wirksames Management zu machen.

Auf dem Weg in eine effiziente solare Zukunft wird Schweden auch seine nationale Sicherheit verbessern. Das heutige komplexe, zentralisierte Energiesystem ist sehr leicht durch Sabotageakte, Naturkatastrophen oder technische Unfälle außer Betrieb zu setzen. Dagegen wäre ein leistungsfähiges, mannigfaltiges, breitgefächertes, auf erneuerbaren Rohstoffen beruhendes Energieangebot wahrscheinlich so unverwüstlich, daß gravierende Störfälle praktisch nicht mehr vorkämen. Und die hohe Ergiebigkeit und Erneuerbarkeit der Energie könnte allen Schweden eine bedarfsdeckende, anhaltende, preisstabile Energieversorgung gewährleisten, nicht nur der jetzigen Generation, sondern bis in alle Ewigkeit. Eine gesicherte und erschwingliche Energieversorgung ist jedoch nur ein Baustein zur echten gesellschaftlichen Sicherheit. Sicherheit erfordert noch mehr: Wasser, Nahrung, Obdach; ferner Gesundheit, eine gesunde Umwelt, ein flexibles, lebensfähiges Produktionssystem, eine legitime Selbstverwaltung und ein festes Gefüge gemeinsamer Werte. Aber wie können wir all diese Dinge erreichen, die unser Leben so zentral berühren und uns ein Gefühl der Sicherheit vermitteln? In erster Linie durch die Institutionen, die uns am nächsten sind: durch eigenen Einsatz, durch unsere Familien, Gemeinden, lokalen Regierungen. Echte Sicherheit garantieren meist weniger die zentralen Staatsorgane mit ihrer Struktur von oben nach unten, vielmehr wir selbst bauen sie von unten nach oben auf. Aber wir können uns nicht in Sicherheit wiegen, solange wir unser Leben und unsere Freiheit genießen und nach dem eigenen Glück streben, während das andern versagt ist; dann werden wir uns bestenfalls unbehaglich fühlen und vielleicht sogar fürchten, die andern könnten herkommen und sich bei uns holen, was ihnen selbst fehlt.

Echte Sicherheit schaffen wir darum vor allem dann, wenn wir danach trachten, daß sich unsere Nachbarn sicherer fühlen, statt verunsichert – sei es im Dorf oder auf der ganzen Erde. Echte Sicherheit ist auch keineswegs etwas, zu dem uns Armeen und Raketen verhelfen. Ihre Wurzeln reichen tiefer und brauchen kräftigere Nahrung. Sie gedeiht zum Beispiel in einem politischen System, das sich fest auf gemeinsame Wertvorstellungen gründet – die sich in einer vielseitigen, lebhaften Diskussion immer wieder bewähren – und das deshalb unumstößlich und uneinnehmbar ist. Auf einem solchen Fundament könnte sich nach Meinung mancher skandinavischer Strategen sogar eine solide Résistance entwickeln, die das Staatsterritorium einem jeden Eindringling von vornherein verleidet. Eine derartige Verteidigung ist billig, bedroht niemanden, kann nicht in ein Instrument der Unterdrückung verkehrt werden und beugt sogar der Tyrannei im eigenen Lande vor. Die Idee, militärische Probleme nichtmilitärisch anzugehen, wird sich schnell durchsetzen – wieder ein Beitrag, den die schwedische Vernunft zum Weltfrieden leistet.

Von den Analytikern des Stockholmer Friedensforschungsinstituts SIPRI über Graswurzel-Einzelkämpfer (wie beispielsweise C. E. Lennart Dalus), die das Referendum über den schrittweisen Abbau der Kernenergie propagierten und durchführten, bishin zu so mutigen Advokaten für die Abrüstung wie Inga Thorsson – stets tragen die Schweden das Ihrige zum weltweiten Gärungsprozeß bei, aus dem neue Ideen hervorgehen, wie die Nichtverbreitung von Atomwaffen zu erreichen ist. Hier einige Beispiele aus dem großen internationalen Ideenkatalog zur atomaren Abrüstung:

– Da es bei einer bloßen Umkehrung des Rüstungswettlaufs (d. h. statt des Aufrüstens ein Abrüsten um 4 bis 5 % jährlich) 100 bis 200 Jahre dauern würde, das Zeug loszuwerden, sollte man es lieber mit exponential zunehmender Geschwindigkeit vernichten. Präsident Reagan mit seinem Sinn für Dramatik könnte einen Mark-12A-Atomsprengkopf zum Versuchsgelände in Nevada mitnehmen und ihn für das Weltfernsehen mit einem dicken Vorschlaghammer in tausend Stücke zerschlagen; dann könnte er den sowjetischen Regierungschef Andropow einladen (oder vielleicht einen kräftigeren Stellvertreter wie den Generalstabschef Ogarkow), das gleiche mit zwei sowjetischen Sprengköpfen zu tun, woraufhin wieder vier amerikanische an der Reihe wären, danach acht sowjetische, und so fort.

– Die letzten sechs US-Regierungen (bis auf die jetzige) waren an ein umfassendes Atomteststopp-Abkommen gebunden, gegen das allerdings die Waffenschmiede Sturm liefen. Der Grund hierfür ist der, daß die meisten modernen Sprengkörper „leicht verderblich" sind – sie enthalten Tritium und Plutonium, die zerfallen -, und folglich ist nach einiger Zeit nicht mehr sicher, ob sie auch funktionieren, es sei denn, ältere Exemplare werden ab und zu ausrangiert und zu Prüfzwecken getestet. Das amerikanische (und möglicherweise auch das sowjetische) Arsenal wird deshalb, wie es heißt, ganz auf Uran umgestellt, das unbegrenzt haltbar ist und nicht getestet zu werden braucht. Wir geben jedoch einem umfassenden Atomversuchsstopp und „verderblichen" Waffen auf beiden Seiten den Vorzug. Trotz ihres langsamen Zerfalls würden diese Sprengkörper noch immer abschreckend wirken – man wäre ja nie sicher, ob sie nicht doch losgehen -, aber es wäre mit der Zeit auch immer unwahrscheinlicher, daß sie funktionieren, und das würde mehr Sicherheit für jedermann bedeuten. Eine „Laßt-sie-verrotten"-Politik – natürlich mit umfassendem bilateralem Einfrieren gekoppelt, damit keine Ersatzsprengkörper gebaut werden könnten – würde insbesondere von einem Erstschlag abschrecken, da der Angreifer nicht mehr mit dem sicheren Erfolg rechnen könnte.

– Unser Freund und Kollege Dr. Donald Westervelt, der jahrelang das Atomtestprogramm im nationalen Versuchsgelände von Los Alamos geleitet hat, weist darauf hin, daß es überaus schwierig ist – und weiterhin sein dürfte –, die Supermächte zu einer Vereinbarung zu bewegen, nach der „Stöckchen-Zählmethode" abzurüsten (wer wieviel wovon hat). Darum empfiehlt er, bei den kurzen Abschuß- und Vorwarnzeiten anzusetzen, die auf höchst gefährliche Weise die Unsicherheit steigern. In die Umgangssprache übertragen hieße Dr. Westervelts kreativer Vorschlag zum Verlängern der Abschußzeiten beispielsweise, Raketen aus ihren Silos zu holen, von Bombenflugzeugen die Flügel abzumontieren, alle Marschflugkörper und sonstigen atomaren Waffensystemen von ausländischen Stützpunkten abzuziehen (unter anderm aus Europa), die Nachrichtenübermittlung an U-Boote etwa auf die Schnelligkeit einer Flaschenpost zurückzuschrauben, und so weiter – alles das auf beiden Seiten und nachweislich. Dieser Ansatz wird vom Militär sehr begrüßt (den Generälen ist nämlich beim Gedanken an einen „Abschuß bei Warnung" angst und bange), nur hat bisher noch kein einziger Politiker mit Regierungsverantwortung den Gedanken aufgegriffen. – Besuchskontakte und Beziehungen privater Bürger mit dem Ausland könnten durch eine Wiederbelebung der mittelalterlichen Tradition der „Geiselschaft" ergänzt werden: Amerikanische Kongreßabgeordnete und Angehörige des sowjetischen Politbüros könnten ihre Kinder in das gegnerische Land schicken und dort in einer der Großstädte studieren lassen.

– Der Biologe Lewis Thomas schlägt vor, eine große Anzahl von amerikanischen und sowjetischen Soldaten sollten Fahrscheine bekommen, mit denen sie immerfort im gegnerischen Land Bahn fahren könnten. Von den Einnahmen würden die Eisenbahnbetriebe profitieren. Infolge der bekannten Unzulänglichkeit von Fahrplänen wüßte niemand jemals so recht, wo die Soldaten gerade sind. Und wenn diese herumkutschierenden Geiseln bei einem Blick aus dem Zugfenster entdeckten, daß sich Nebraska und die Ukraine ziemlich ähnlich sind, würde ihnen zu Bewußtsein kommen – was ihre Befehlshaber womöglich vergessen haben -, daß da draußen auch Menschen sind.

– Das gleiche Ziel, dem sogenannten „Feind" wieder ein menschliches Antlitz zu verleihen, verfolgt ein neues Programm, nach dem jede amerikanische Familie die Fotografie einer sowjetischen Familie auf ihrem Kaminsims aufstellen soll – und umgekehrt. Außerdem besteht bereits ein Städtepartnerschafts-Programm.

– Die Nord-Süd-Kommission schlug eine internationale Besteuerung der Rüstungskosten in Steigerungsraten vor, und Schweden könnte einseitig mit diesen Zahlungen anfangen. Wie wäre es denn, zusätzlich noch eine sich ebenso steigernde Megatonnen-Steuer zu erheben, die in einer jährlichen, vom Fernsehen übertragenen Bußaktion (vorzugsweise in Hiroshima oder Nagasaki) bezahlt und an Länder ohne Atomwaffen weitergeleitet würde als symbolische (wenn auch unzureichende) Geste des Ausgleichs für die Risiken, die diese zwangsläufig auf sich nehmen mußten?

– Noch besser wäre es, alljährlich im August jeden neuen Staatspräsidenten, der im Jahr zuvor sein Amt angetreten hat, und jeden Regierungschef eines Landes, das im Besitz von Atomwaffen ist, zu einer offiziellen Pilgerfahrt als Gäste des japanischen Volkes ins Friedensmuseum nach Hiroshima einzuladen. Die Besucher könnten die Ausstellung ansehen, Kränze niederlegen, Atombomben verdammen, statt sie zu preisen, und vielleicht einen Abstecher zu einem privaten Treffen der Bombaholics Anonymous machen.

Die Anthropologin Mary Catherine Bateson führt das Gleichnis von einem Mann an, der sich gewohnheitsmäßig des Abends sinnlos zu Tode betrinkt und etwa einmal im Jahr seinen Revolver hervorholt, um ganz für sich allein Russisches Roulette zu spielen. Er bringt sich auf dreierlei Arten um: durch das jährliche Spiel mit dem sofortigen Tod, durch den langsamen Tod infolge von Leberzirrhose und durch die tägliche Mißachtung seines realen Daseins. Aber die drei Todesarten bedingen sich gegenseitig. Wenn der Revolver klickt, weil die Trommel leer ist, meint er, alles sei in Ordnung, und trinkt sich weiter zu Tode. Er denkt nicht lange darüber nach, was der Alkohol seinem Körper antut, weil die Angst überwiegt, daß ihn das Russische Roulette eher umbringt. Das Vergessen, das er, von Furcht getrieben, jeden Tag aufs neue sucht, macht ihn blind für die schleichende Zirrhose und schwach gegenüber der Verlockung des Revolvers. So dreht er sich mit den Dreien im Kreise, und die Verzweiflung wächst dabei immer mehr. In der wirklichen Welt wird einmal oder mehrere Male pro Jahr Atomalarm ausgelöst, der sich in letzter Sekunde als falsch entpuppt. Wir bringen uns langsam aber sicher um mit unserer chronischen Selbstverstümmelung und Umweltzerstörung, die wir in unserer Angst durch elektronische Berieselung und „Zerstreuungen" zu vergessen suchen. Dabei bedingt eins das andere, und das stete Kreisen des Wahnsinnskarussels kann nur durch kleine Schritte der Arbeit und Hoffnung zum Stillstand gebracht werden. Aber zuerst müssen wir uns, wie der Alkoholiker, über das Ausmaß unserer Sucht klar werden. Die dumpfe Stille des Grauens zu durchbrechen heißt, für Millionen normaler Menschen neue Rituale, neue Symbole und vor allem neue Wirkungskreise zu finden.

Natürlich können die tiefen Spaltungen in der Welt nicht einfach abgeleugnet werden – schon gar nicht die Kluft zwischen den politischen Führern der Vereinigten Staaten und der Sowjetunion, die allem Anschein nach ihr gemeinsames Menschsein verleugnen und nur die Vorliebe dafür teilen, einzig und allein ihr eigenes Volk am Leben zu halten, mag auch das andere dabei zu Tode kommen. Aber diese feindseligen, argwöhnischen, furchtsamen politischen Führer müssen miteinander auskommen, ob sie sich gegenseitig vertrauen oder nicht. Wenn sie einander doch endlich einmal vertrauten, wäre die Rüstungskontrolle überflüssig, weil keine Waffen mehr „nötig" wären. Unsere politischen Führer täten wirklich gut daran, wie wir alle, sich allmählich an den Gedanken zu gewöhnen, daß Atomwaffen nicht das eigentliche Problem sind, sondern nur Symptom. Das Problem heißt Krieg: Dahinter verbirgt sich überkommenes Stammesdenken, menschliche Aggressivität, Ungerechtigkeit, Macht ohne Sinn und Zweck, dahinter liegen die psychischen Prämissen von Jahrtausenden homozentrischer, patriarchalischer, imperialistischer Kultur. Wenn wir, die gesamte Menschheit, diese Probleme nicht frontal angehen, wird die atomare Abrüstung uns nur eine Atempause verschaffen, bis wir irgendeinen anderen genialen Weg gefunden haben, uns gegenseitig umzubringen.

Der Wandel menschlicher Werte, der einzig eine dauerhafte Sicherheit garantieren kann, kommt nur durch uns selbst in Gang. Er nimmt seinen Anfang bei dir und mir, wenn wir miteinander reden und dann wieder andere ansprechen. Genau auf diese Weise hat zum Beispiel der Zen-Poet Gary Snyder dem Krieg in Vietnam ein Ende gemacht. Mitte der sechziger Jahre saß er in einer Bar in Tokio und kam mit einem amerikanischen Landsmann ins Gespräch, der auf dem Weg nach Saigon war, um auf Veranlassung seiner Regierung eine Studie über den Krieg durchzuführen. Der Fremde war so überrascht und fasziniert von Garys Meinung, der Krieg sei eine üble Sache, daß er seine Reise nach Saigon verschob und sich drei Tage lang mit ihm über den Krieg, über Wertvorstellungen und philosophische Dinge unterhielt. Beim Abschied hatte Gary nicht das Gefühl, als sei viel dabei herausgekommen. Einige Jahre später, er war nach Kalifornien zurückgekehrt und hatte hier und da gelebt, kam ihm zu Ohren, jemand auf einem Motorrad suche ihn und jage ihm von einem Ort zum andern nach. Schließlich erreichte Gary eine Nachricht von dem Betreffenden, und sie lautete: „Ich bin der Typ, den du in der Bar in Tokio kennengelernt hast. Unser dortiges Gespräch hat mein Leben grundlegend verändert. Lies die Zeitung." Wenige Wochen später kam der große Knall mit den Pentagon-Papieren. Der Typ war Dan Ellsberg.

Diese umfangreichen Geheimdokumente, deren Inhalt der RAND-Corporation-Forscher Dr. Ellsberg an die Öffentlichkeit „durchsickern" ließ, enthüllten der amerikanischen Bevölkerung zum ersten Mal, wie sie von ihrer Regierung in bezug auf den Krieg in Vietnam systematisch belogen worden war. Trotz der Einwände von seiten der Regierung wurden sie in den größten Zeitungen veröffentlicht und trugen entscheidend dazu bei, den Krieg zu beenden.

Es spielt also wirklich eine Rolle, mit wem du redest. Es spielt eine Rolle, daß du dich engagierst. Frieden herrscht, wenn genug von uns den Frieden im Herzen tragen. Frieden wird blühen, wenn genug von uns sich jeden Abend fragen: „Was habe ich heute dazu getan, daß sich mein Nachbar sicherer fühlen kann?" – und wenn wir mit der Antwort zufrieden sein können. Wir werden Frieden haben, wenn jeder von uns persönlich die Verantwortung dafür übernimmt.

In euren und meinen Genen ist das Erbe von Milliarden Jahren biologischer Weisheit gespeichert und bis zum heutigen Tag ungebrochen erhalten geblieben. In euren und meinen Genen ist das Erbgut aller noch ungeborenen Kinder gespeichert, sind ihre Möglichkeiten für alle Zeiten unseren Händen anvertraut. Laßt uns in ihrem Namen das Leben wählen.

Häuptling Ibedul von Palau
Selbstbestimmung im Pazifik

Im Namen des Volkes der Republik Palau überbringe ich Ihnen die herzlichsten Grüße von den tropischen Sonneninseln unter blauem Himmel im entferntesten Teil des Pazifiks. Ich stehe hier vor Ihnen in ehrfürchtiger Freude, daß ich dazu ausersehen worden bin, den Right-Livelihood-Preis entgegenzunehmen.

Es ist mir eine hohe Ehre, und ich möchte Ihnen danken, daß Sie mir ermöglicht haben, heute hier zu sein. Genauer gesagt, ich danke Ihnen im Namen des Volkes von Palau, dem dieser Preis zugedacht ist und das ich repräsentiere.

Nach der Tradition unserer Inseln hat ein Häuptling die Pflicht, sein Volk zu schützen und zu versorgen, zu versöhnen und zu einigen und voranzugehen bei der Wahrnehmung der Interessen seiner Landsleute. Diese traditionelle Rolle ist immer Teil einer unabdingbaren und immer stärker ins Bewußtsein tretenden repräsentativen Mitbestimmung des Volkes gewesen. In dieser Eigenschaft nehme ich hier stellvertretend für mein Volk den Preis in Empfang.

Dieses denkwürdige Ereignis bedeutet uns sehr viel. Es bedeutet, daß kleine Inselvölker jetzt anerkannt werden. Es bedeutet, daß wir nicht länger alleine kämpfen. Es bedeutet, daß sich jetzt alle Völker, alle Nationen – ob groß oder klein – mit vereinter Kraft für eine friedliche Welt engagieren, für eine Welt, in der man sich nicht einander weiter entfremdet, sondern Solidarität übt, für eine Welt, in der statt Mißtrauen das Vertrauen regiert, in der statt Armut Wohlstand herrscht. Die Bedeutung dieser Ehrung für die Republik Palau kann nicht nachdrücklich genug betont werden.

Erlauben Sie mir nun, Sie ein wenig in die Geschichte und Geographie unserer Inseln einzuführen, Ihnen zu erklären, wo Palau liegt und warum uns unserer Ansicht nach dieser Preis verliehen wird.

Die Palauinseln haben etwa 15.000 Einwohner und liegen im westlichsten Teil des Pazifiks. Sie sind überreichlich von der Natur gesegnet. Die Luft ist immer rein und das Meer immer klar. Tagsüber ist der Himmel stets tiefblau, und nachts erstrahlt er im Sternenglanz. Überall wuchert üppiges Grün, macht die Natur unsere Inseln zu einem wahren Paradies.

Was seine Geschichte anbelangt, wurde Palau nacheinander von Spanien, Deutschland und Japan verwaltet. Nach dem Zweiten Weltkrieg erhielten die USA durch das Treuhandverwaltungsabkommen der Vereinten Nationen den Auftrag, die Entwicklung des Volkes von Palau in politischer, sozialer und wirtschaftlicher Hinsicht zu seinem Besten voranzutreiben und Palau schnell wieder zu seiner rechtmäßigen Souveränität zu verhelfen.

In alten Zeiten schleppten die Schiffe, die gewaltige Veränderungen einleiteten, Amöbenruhr und Pocken ein, wodurch die Bevölkerung der Inseln drastisch dezimiert wurde. Später, es ist noch nicht allzulange her, brachte der Zweite Weltkrieg unvorstellbares Elend über die Menschen. Überall herrschte Zerstörung und Tod, wurden unsere unschuldigen Leute verschleppt, wütete der Hunger. Die Spuren dieser Zeit sind noch immer zu sehen, und bis heute hat sich Palau noch nicht ganz von den Auswirkungen konventioneller Kriegsführung erholt.

Als der Zweite Weltkrieg vorbei war, erwachte neue Hoffnung auf ein Ende dieses Elends „im ersten Schimmer des Morgengrauens", denn die Vereinigten Staaten übernahmen die Verwaltung der Inseln. Aber unsere Hoffnungen wurden enttäuscht. Unsere Sitten und Gebräuche verfielen, und neue Konzepte und Vorstellungen wurden uns aufgezwungen. Auf einmal waren die militärstrategischen Interessen der Vereinigten Staaten maßgebend für unser Schicksal. Bei den Verhandlungen um den politischen Status von Palau rückten die USA mit Plänen heraus, in denen von der Nutzung radioaktiver und anderer schädlicher Stoffe die Rede war. Diese Pläne waren fortan unzertrennlich mit der Diskussion um unsere längst überfällige Entkolonialisierung verknüpft.

Ich will die Gelegenheit ergreifen und den tiefen Konflikt schildern, der jetzt zwischen Palau und den Vereinigten Staaten besteht.

1980 hielt Palau auf Drängen der Vereinigten Staaten eine verfassungsgebende Versammlung ab. Dann präsentierte die Bevölkerung Palaus ihren ersten Verfassungsentwurf, auf den wir alle sehr stolz waren, weil das der erste Schritt in Richtung Selbstbestimmung war.

Die Vereinigten Staaten gratulierten uns. Allerdings sahen sie sich vor ein großes Problem gestellt. Palau gab sich nämlich eine Verfassung, in der ein Atomverbot verankert war. und diesen Passus will ich Ihnen einmal vorlesen: „Gefährliche Substanzen wie atomare, chemische, biologische oder Giftgas-Kampfstoffe für den Kriegsgebrauch sowie Kernkraftwerke mit ihrem radioaktiven Abfall dürfen innerhalb der Gerichtsbarkeit der Palauinseln nicht verwendet, getestet, gelagert oder entsorgt werden, wenn nicht mindestens eine Dreiviertelmehrheit bei einem Volksentscheid zu dieser speziellen Frage ausdrücklich ihre Zustimmung erteilt."

Seit dieser Atomverbotsklausel weigern sich die Vereinigten Staaten, einen künftigen politischen Status anzuerkennen, bei dem das Verbot geltend bleibt. Die Verfassung der Republik Palau spiegelt die Geschichte des Konflikts wider, der zwischen dem Wunsch der Bevölkerung von Palau, ihre Heimat atomfrei zu halten, und den Militärinteressen der USA besteht. Die Schöpfer unserer Verfassung erinnerten sich nur zu gut an die Leiden der Vergangenheit, an das Elend, das der Krieg über die ganze Welt gebracht hatte, und waren sich auch des drohenden Holocausts der modernen Kriegsführung bewußt. Es mußte also unbedingt ein Atomverbot in den 1979er Verfassungsentwurf von Palau aufgenommen werden, der in einem Referendum mit einer Stimmenmehrheit von 92% angenommen wurde.

Meine Damen und Herren, die Verfassung von Palau muß erhalten bleiben!

Am 10. Februar 1983 lehnten die Bürger Palaus in einer Volksabstimmung den Vorschlag für einen Assoziationsvertrag mit den Vereinigten Staaten ab, einen Vertrag, der Palau viele Jahre lang gebunden hätte. In diesem Vertrag ging es um einen neuen politischen Status, der den USA die Möglichkeit verschafft hätte, das Atomverbot von Palau aufzuheben. Trotz der Beteuerungen der USA, nichts läge ihnen ferner, wurde der Assoziationsvertrag vom Obersten Gerichtshof Palaus für unannehmbar erklärt, da er im Widerspruch zur Verfassung stehe.

Im Oktober dieses Jahres unternahm die politische Führung Palaus einen weiteren Versuch, die Entkolonialisierungs-Verhandlungen wiederaufzunehmen, und unterbreitete den Vereinigten Staaten einen neuen Vorschlag für einen Assoziationsvertrag, der mit unserer Verfassung übereinstimmt und die legitimen Wünsche Palaus berücksichtigt. Vergangenen Monat hat das Repräsentantenhaus in Washington die politische Führung Palaus davon unterrichtet, daß Palau und die Vereinigten Staaten nur dann eine freie Bündnisbeziehung eingehen könnten, wenn Palau sein in der Verfassung verankertes Atomverbot aufhebe.

Wir bedauern die negative Einstellung der Vereinigten Staaten zu unserer Verfassung und insbesondere zum Atomverbot. Uns ist klar, daß diese Klausel nach Meinung der USA ihren militärischen Zielen entgegensteht. Aber wir haben den Vereinigten Staaten deutlich gemacht, daß Palau nicht gewillt ist, sich Atomtests oder der Anwendung von radioaktiven Stoffen auszusetzen und damit das Risiko auf sich zu nehmen, völlig vernichtet zu werden wie unsere Nachbarn vom Bikini-Atoll auf den Marshallinseln. Wir wollen weiter daran glauben, daß ein atomfreies Palau dem Interesse der Vereinigten Staaten an der Erhaltung des Weltfriedens entspricht.

Mit Blick auf die Selbstbestimmung des Volkes von Palau haben die Vereinigten Staaten der Bevölkerung von Palau die Gelegenheit gegeben, sich eine Staatsform zu schaffen, die auf den Grundsätzen von Demokratie, Freiheit und Gerechtigkeit beruht. Jetzt weigern sich die USA, unsere Wünsche im Rahmen eben dieser demokratischen Prinzipien anzuerkennen.

Im großen und ganzen sind die Aussichten für die Bevölkerung von Palau nicht gerade ermutigend. Wir sind in einer mißlichen Lage, denn wir stehen zu unserem Glauben an eine friedliche, atomfreie Nation und eine atomfreie Welt, sehen uns aber gleichzeitg vor die Wahl gestellt, uns entweder für die Unabhängigkeit zu entscheiden, ohne das dafür nötige Rüstzeug zu haben, oder uns weiterhin der Treuhandverwaltung durch die Vereinten Nationen anzuempfehlen, für die unsere

Souveränität praktisch gar nicht existiert. Und bei alledem lassen uns die Vereinigten Staaten noch ihre Macht fühlen und üben durch unzulässige Beeinflussung Druck auf uns aus, indem sie uns lebenswichtige Versorgungsgüter versagen, um Palau entgegen ihrer UN-Treuhänder-Verpflichtung zu zwingen, seine Verfassung zu ändern.

Ich bitte heute abend alle hier Anwesenden, die wie wir von einer atomfreien Welt und einem friedlichen Zusammenleben der Menschheit träumen, aller Welt, allen Menschen, ob Freund oder Feind, weiterzusagen, daß die Bevölkerung von Palau ehern an der Verwirklichung dieses Traumes festhält. Da wir ein kleines Volk sind, bitten wir um Ihren Segen und Ihre Unterstützung bei unserm Kampf zum Schutz unserer Verfassung und auf unserm Weg zur Selbstbestimmung.

Kom kmal mesaul – vielen Dank.

Leopold Kohr
Rettung im Kleinen

Welche Wahl haben unsere führenden Politiker angesichts der Schwierigkeiten, vor denen sie stehen? Um hierauf eine Antwort zu geben, auf die viele gespannt sind, muß man erst die Frage richtig stellen. Was ist denn eigentlich unser Hauptproblem? Ist es Armut? Ist es Hunger? Ist es Arbeitslosigkeit? Ist es Korruption, Inflation, wirtschaftliche Depression, Jugendkriminalität? Ist es die Energiekrise? Ist es die Kriegsgefahr? Nichts von alledem. Das wahre Problem unserer Zeit ähnelt dem eines Bergsteigers im Himalaya. Das Herz sticht, die Lungen versagen, die Ohren schmerzen, die Augen erblinden, die Haut platzt auf – aber kein Spezialist für Herz, Lungen, Ohren, Augen oder Hautleiden wird ihm helfen können, denn organisch fehlt ihm nichts. Es ist die Höhenkrankheit.

Wir brauchen keine Spezialisten beizuziehen, wir müssen ihn nur in geringere Höhe bringen. Erst wenn er dort noch eines seiner Leiden spürte, wäre es sinnvoll, einen Arzt zu rufen. Genauso steht es mit den gesellschaftlichen Leiden unserer Tage. Nicht die Armut ist das Problem, sondern ihre gewaltige Verbreitung. Nicht die Arbeitslosigkeit, sondern ihre skandalöse Zunahme; nicht der Hunger, sondern die erschreckende Zahl der Hungernden; nicht die wirtschaftliche Depression, sondern ihre rasche, weltweite Ausbreitung; nicht der Krieg, sondern die atomare Größenordnung des Krieges. Mit anderen Worten, das wahre Problem unserer Zeit ist nicht materiell, sondern dimensional.

Es liegt in den Größenordnungen, nicht in den Systemen, den Ideologien oder den Anführern. Und da gesellschaftliche Schwierigkeiten mit der Größe der Gesellschaft wachsen, ist es wie im Bilde von der Höhenkrankheit: Jeder Heilungsversuch setzt voraus, daß die befallene Gesellschaft zu Größenordnungen herabsteigt, die der Mensch mit seiner beschränkten Statur wieder kontrollieren kann. Auch das würde freilich keines der

Probleme abschaffen, die uns plagen. Die Armen werden, wie Jesus vor 1950 Jahren sagte, immer unter uns sein. Hesoid meinte vor 2800 Jahren in seiner Geschichte von Pandoras Büchse – jenem Geschenk des Obersten Sowjet der Himmlischen an das Menschengeschlecht –: „Immer werden Menschen die Städte von Menschen zerstören." Und wie mein verehrter verstorbener Freund Howard Gossage aus San Francisco gern betonte: Auch in einer kleinen Gesellschaft werden hundert von hundert sterben.

Doch Schrecken, Elend und Angst werden sich mit dem Rahmen der Gesellschaft verkleinern, bis wir uns nur noch den gewöhnlichen Kümmernissen gegenüber sehen, die uns vom Schicksal als Ausgleich für die Freuden auf unserem Lebensweg auferlegt sind. So ergibt sich eine neue Geschichtsdeutung: Geschichtlicher Wandel wird im wesentlichen nicht durch die üblicherweise angeführten Ursachen bewirkt, wie etwa den Wechsel von Anführern, Religionen, Ideologien, Klima, Landschaft, Zufall oder, wofür Marx brillant argumentierte, durch den Wandel der Produktionsweise, sondern durch den Wandel in der Größe einer Gesellschaft. Die Menschheit wurde aus dem Paradies nicht deshalb vertrieben, weil Eva den Apfel aß, sondern weil die Äpfel nicht für die wachsende Bevölkerung ausreichten. Sie aß den letzten Apfel – darin lag die Sünde. Von da an mußten sich die Menschen mit einer härteren Produktionsweise ernähren – im Schweiße ihres Angesichts.

Das wichtigste Symbol in der Vertreibungsgeschichte ist daher eher das Feigenblatt als erstes Mittel zur Geburtenkontrolle, und nicht so sehr der Apfel als eine malthusianische Warnung vor drohendem Nahrungsmangel. Und das gleiche gilt für den ganzen weiteren Weg bis zu unserer atomaren Produktionsweise. Nicht, daß ihretwegen die Anzahl der Menschen wachsen konnte! Anders gesagt, ebenso wie in allen vorhergehenden industriellen Revolutionen war die explodierende Bevölkerung gezwungen, eine effizientere Produktionsweise zu erfinden, diesmal die atomare – ganz gleich, ob Luft und Umwelt zerstört werden, oder ob möglicherweise 1984 die Welt untergeht. Jenseits einer gewissen kritischen Gesellschaftsgröße sind wir einfach nicht mehr Herren unseres

Schicksals. Wie nämlich schon Theophrastus Paracelsus sagte: „Alles ist Gift, ausschlaggebend ist nur die Menge". Das gilt für die Menschheit ebenso wie für die Heuschrecken, die ja zur biblischen Plage nur durch ihre Anzahl wurden. Oder, um Churchills Ausspruch abzuwandeln, mit dem er für die Wiederherstellung des Britischen Unterhauses in seiner ursprünglichen debattenfördernden Enge eintrat: „Wir formen unsere Bauten, und unsere Bauten formen uns." Ebenso gilt: „Wir bestimmen die Größe der Gesellschaft, aber ihre Größe wird uns formen."

Deshalb liegt die Antwort auf die Mängel des unkontrollierten Kapitalismus nicht mehr, wie es früher in kleineren Gesellschaften einmal der Fall gewesen sein mag, in zunehmender Koordination und sozialistischen Kontrollmechanismen. In keinem unserer beiden großen ideologischen Systeme können nämlich die Anführer kontrollieren, was wegen der exzessiven Größe unserer politisch-wirtschaftlichen Umgebung jeder menschlichen Kontrolle entwachsen ist.

Auch die Computer werden da nicht helfen – trotz der arroganten Antwort, die neulich einer von ihnen auf die Frage gab, ob Gott existiere: „Jetzt ja", sagte er. Auch der Zusammenschluß von Klassen, Völkern oder Staaten bietet keine Lösung. Es würde das Problem der exzessiven Größe nur weiter anwachsen lassen. Unsere Schwierigkeiten sind nämlich nicht der Teilung zuzuschreiben, die uns nach jenem blasphemischen Vereinigungsversuch im Turmbau zu Babel (oder Manhattan) auferlegt wurde, sondern der schlechten Teilung in Staaten sehr verschiedener Größe, die infolge ungleichmäßiger regionaler Vereinigungsprozesse entstand.

Wenn also der Ursprung der Probleme in übertriebener Größe, unübersehbaren Dimensionen, krebsartigem Wachstum und Gleichgewichtsverlust liegt, so wird die einzig mögliche Lösung natürlich nicht in der Bildung noch größerer Einheiten zu finden sein, die jedes Problem – dem neuen Maßstab angepaßt – ebenfalls vergrößern würde. Sie ist vielmehr in der entgegengesetzten Richtung zu suchen. Im Kleinen. Hierdurch allein wird sich die Unzahl von Folgeproblemen lösen lassen, die dem primären historischen Faktor der exzessiven Gesellschaftsgröße zuzuschreiben sind. Und diese

Probleme werden nicht durch ihre Abschaffung gelöst, sondern dadurch, daß die Reduktion ihrer Größenskala sie wieder handhabbar macht. Eine solche Verkleinerung geschah zum Beispiel politisch in den erfolgreichen Kantonalstrukturen von Staatenbünden oder Bundesstaaten, vom kontinentweiten „Heiligen Römischen Reich" bis hinunter zur kleinen Schweiz, oder wieder hinauf zu den „Vereinigten Staaten". So wurde bewiesen, daß sogar in einer Union die Probleme der Größe handhabbar sein können, wenn nur die Untereinheiten gleich oder sogar ungleich klein sind.

Militärisch wurde durch den mittelalterlichen Gottesfrieden demonstriert, wie man die Handlungen der Kriegführenden aufsplittern konnte. Klugerweise wurde der Krieg niemals ganz verboten; er wurde lediglich auf erträgliche Ausmaße beschränkt, weil er an Werktagen erlaubt, doch sonntags, samstags und an allen heiligen geweihten Feiertagen (die es in friedensichernder Fülle gab!) verboten war. Warum respektierten kriegslüsterne Männer solche Einschränkungen? Nicht so sehr wegen ihrer Frömmigkeit, sondern weil ihre Macht nicht ausreichte, der moralischen Autorität der Kirche zu widerstehen. Auch diese Kirche war nicht sehr mächtig, aber doch meistens gerade noch ihrer größten Untereinheit überlegen. So funktionierte die hierarchische Ordnung. Erst als Kaiser Maximilian, der erste moderne Illusionist, den ewigen Landfrieden verkündete und so versuchte, von den unbedeutenden, fragmentarischen Kriegen zu einem Zustand dauernden, unteilbaren Friedens zu kommen, da brach dies Werk gesunden Menschenverstandes zusammen, und der Welt wurden seither pro Jahrhundert zwei blutige und verdammt unteilbare, kontinentale Kriege beschert. Die Antwort auf das übergeordnete Problem der Größe ist demnach nicht Sozialismus, Kapitalismus, Fusionismus, Pazifismus oder was sonst andauernd, aber erfolglos gepredigt wird. Die Antwort auf die Problematik des zu Großen ist das Kleine. Denn, um es nochmals zu betonen, die tiefere Ursache menschlichen Elends ist nicht mehr politische Zersplitterung, Ideologie, Religion oder Wirtschaftssystem, sondern die übertriebene Größe.

Und wenn Kleinheit die Antwort ist, so nicht nur, weil sie schön ist, wie E. F. Schumacher es so treffend formulierte.

Sein Bestseller „Small is beautiful“ wurde wohl von vielen gepriesen, fand aber leider wenige handelnde Nachfolger (außer Wilfried Haslauer, dem Salzburger Landeshauptmann und Ioan Bowen-Rees, dem obersten Beamten der Grafschaft Gwynedd in Wales). Klein ist schön, weil es auch natürlich ist, in Harmonie mit der Ordnung aller Dinge, oder wie der Buchtitel eines alten Freundes es ausdrückt, weil es „lebensrichtig“ ist. Joseph Haid, der im kleinen Liechtenstein lebt, formuliert hier denselben Grundgedanken wie die Right Livelihood Foundation, die den „Alternativen Nobelpreis“ gestiftet hat. Und diese „Lebensrichtigkeit“ ist die Grundlage allen Argumentierens für das Kleine. Auf ihr beruht der Bauplan des Universums in allen Erscheinungen: in Physik, Mathematik, Chemie, Musik, Biologie, Architektur, Medizin, Wirtschaft, Politik und Gesellschaft. In der Chemie hat sie die Forschungen beeinflußt, die Peter Mitchell 1978 den Nobelpreis einbrachten. In der Ökonomie wurde sie zum Beispiel von Raoul Prebish in einem Zusammenhang eingeführt, den ich als „Gesetz der peripheren Vernachlässigung“ (Law of Peripheral Neglect) bezeichnet habe, sowie von einem anderen Nobelpreisträger, Gunnar Myrdal, in seiner „Theorie der zirkulären und kumulativen Kausation“, wo er zeigte, daß „gemeinsame Märkte“ ihre weniger entwickelten Mitglieder eher behindern als fördern.

Und der Physik-Nobelpreisträger Erwin Schrödinger erklärte in seinem schönen Büchlein „Was ist Leben?“ nicht nur, wie klein Atome sind, sondern auch warum sie so klein sind. Wegen ihrer unermeßlichen Zahl und dauernden Bewegung müssen sie immer und immer wieder zusammenstoßen. Wären sie groß, oder wären einige Große darunter, wie Krebszellen im Körper oder Großmächte in der politischen Welt, so müßten die Stöße zerstörerisch wirken. Die Stöße zwischen Kleinen aber sind, wie die zwischen tanzenden Paaren, nicht nur harmlos, sondern sie schaffen in endloser Folge neue Konstellationen, Gestalten und Ordnungen, indem sie bei jeder Störung selbst die Kräfte zu einem neuen Gleichgewicht liefern – ähnlich jenen luftigen Mobiles, die über den Schreibtischen nervöser Manager hängen und bei jedem Hauch mit sanften Bewegungen tröstlichen Frieden verbreiten – ganz ohne steuernde, regierende oder kontrollierende Eingriffe. In einem Universum aus kleinen Bestandteilen bedarf es nicht einmal der Einmischung des Schöpfers, der die Welt schuf, um sein dramatisches Werk befriedigt zu betrachten, nicht aber, um unermüdlich als Wachhund oder Regisseur zu intervenieren oder gar als großer Bruder des ominösen Jahres 1984.

Der beredteste antike Verteidiger der Kleinheit als Allheilmittel für gesellschaftliche Probleme war Aristoteles. Der ideale Staat war für ihn jener, in dem alles mit einem Blick überschaubar, jeder Zusammenhang erkennbar wäre, und nichts verborgen bleiben könnte. Daran mußte ich denken, als ich im Jahre 1945 Alexander Frick, den Premierminister von Liechtenstein, fragte, ob sein Land wie die „Riesen" Großbritannien, Frankreich, China, Italien, Deutschland und Japan um amerikanische Hilfe nachsuche. „Schauen Sie", antwortete er, mit einem Anflug von verletztem Stolz, „warum um alles in der Welt sollten wir Hilfe brauchen? Bis eine Großmacht eine Katastrophe auch nur erkennt, sind wir Liechtensteiner schon halbwegs mit den Reparaturarbeiten fertig." Und als ich vor zwei Wochen einen liechtensteinischen Postbeamten fragte, was er für das Hauptproblem seines Landes halte, da antwortete er ohne Bedenken: „Gar keines." Seine Frau war derselben Meinung. Ein anderer ehemaliger Ministerpräsident allerdingt, Gerald Batliner, wollte nicht ganz zustimmen und gab, fast vierzig Jahre nach Alexander Frick, eine gewisse Beunruhigung zu. Es gäbe einen langsam wachsenden Trend unter den jüngeren Leuten, ihre Geschäftsverbindungen über die Sicht- und Reichweite hinaus auszudehnen und sich vom Europäischen und vom Weltmarkt ködern zu lassen.

Größe ist nämlich leider nicht nur schlecht, sie ist auch höchst ansteckend und teuflisch attraktiv – wie die Hölle, die ja schließlich das Schrecklichste erzeugt, was alles Lebendige befallen kann: Angst! Das Schlimmste ist nämlich nicht die Hölle, sondern die lebenslang, ein vertanes Leben lang, anhaltende Angst vor ihr; und nicht der Krieg, sondern das dauernde Zittern vor ihm, sei er atomar oder nicht. Deshalb wies St. Augustinus, ein weiterer früher großer Apostel des Kleinen, die Römer auf die Zerbrechlichkeit großer Staaten hin und fragte: „Welcher Sinn, welche Weisheit könnte darin liegen, die Größe eines Reiches zu preisen? Ist nicht all seine Pracht wie die des Glases, durchscheinend und zerbrechlich, und alle Freude an ihr getrübt durch die Angst vor der Brüchigkeit?" Er kam zu dem gleichen Ergebnis, das wir heute mit Neville Figgis' Worten zusammenfassen können: „Die Welt würde am glücklichsten regiert, wenn sie nicht aus wenigen Machtbereichen bestünde, die sich durch Eroberungskriege sichern – mit deren Begleiterscheinungen, wie Despotismus und Tyrannenherrschaft –, sondern aus einer Gesellschaft kleiner Staaten, die in Freundschaft und ohne Eifersucht miteinander leben und die gegenseitigen Grenzen achten."

Augustinus predigte aber nicht nur die Idee des Kleinen, wie viele andere, die Einsicht in die menschliche Natur hatten und die wir Utopisten zu nennen pflegen, wie Platon, Thomas Morus, Campanella, Fourier. Ähnlich Robert Owen, dem Begründer der heute noch lebendigen Genossenschaftsbewegung, ging Augustinus auch an die praktische Verwirklichung. Er legte das Fundament zu Klöstern, die wie John Seymours selbstversorgende Farmen nicht über die unmittelbare Nachbarschaft hinausgreifen sollten, und deren vita communis paradoxerweise der Ursprung des Wortes Kommunismus wurde. Und letzterer verbreitet nun, ins Gigantische vergrößert, ebensoviel Schrecken wie der kapitalistische Riese, den er bekämpfen will. So erweist sich die Wahrheit von Paracelsus' Ausspruch „Alles ist Gift, ausschlaggebend ist nur die Menge" sogar an Augustinus' sanftem mönchischen Kommunismus.

Wir brauchen also nicht gigantische Zusammenschlüsse, Kapitalismus oder Sozialismus, sondern die Rückkehr zu vernünftig unterteilten augustinisch-klösterlichen oder genossenschaftlich-Owenschen Netzwerken von kleinen Zellen, die wie in einem weltumspannenden religiösen Orden lose zusammenhängen. Diese böten die Chance, erfolgreich den Lebensstandard unterentwickelter Regionen zu heben, wie sie es ja – neben vielen anderen Leistungen – auch in vergangenen Zeitaltern getan haben. Nur so nämlich läßt sich vermeiden, daß wir mit unserer Entwicklungshilfe ewig Abhängige, Entfremdete, Enttäuschte heranziehen, die ihren Helfern keinen Dank wissen. Stattdessen würden sie ohne Hilfe zu selbständigen Gemeinschaften heranwachsen, die Wohlstand, Sicherheit und Zufriedenheit unvergleichlich schneller erreichen, als es jetzt mittels der zentralistischen Steuerung durch „ferne Wohltäter" möglich wäre. Sie müßten nur intensiv nutzen, was Natur und menschliche Fähigkeiten ihnen in der Nachbarschaft anbieten. Dann wäre nämlich vermieden, was Charles Carey die „schwerste Steuer auf Land und Arbeit" nannte: die Transportkosten. Da diese mit der Entfernung überproportional ansteigen, drückt eine auf Importen aufgebaute Wirtschaft den Lebensstandard und die Lebensqualität gerade durch die Maßnahmen zu ihrer Verbesserung. Zugegeben, „Entwicklung ohne Hilfe" bedeutet eine Rückkehr zu jener Technik, die E. F. Schumacher „mittlere Technologie" nannte, was bedeutet: mehr und härter arbeiten. Aber das ist ja genau das, was eine Welt braucht, die durch die fortgeschrittene Technik in die ständig wachsende Arbeitslosigkeit des Maschinenzeitalters gedrängt wurde. Dessen Absurdität hat schon Charlie Chaplin in seinem Film *Moderne Zeiten* beißend illustriert. Wenn allerdings mittlere Technologie einen gleichen hohen Lebensstandard schaffen soll wie moderne Groß-Technologie, so muß sie in Gebieten und Gesellschaften begrenzter Größe angewandt werden. Da sind wir wieder bei der Erkenntnis, daß kleine Dimensionen wohl ein bißchen schwieriger, aber dafür schöner sind. Und in kleinen Gesellschaften ist mittlere Technologie nicht nur angepaßt und wirtschaftlich, sondern sogar wirtschaftlicher als die modernste Groß-Technik – wie ein Ruderboot zum Überqueren der Themse wirtschaftlicher ist als ein Jet.

Auf diese Weise konnten die frühchristlichen und mittelalterlichen Klöster, die ihre Anstrengungen auf die Kultivierung ihrer unmittelbaren Nachbarschaft richteten, sich von den sie umgebenden zerbröckelnden Reichen abkoppeln. Während noch eine verläßliche Bürokratie den kraftlosen Regierungsapparat stützte, bauten sie „fern von aller Ablenkung", wie Toynbee sagen würde, und ohne jede Weisung oder Unterstützung von oben, ein brillantes Netzwerk blühender und praktisch souveräner Gemeinden in einer Zeit, in der moderne, dem „Größen-Wahn" verfallene Sozial-Ingenieure höchstens ihre vorbereitenden Infrastrukturen schaffen würden. Mit Wasser, Wind und Muskelkraft entwickelten sie Vieh-, Land-, Forst- und Fischwirtschaft in solcher Fülle, daß Fastentage, an denen nur Fisch erlaubt war, begleitet von so passenden klösterlichen Nebenerzeugnissen wie „Benediktiner“ oder „Chartreuse“, zu Festtagen wurden, die man freudig herbeisehnte. Und wenn ihre materiellen Bedürfnisse befriedigt waren, begannen die Mönche, ihre Zellen mit unsterblichen Gemälden zu schmücken, Musik für ihre Gebete zu komponieren, die Jugend in Latein und Griechisch zu unterrichten, Literatur, Architektur und alle Künste zu fördern, und in reich geschmückten Manuskripten die Autoren der Antike auf dauerhaftem Pergament für die Nachwelt zu kopieren, ohne die unsere westliche Kultur vielleicht untergegangen wäre, ohne Spuren zu hinterlassen.

Sogar noch in unserer Zeit wurden ähnlich erfolgreiche Entwicklungsexperimente unternommen: Von den Amish und den Meonnoniten in Nord- und Südamerika; in den Kibbuzim Israels und sogar in den kleinen Landkommunen des kommunistischen China. Wie in den anderen Fällen war auch bei den Chinesen der Hebel zur Entwicklung nicht die Ausdehnung einer Regierungskontrolle oder Hilfe – die ihrem Umfang nach nicht über eine Geburtshelferfunktion hinausging –, sondern es wurde ihnen vorenthalten, was ohnehin nicht wirklich geboten werden konnte, und sie wurden ermutigt, Dinge an Ort und Stelle mit den Mitteln zu tun, die man schon hatte, seien sie auch noch so primitiv. Pyramiden, Kathedralen, Fabriken und Straßen werden nämlich, genauer betrachtet, nicht mittels Geld oder Maschinierie errichtet, die ja sogar in den reichsten Ländern knapp sind (was man daraus ersieht, daß sie nie genug davon kriegen können) – sondern durch die Hände, die auch in den ärmsten Gesellschaften reichlich vorhanden sind und die einzige für immer unerschöpfliche alternative Energiequelle darstellen, aus dem einfachen Grunde, weil jeder damit geboren wird.

Um es noch einmal zu wiederholen: Damit die Mittlere Technologie der „Muskelkraft“ wirtschaftlich ist, muß die von ihr versorgte Gesellschaft klein sein. Das kann ich täglich in meiner Wahlheimat, der Kleinstadt Aberystwyth in Wales sehen, wo ich zu Fuß, ohne jede Kosten, mehr anfangen kann, als mit dem kostspieligen Auto, mit dem ich doch nichts weiter anfangen könnte, als die Stadt zu verlassen. Warum also lösen wir nicht das eine unlösbare Problem unserer Welt, die Höhenkrankheit exzessiver Größe und unkontrollierbarer Proportionen, indem wir rechts und links meiden und zu deren Alternative zurückkehren? Zu einer Gesellschaft, die in kleine Einheiten gegliedert ist und dabei doch die Möglichkeit sowohl zu pluralistischer, globaler Zusammenarbeit, als auch zu weitgehender Selbstgenügsamkeit bietet?

Wo nicht die zentrale Kontrolle ausgebaut wird, sondern selbstverantwortliche, selbstversorgende Gemeinden um einen Kern angeordnet werden, der selbst eine begrenzte, doch starke und unabhängige Anziehungskraft hat – ähnlich den mittelalterlichen Klöstern? Gäbe es dann auch „Äbte", „Patres" und „Brüder", so könnten diese dann die Welt wieder zur Vernunft bringen, ihr zu Humanität und künstlerischem Geschmack die Richtung weisen. Das Zölibat oder akademische Würden wären nicht unbedingt Voraussetzung dafür, obwohl auch niemand dadurch disqualifiziert wäre.

So könnte ich mir durchaus als Abt eines solchen Entwicklungsklosters einen der diesjährigen alternativen Nobelpreisträger, Max-Neef, vorstellen. Das „Ideal des Kleinen" sollte auch für Vorträge gelten. Daher konnte ich nicht mehr bieten als diesen recht skizzenhaften Überblick über Geschichte, Philosophie und Wissenschaft der Kleinen Dimension. „Small is beautiful" ist natürlich nicht der einzige Ausweg, der zur Rettung vor dem Schreckgespenst der „Welt nach 1984" vorgeschlagen wurde. Viele andere Lösungen wurden von Links und Rechts, Jung und Alt, Schwarz und Weiß angeboten. Doch die Rückkehr zu kleineren Einheiten ist der einzige Weg, der natur- und vernunftgemäß ist, lebenrichtig, praktisch, wissenschaftlich begründbar und obendrein schön.

Jeder sollte begriffen haben, daß Größenwahn, Zusammenschlüsse, gigantische Einheitsorganisationen, Absingen internationaler Hymnen und Händeschütteln bei wortreichen Konferenzen nichts bringen. An so etwas glauben all diejenigen, die ihre Macht mißbrauchen, anstatt damit wirklich Nützliches zu tun und uns nicht in den atomaren Untergang zu führen, der nach Schrödingers statistischen Gesetzen innerhalb der nächsten drei Jahrzehnte unabwendbar wäre, es sei denn, wie ich immer wieder vorschlage, man löste die zu groß dimensionierten Menschenansammmlungen auf, bevor sie die kritische Masse erreichen, die spontan explodieren muß. Auch das wäre freilich eine Lösung, ja sogar die allgemeine Methode der Natur, die sie stets anwendet, wenn sie ein System leid ist: sie vernichtet es, indem sie es einfach wachsen läßt, bis es explodiert oder kollabiert, weil es die Kräfte, die es im Gleichgewicht halten würden, nicht mehr selbst aufbringen kann. Ich wollte hier die Lösung durch Verkleinerung der Einheiten etwas schmackhafter machen. Auch eine Schilderung der Hölle in der Sonntagspredigt sollte ja den himmlischen Lohn der Sündenlosigkeit etwas anziehender darstellen, als das üblich ist. Natürlich gibt es immer den Einwand, Kleinheit sei nichts als der irrationale Traum von Romantikern. Sicher ist sie romantisch; aber nur für einen Romantiker hat das Leben überhaupt einen Sinn. Das Leben beginnt mit nichts, endet mit nichts, kostet zwischendrin eine Menge Geld, und ist also nach allen Regeln der Wirtschaft und Vernunft ein durch nichts zu rechtfertigendes Verlustgeschäft. Nur ein Romantiker sieht den Abglanz von Sinn in dem Regenbogen, der sich vom Nichts des Ursprungs zum Nichts des Endes spannt.

Man sagt auch, es sei im Zeitalter des Fortschritts sinnlos, einen Schritt rückwärts zu tun. Hierauf pflegte der große walisische Anthropologe Alwyn Rees zu erwidern: „Wenn man den Rand des Abgrunds erreicht hat, ist nur eines sinnvoll: ‚Der Schritt zurück'".

Lassen Sie mich also zum Schluß nochmals betonen: Die Herausforderung unserer Zeit findet nicht statt an den Fronten zwischen Kapitalismus und Kommunismus, Links und Rechts, Mann und Frau, Schwarz und Weiß, Jung und Alt. Dies ist alles Streit von gestern, wenn er auch noch nachklingt und unseren Himmel rot färbt, wie die schon untergegangene Sonne. An der wahren Front unseres Zeitalters steht der Mensch gegen die Masse, der Bürger gegen den Staat, der Einzelne gegenüber der Gesellschaft, die kleine Gemeinschaft gegen die große, David gegen Goliath. Wie Andre Gide es auf seinem Sterbebett sagte: „Ich liebe kleine Nationen, ich liebe kleine Zahlen. Die Welt wird von den Wenigen gerettet werden" – mit Verlaub, George Orwell!

Die Preisträger des Jahres 1984

Professor Wangari Maathai (Kenya), Biologin, Vorkämpferin für die Rechte der afrikanischen Frauen und Gründerin der „Grüngürtel"-Wiederaufforstungs-Bewegung.

Winefreda Estanero-Geonzon (Philippinen), Rechtsanwältin und Begründerin der Gesellschaft für Freiwillige Unentgeltliche Rechtshilfe (Free LAVA) in Cebu City.

Die Gewerkschaft Heimarbeitender Frauen (Self-Employed Womens' Association) in Ahmedabad (Indien) und ihre Gründerin Frau Ela Bhatt. Sie leistet Pionierarbeit bei der Organisation von Frauen, die im eigenen Heim gewerblich arbeiten.

Einen Ehrenpreis erhält die junge Libanesin Iman Khalifeh, die die Beiruter Friedensbewegung inspiriert und organisiert hat.

Wangari Maathai

Professor Wangari Maathai ist Kenya's erster weiblicher Professor. Sie kam zu der Überzeugung, daß die ökologischen Probleme Afrikas allzu abstrakt und weltfern behandelt werden. Man müßte den Frauen, die das Essen zubereiten, klar machen, welche Zusammenhänge bestehen, zwischen den Krankheiten und der Unterernährung ihrer Kinder und dem geringen Ertrag ihrer durch Bodenerosion geschädigten Felder. Dank dieser Aufklärungsarbeit wurden mehr als 250 „Grüngürtel" und viele Baumschulen angepflanzt, in der Hauptsache von Frauen und Kindern. Dadurch wird Verwüstung und Landflucht verhindert und Brennholz produziert. Der Anbau stickstoffbindender Pflanzen verrringert den Bedarf an Kunstdünger. Dies bewirkte in kurzer Zeit eine merkliche Verbesserung des Klimas und der Bodenqualität.

Winefreda Estanero-Geonzon

Winefreda Geonzon ist Mitbegründerin von Free LAVA, das wohl erfolgreichste und originellste Projekt dieser Art in Asien, das jetzt auch Freiwillige aus anderen Ländern ausbildet. Die Aktivitäten umfassen unentgeltlichen Rechtsbeistand, Wiedereingliederung der Gefangenen in die Gesellschaft, Gefängnisbesuche jugendlicher Helfer, Gründung von „Pfadfinder"-Gruppen unter den Gefangenen, Entwicklung gewinnbringender Projekte innerhalb und außerhalb der Gefängnisse (zum Beispiel Lebensmittelproduktion und Berufsausbildung. Free LAVA versucht, die Armen zu organisieren und helfen, sowohl materiell wie spirituell. Frau Geonzon, die auch Heilpraktikerin ist, schätzt, daß jeder dritte Insasse der überfüllten Gefängnisse unschuldig ist, darunter viele Kinder. Viele warten seit Jahren auf ihren Prozeß. Während die Kriegsrechtsmentalität dem Machtmißbrauch von Polizei und Armee Vorschub leistet, sind Übergriffe dank Free LAVA, die alle Fälle anzeigt und verfolgt, in Cebu sehr selten.

Ela Bhatt

SEWA – (Self-Employed Womens Association) fördert die gewerkschaftliche Organisation von Frauen, die zu Hause arbeiten, die Kleinhersteller, Kleinhändler oder auf andere Weise selbständig gewerblich tätig sind. SEWA hilft diesen Frauen auf vielen Gebieten bei der Wahrnehmung ihrer Rechte. Die SEWA-Genossenschafts-Bank ist Sparkasse und Darlehensgeber für Frauen, die die üblichen Bank-Bedingungen nicht erfüllen können. SEWA bietet Rechtsbeistand, Sozialversorgung, Berufsfortbildung, Erziehung, Gesundheitsfürsorge, Mutterschafts- und Versicherungsschutz, SEWA hilft auch bei der Gründung von Produktionsgenossenschaften auf allen Ebenen, vom Einkauf der Rohstoffe bis zum Vermarkten ihrer Erzeugnisse. SEWA ist eine Organisation, die an der vordersten Front der sozialen Veränderung in Indien wirkt. Sie wurde gegründet und am Leben erhalten durch den unermüdlichen Einsatz von Frau Ela Bhatt, deren Beispiel inzwischen zur Gründung örtlicher selbständige SEW As in anderen indischen Staaten geführt hat.

Iman Khalifeh

Iman Khalifeh ist Kindergarten-Lehrerin in Beirut, wo sie die Wirkung des Krieges auf Kinder erforschte. Sie schrieb das Gedicht, das im April 1984 die Menschen in Beirut zu dem ersten Friedensmarsch inspirierte. Seitdem sieht sie ihre Aufgabe in der Organisation einer Friedensbewegung, die über den Parteien und Sekten Libanons steht. Die Jury will sie ehren und auszeichnen für ihre beispielhafte Initiative und ihren Mut, die für viele Menschen zur Quelle neuer Hoffnung wurden.

Jakob von Uexküll
Praktische Probleme meistern

Willkommen zum 5. Jahrestag unserer Preisverleihung!

Als Treuhänder der Right-Livelihood-Stiftung möchte ich all denen und besonders der schwedischen Right-Livelihood-Gesellschaft herzlich danken, die diese Preisverleihung ermöglichen und stets den goldenen Mittelweg finden zwischen organisatorischer Perfektion und der Offenheit und Spontanität, für die dieser Preis steht. Ich danke ferner unserer Jury, die ihre Arbeit ehrenamtlich tut, sowie unseren Helfern, den „Friends of Right Livelihood" in Nordamerika und der Resource Group in Europa, deren Unterstützung uns in die Lage versetzt hat, diesen Preis beizubehalten und aufzustocken. Unser Preis gilt der praktischen, beispielhaften Arbeit an den realen Problemen der heutigen Zeit. Er will dem Westen helfen, eine Weisheit zu erlangen, die sich mit seiner Wissenschaft deckt, und der Dritten Welt, eine Wissenschaft zu finden, die sich mit ihrer uralten Weisheit deckt.

Der Preis belohnt Verantwortung – aktive und schöpferische. Er ist weder für brillante Theorien noch als Ruhestandspolster gedacht. Er ist für die laufende Arbeit gemeint, die Stärkung und Schutz braucht und die an Umfang gewinnen muß. Der Preis des vergangenen Jahres hat es Manfred Max-Neef ermöglicht, wieder an die Arbeit in seinem Heimatland Chile zurückzukehren. Dieser Preis deckt lebenswichtige Wirkungsbereiche ab, die andere Preise nicht berücksichtigen. Aber er hat noch die zusätzliche Funktion eines Ansporns, um die unserer wissenschaftlichen Forschung zugrunde liegenden Werte und Prioritäten ins Gespräch zu bringen.

Der Zukunftsforscher Arthur C. Clarke behauptet in *Profiles of the Future* („Zukunftsprofile"), daß unser Wissen sich alle zwei Jahre verdoppelt. Schon jetzt sind, wie er sagt, 20 Ausbildungsjahre völlig unzureichend, so daß wir bald an Altersschwäche sterben werden, noch ehe wir zu leben gelernt haben, während unsere Kultur unter ihrer unbegreiflichen Komplexität zusammenbricht. Aber Wissen ist nichts Quantitatives. Was geht nicht zur Zeit alles in der Dritten Welt an wertvollen Kenntnissen unter dem Druck unseres Fließband-Wissens verloren, von dem sogar Professor Clarke sagt, es führe zum Zusammenbruch! Es war Mark Twain, der so wahr geschrieben hat: „Als sie ihr Ziel aus den Augen verloren hatten, verdoppelten sie ihre Anstrengungen."

Die westliche Wissenschaft behauptet, alle spirituellen und geistigen Erfahrungen seien bedeutungslose Nebenprodukte chemischer Reaktionen, und wir verdankten unser Dasein rein zufälligen Mutationen. Immer wieder verkünden Wissenschaftler, sie hätten endlich das fehlende Bindeglied zwischen der Menschheit und ihren mutmaßlichen Ahnen entdeckt, nur um einige Jahre später eingestehen zu müssen, daß es sich bei den fraglichen Fossilien, sofern sie nicht überhaupt Schwindel waren wie der Piltdown-Mensch, allenfalls um einen Affen handelt, aber kein „Bindeglied"! Daß wir durch zufällige Mutationen entstanden sind, ist genauso wahrscheinlich wie, daß ein Tornado, würde er nur lange genug durch eine Schrotthaufen wirbeln, ein Flugzeug zusammensetzen könnte.

Unsere Vorfahren kannten vielleicht nicht so viele Fakten, aber sie waren sich der entscheidenden Tatsache bewußt, daß sie hier auf der Erde „bekannt" und daheim waren und nicht etwa verlassene Fremdlinge auf diesem Planeten. Dieses Wissen ist in ihren Mythen bewahrt. Eine Wissenschaft, die dieser tieferen Weisheit ihre Realität abspricht und uns durch die Gehirnwäsche ihrer Medien und Bildungssysteme beizubringen versucht, ihre mechanistische Erklärung sei die einzig akzeptable Hypothese, läuft Gefahr, alle Glaubwürdigkeit einzubüßen. Die heutige westliche Wissenschaft ist heute meist damit beschäftigt, uns vor ihren eigenen Errungenschaften zu retten.

In Schweden werden schwangere Frauen gewarnt, keine Fische zu essen wegen des hohen Quecksilbergehaltes. Der deutsche Toxikologe Professor Wassermann warnt uns, man müsse die halbe chemische Industrie schließen, um die Gefahr schwerer Gesundheitsrisiken zu bannen, die sich erst an den Spätfolgen zeigen. Der US-Biochemiker Erwin Chargaff warnt, wir hätten eines nicht allzufernen Tages soviel Blei in unseren Gehirnen, daß niemand mehr die Computerprogramme verstehen könnte, die in zunehmendem Maße unser Leben beherrschen. Er weist darauf hin, daß 70 % aller Wissenschaftler für das Militär und andere destruktive Forschungsbereiche tätig sind. Das US-Ministerium für Energiefragen erbat sich vor kurzem Expertenvorschläge, wie das Atommüllproblem gelöst werden könne. Professor Thomas Seboe schlug vor, durch eine erbliche „atomare Priesterschaft" Mythen über die Gefährlichkeit dieses Mülls zu verbreiten. Er verwies auf das Phänomen des Tutanchamun, dessen Grab durch den „Fluch des Pharao" lange vor Eindringlingen geschützt blieb.

Wenn Wissenschaftler schon Flüche brauchen, um künftige Generationen vor den Folgen der Arbeit ihrer Kollegen zu bewahren, ist es an der Zeit, uns zu fragen, welche Art von Wissenschaft wir eigentlich unterstützen. Erfindungen, die den Löwen geholfen hätten, mehr Christen zu fressen, wären vielleicht im alten Rom gepriesen worden, aber nicht heutzutage. Viele wissenschaftliche Entdeckungen sind heute weit gefährlicher als menschenfressende Löwen und müssen dementsprechend behandelt werden. Unsere Experten planen eine Zukunft, die nur wenige von uns begrüßen: hoch materialistisch, hoch industrialisiert und hoch zentralisiert. Eine kürzlich durchgeführte statistische Erhebung bei britischen Schulkindern, die im *Observer* vom 18. November veröffentlicht wurde, ergab, daß sich die Mehrheit eine gerechtere, weniger materialistische, mehr dezentralisierte, ländliche Gesellschaft ohne Chemie usw. wünscht und bereit ist, dafür einen einfacheren Lebensstil zu akzeptieren. Das ist keine Rückkehr zur Vergangenheit (was ohnehin unmöglich ist, da wir die Brükken hinter uns abgebrochen haben), sondern die Sehnsucht nach einer Zukunft, die ganz anders ist als die, an der wir bauen.

Als Präsident Reagan Frau Burford zur Leiterin der Umweltschutzbehörde EPA bestellte, entließ sie etliche der wissenschaftlichen Berater mit den Worten: „Es sind gute Wissenschaftler, aber wir wollen ‚unsere' Wissenschaftler und nicht 'ihre'." Man tut gut daran, sich dieser Worte zu erinnern, wenn uns das nächste Mal „ihre" Wissenschaftler wieder ihre Erkenntnisse als objektive Realität präsentieren wollen.

Unsere diesjährigen Preise gehen an die Frauen der Dritten Welt, deren Leben, Probleme und Wertvorstellungen lange ignoriert worden sind. Ihre Leistungen für das menschliche Wohlergehen sind von den Wirtschaftswissenschaftlern ignoriert, ihre Bedürfnisse von den Technologen übergangen worden, und ihre Gesundheit hat die Medizin übersehen, weil sie nicht über Geldmittel verfügen.

Es ist mir eine große Freude, unsere Preise vier Frauen zu überreichen, deren unermüdliches, beispielhaftes Wirken uns alle zutiefst bewegt.

Durch SEWA, deren Gründerin, Frau Ela Bhatt, heute hier ist, haben Tausende von indischen Frauen jetzt eigene Mittel, mehr Freiheit, Sicherheit und Selbstachtung.

Professor Wangari Maathai hat die Pflanzung von über 700 Grüngürteln angeregt und organisiert, die der Umweltzerstörung entgegenwirken und den Erdboden, das Klima und die nähere Umgebung der Menschen in Kenia verbessern.

Unentgeltlich in Rechtsfragen zu beraten, den Armen zu helfen, daß sie ihr Recht bekommen, den Leidtragenden der Ungerechtigkeit beizustehen, daß sie ihre Bitterkeit überwinden, sie vor Übergriffen zu schützen und dafür zu sorgen, daß die Schuldigen der Gerichtsbarkeit überantwortet werden: Das ist die Arbeit des Free-LAVA-Netzwerkes, das von Frau Winefreda Geonzon ins Leben gerufen wurde. Jeder an seinem Platz kann etwas ändern.

Die überkonfessionelle Beiruter Friedensbewegung wurde angeregt durch ein Gedicht, das die Sehnsucht und Verzweiflung der bis dahin schweigenden Mehrheit zum Ausdruck brachte, der Kriegsopfer, Kinder wie Erwachsener. Für ihr Gedicht, ihre Arbeit und ihren Mut wird dieses Jahr Imane Khalifeh aus dem Libanon der Ehrenpreis zuteil. Ich möchte schließen mit den Worten eines Mannes, der uns gezeigt hat, daß wir unsere Lebensweise ändern müssen, wenn der Erdball überleben soll, eines Mannes, dessen Energie und Vorbild wir schmerzlich vermissen. Der verstorbene Aurelio Peccei, Begründer des Club of Rome, sagte: „Es liegt in unserer Macht, eine bessere Welt, eine friedliche Gesellschaft zu schaffen. Wir können es. Also gibt es absolut keine Entschuldigung dafür, wenn wir es nicht tun."

Wangari Maathai
Die Grüngürtel-Bewegung in Kenia

Ich bin nach Stockholm gekommen, um in tiefer Demut und Dankbarkeit einen Preis der Right-Livelihood-Stiftung entgegenzunehmen. Ich bin nicht in eigener Sache hier, sondern im Auftrag des Nationalrates der Frauen Kenias (NCWK), insbesondere der zahllosen Frauengruppen, die in den fünfzig verstreut liegenden Baumschulen Sämlinge ziehen, und der Tausenden von Schulkindern, die sie dann unter der fürsorglichen Leitung ihrer Lehrer auspflanzen und versorgen. Ich stehe hier stellvertretend für alle Mitarbeiter des Green Belt Movement, der Grüngürtel-Bewegung, die unser Anliegen in abgelegene Gegenden unseres Landes tragen, der Leute, die auf ihrem Land Bäumchen gepflanzt haben, und all unsere Gönner, die einen Baum für irgendeinen Grüngürtel gestiftet haben. Ich bin auch im Namen aller Geldspender hierher gekommen, die uns die nötigen Mittel zur Verfügung gestellt haben, unsere Ideen in die Praxis umzusetzen. Und so vertrete ich hier Tausende von Menschen in meiner Heimat und im Ausland, die in ihrem Wollen und Trachten wie auch im praktischen Beispiel gleichen Sinnes sind wie wir.

Wir haben unsere Landsleute auf unkonventionelle Art unterrichtet. Wir haben ihnen gesagt, sie brauchten sich nichts daraus zu machen, für unwissend gehalten zu werden, solange sie nur die Gesetze der Natur verstünden. Wir haben ihnen gesagt, daß Dürre und Hungersnot kein jährlich wiederkehrendes Schicksal zu sein brauchen, daß manche Krankheiten gar nicht erst auftreten müßten, daß die Unterernährung kein Dauerzustand sein muß und daß viele Todesfälle nicht hätten eintreten müssen. Wir haben ihnen gesagt, daß sie mit ein wenig Hilfe von außen und viel gutem Willen von ihren eigenen Möglichkeiten Gebrauch machen und den Lauf der Dinge umkehren können. Sie hören zu, sie reagieren darauf, und sie kämpfen hart.

Die Right-Livelihood-Stiftung hat uns eine freudige Überraschung bereitet, als sie uns den Preis des Jahres 1984 zuerkannte. Jetzt brauchen wir nie wieder Angst zu haben, denn wir wissen nun, daß wir unsern Weg nicht alleine gehen ... Wir sind viele, und unsere Zahl macht uns stark. Nun zu der Arbeit, in der wir engagiert sind: Das Green Belt Movement (GBM) ist mittlerweile ein Schlagwort geworden für die erfolgreichen Baumpflanzungsaktionen auf breitester Basis, wie sie gerade in Kenia durchgeführt werden. Da die Bäume mehrreihig rings um Grundstücke und landwirtschaftliche Parzellen gepflanzt werden, sieht es so aus, als schmückten sie die Landstriche mit grünen Baumgürteln.

Unser bisheriger, feindseliger Umgang mit der Erde – dazu gehört das wahllose Abholzen der Wälder, Buschrodung, Begünstigung der Bodenerosionen, Überweidung, Überbevölkerung und vor allem die allgemeine Gleichgültigkeit gegenüber der Umwelt – hat das wunderschöne grüne Kleid unserer Mutter Erde nicht nur in Fetzen gerissen, sondern sie mancherorts auch völlig entblößt. Wir haben ihr tiefe Wunden geschlagen, und jetzt ist sie schwach und unfruchtbar. Ja, wir haben wirklich, wie der Prophet Jesaja sagt, gegen die Naturgesetze (Gott, Güte, natürliche Ordnung) gesündigt und werden nun verstoßen.

Die Natur nimmt ihren gesetzmäßigen Lauf, und das bedeutet für uns Vernichtung und Tod. Wir müssen unsere Sünden büßen (das heißt, unser falsches Handeln korrigieren), indem wir unsere Mutter Erde, unser Heimatland, wieder in ihr ursprüngliches, vollständiges Gewand kleiden. Wenn wir Bäume pflanzen, schmücken wir unsere Mutter Erde mit Gürteln ... mit Grüngürteln! Wenn wir gebüßt (nämlich den richtigen Weg eingeschlagen) haben, heilt unsere Mutter Erde, werden wir eine reiche Ernte einbringen. Deshalb geloben wir vor jeder Aufforstung folgenes: „Wir sind uns bewußt, daß Kenia von immer weiter fortschreitender Versteppung bedroht ist, daß dieser wüstengleiche Zustand eine Folge des Landmißbrauchs, des wahllosen Abholzens, Buschrodens und der daraus entstehenden Bodenerosion durch die Naturgewalten ist, und wir wissen auch, daß dieses Vorgehen zu Dürre, Unterernährung, Hunger und Tod führt; deshalb beschließen wir, unser Land zu retten und die Versteppung durch Baumpflanzung allerorten aufzuhalten. Mit diesen Worten verpflichtet sich jeder von uns persönlich, sein Land vor Aktionen und Elementen zu bewahren, die jetzige und künftige Generationen um den Genuß der Reichtümer bringen, die Geburtsrecht und Besitz aller sind."

Und warum tun wir, was wir tun?

1. Die Regierung Kenias hat ein Ministerium für Umwelt und natürliche Ressourcen sowie einen Präsidialausschuß für die Erhaltung des Erdbodens und die Wiederaufforstung. Beide Organe sind für die Wiederaufforstungsmaßnahmen im ganzen Land verantwortlich. Wir wissen jedoch, daß nur wenige Regierungen, und das gilt vermehrt für die Entwicklungsländer, die finanzielle Mittel und die Arbeitskräfte aufbringen können, um die notwendigen Schritte zu unternehmen. Darum müssen private, freiwillige, nichtstaatliche Organisationen und Einzelpersonen mobilisiert werden, um zumindest die für Wiederaufforstungsprogramme erforderliche Arbeitskraft bereitszustellen.

2. Als wir begannen, Bäume unters Volk zu verteilen, merkten wir, wie groß die Nachfrage nach Bäumen war. Die Leute rissen sich um die Bäume, die wir auf öffentlichen Veranstaltungen vergaben. Das war ein ermutigender Anblick. Leider mußten wir aber auch entdecken, wie wenig ihnen bewußt war, daß Bäume wie andere Kulturpflanzen ordentlich gepflanzt, noch eine ganze Weile versorgt und vor Mensch und Tier geschützt werden müssen. Uns wurde klar, daß wir fast alle Leute lehren mußten, Löcher zu graben, Dünger aufzubringen, auf genügende Bewässerung zu achten und Schutzvorrichtungen zu bauen.

3. Die große Nachfrage nach Bäumen machte die Einrichtung von Baumschulen erforderlich. Um mehr Bäume an eine größere Zahl von Leuten weitergeben zu können, verfielen wir auf die Idee, normale Bürger in der Sämlingszucht zu unterweisen. Da wir eine Frauenorganisation sind und viele Frauen Gruppen angehören, beschlossen wir, ländliche Frauenvereine zu unseren Hauptzielgruppen zu machen. Wir brachten ihnen die Anfangsgründe der Aufzucht so bei, wie sie auch mit ihren Kohlköpfen und Kartoffeln verfahren konnten. Zu diesen

Gruppen haben sich mittlerweile noch Jugendgruppen und Clubs gesellt.

4. Um die Aufzucht voranzutreiben, entschieden wir uns, die Sämlinge zum Mindestpreis von etwa 20 Pfennig pro Stück anzukaufen. Auf diese Weise lernten die Gruppen nicht nur Neues und Nützliches dazu, sondern haben durch die Baumaufzucht auch noch eine Einkommensquelle.

5. Die meisten Leute sind Feldbauern und haben Viehbestand. Sie können folglich nicht all ihren Grund und Boden in Waldland umwandeln, weil sie ihn als Acker brauchen. Deshalb werden sie dazu angehalten, eine Gemischtwirtschaft mit Feld und Wald zu betreiben, eine Landbaumethode, der unsere Leute nachgingen, ehe europäische Landwirtschaftsmethoden eingeführt und fälschlicherweise für überlegen gehalten wurden. Inzwischen empfehlen sogar die Wissenschaftler diese Mischwirtschaft, nur muß die jetzige Generation leider erst wieder von Grund auf darin unterrichtet werden. Dazu sind gewisse Kenntnisse über die Bäume, ihre Rolle für den Erdboden und für andere Kulturpflanzen erforderlich. Die Mehrzahl der einheimischen Bäume beispielsweise ist natürlich ökologisch besser geeignet, wächst jedoch größtenteils sehr langsam und hat heutzutage keinen hohen Marktwert. Dadurch geraten diese Baumarten allmählich ins Hintertreffen, denn den Landwirten liegt mehr an exotischen, importierten Bäumen, die schnellwüchsig sind und einen guten Absatzmarkt haben, zumindest im Augenblick noch, wo sie sozusagen in jungfräulichem Boden wachsen. In ein paar hundert Jahren stellt sich vielleicht heraus, daß diese exotischen Bäume Versteppung und Zerstörung über die üppige Lebensvielfalt der tropischen Ökosysteme gebracht haben. Um das Auspflanzen importierter Bäume einzuschränken, bezahlen wir den Züchtern (zumeist Frauen) weniger für solche Sämlinge und mehr für einheimische Hölzer und Obstbäume, die sich besser für die Mischwirtschaft eignen.

6. Ursprünglich war es das Hauptanliegen der Grüngürtel-Bewegung, den notleidenden Armen in einem bestimmten Stadtteil von Nairobi zu helfen. Dabei dachten wir in erster Linie an die Behinderten, an die Schulabgänger und die Allerärmsten. Ihnen konnte am besten durch die Schaffung von

Arbeitsmöglichkeiten geholfen werden. Und so stellten wir sie als Förster in den Grüngürteln und als Aufseher in den Baumschulen ein. Viele der Grüngürtel-Förster und Baumschulen-Helfer sind Analphabeten und haben weder von der Sämlingsanzucht noch von Forstwirtschaft eine Ahnung. Wir geben ihnen eine Grundausbildung, so daß sie die Bäume pflegen und Schülern helfen können, denen jeweils ein paar Bäume anvertraut sind, um die sie sich kümmern müssen. Wenn wir solche Leute beschäftigen, helfen wir ihnen indirekt auch dabei, wieder bei Verwandten und Freunden zu Ansehen zu kommen, statt sie der Sozialfürsorge auszuliefern oder in die Städte abwandern zu lassen, wo sie ein Bettlerdasein fristen.

Nach Möglichkeit versuchen wir, Mütter oder Väter einzustellen, so daß eine ganze Familie davon profitiert. Es kommt bei uns des öfteren vor, daß behinderte Menschen, beispielsweise Blinde, von ihrem körperlich gesunden Gefährten begleitet werden. Die Baumschulen-Aufseher überwachen den Betriebsablauf, führen Buch, legen einen monatlichen Rechenschaftsbericht ab und geben die Bäume an Vertreter der Gemeinden aus. Außerdem bringen sie Neuankömmlingen in den Baumschulen die Grundkenntnisse bei über die Zucht von Sämlingen zum Verkauf an die Grüngürtel-Bewegung. Uns fiel auf, daß die Gemeinden bei der Auswahl in Frage kommender Personen meist sehr bedürftigen Eltern den Vorzug geben, die Schwierigkeiten haben, das Schulgeld für ihre Kinder aufzubringen. Außer den Ärmsten und Behinderten werden Schulabgänger für die Projektförderung und -durchführung eingesetzt.

Die Förderer gehen als erste aufs Land und besprechen mit Angehörigen der Gemeinden die Probleme der Versteppung, machen ihnen Vorschläge, wie sie aus eigener Kraft dagegen angehen können, und regen an, daß Löcher gegraben und Düngergaben eingebracht werden. Allmonatlich erstatten sie nach einer Überprüfung Bericht, wieviele Pflanzlöcher ausgehoben wurden, und stellen Berechtigungsscheine aus, mit denen sich die Bewerber Bäumchen in den Baumschulen holen können.

Die Grüngürtel-Bewegung wächst erfreulich in dem Maße, wie diese Förderer die Öffentlichkeit zu stimulieren vermögen.

Wer für die Durchführung verantwortlich ist, paßt auf, daß die Bäume auch wirklich am vorgesehenen Ort ausgepflanzt und so versorgt werden, daß sie gedeihen können. Diese Leute erstatten ebenfalls monatlich Bericht, wie hoch die Zahl der ausgepflanzten Bäume ist und wieviele Exemplare in den Grüngürteln angegangen sind. Einige halbwegs ausgebildete Leute sind als Aufseher in den ländlichen Gebieten tätig. In der arbeitsintensivsten Zeit verdienen sich oft bis zu 300 Menschen innerhalb dieses Programms ihren Lebensunterhalt.

Wenn wir noch mehr konkrete Arbeitsmöglichkeiten in den ländlichen Regionen schaffen könnten, würden wir die Landflucht eindämmen und die Menschen davon abhalten, in den Städten nach Arbeit zu suchen. Die meisten Landflüchtigen sind Jugendliche und arme Landbewohner. Durch das Abwandern in die Städte erhöht sich lediglich die Zahl der Arbeitslosen und verschärft sich das Problem der Verelendung in den Vorstadtslums.

7. Eine der sichtbarsten Folgen des Kahlschlags und der Buschrodung ist die Bodenerosion. In den Regenzeiten sind die Flüsse rot von der mitgeschwemmten fruchtbaren Humusschicht. Wenn aber die oberste Erdkrume verloren geht, bleibt darunter ein Boden zurück, der landwirtschaftlich nicht mehr zu nutzen ist, und das bedeutet eine verminderte Nahrungsproduktion. Aufklärung tut hier not, damit die Bauern den Zusammenhang zwischen der Erosion und kümmerlichen landwirtschaftlichen Erträgen erkennen.

8. Abholzung und Buschrodung haben eine Energiekrise heraufbeschworen, weil das Brennmaterial Holz knapp geworden ist. Holzsammeln und Nahrungszubereitung ist Sache der Frauen. Je mehr Nutzwald verschwindet, um so weiter entfernt müssen die Frauen und Kinder nach Feuerholz suchen, das dann doch meist nur aus Zweigen und Ästchen besteht. Wenn gar nichts mehr aufzutreiben ist, halten sie sich an Feldrückstände und Kuhmist. Das sind jedoch Stoffe, die der Erde wieder zugeführt werden sollten, um sie für die Nahrungsproduktion zu düngen. Sie zu verbrennen, unterbricht den Mineralstoffwechsel und führt die landwirtschaftliche Produktion in eine Sackgasse.

9. Die Brennholzkrise zieht ein weiteres Problem nach sich:

die Unterernährung. Eine Frau mit wenig Brennholz entscheidet sich für Speisen, die wenig Energie bei der Zubereitung verbrauchen. Wenn sie Geld hat, ernährt sie deshalb ihre Familie lieber mit Fertignahrungsmitteln wie Brot, Maismehlprodukten, Tee und anderen Getränken. Oft weiß eine Frau gar nicht so recht, was eigentlich zu einer ausgewogenen Kost gehört. Diese Unwissenheit in Verbindung mit der Brennholzknappheit leistet entscheidend der Unternährung und Krankheiten Vorschub, die durch bessere Eßgewohnheiten vermieden würden. Wenn zu viele Menschen in diese Lage geraten, hat man schnell eine kranke Gesellschaft, und eine kranke Gesellschaft ist unproduktiv. Unproduktive Leute jedoch steigen allmählich zwangsläufig auf die Stufe der Unterentwicklung ab. Deshalb ist es überaus wichtig, die Energieprobleme der Armen dadurch zu lösen, daß Holz zur Verfügung gestellt wird und alternative Hausbrandmöglichkeiten gefunden werden, die den Holzverbrauch einschränken.

10. Indirekt hat unser Projekt auch das Image der Frauen aufgewertet, und das ist ganz im Interesse des Nationalrates der Frauen Kenias (NCWK). Ihm liegt daran, daß Frauen ihre Persönlichkeit angemessen entfalten können, und folglich hält er eine Umgebung für erstrebenswert, in der eine solche Entwicklung stattfinden kann. Selbst nach all den Diskussionen über Frauenfragen im Jahrzehnt der Frau ist es immer noch wichtig für Frauen, über wesentliche Entwicklungsfragen zu reden, und sich selbst und ihr Land positiv zu verändern. Entwicklungsfragen sind ein guter Aufgabenbereich für Frauen, in dem sie schöpferisch, maßgeblich und effektiv die Führung übernehmen können; die Grüngürtel-Bewegung, die ja ein Entwicklungsprojekt ist, hat den Frauen endlich Gehör verschafft und ihr Image entschieden aufgebessert. Das ist ein wichtiger Schritt, denn die Frauen müssen sowohl gleichberechtigt an der Entwicklung beteiligt sein als auch selbst Anstöße geben. Im Augenblick stellen die Frauen zwar den größten Wähleranteil, aber nur eine verschwindend kleine Zahl wird in öffentliche Ämter gewählt. Das liegt zum Teil daran, daß die Frauen keine Gelegenheit bekommen, sich zu profilieren, weder als Heranwachsende noch als Erwachsene. Sie sind immer nur die Anhänger, nie jedoch die Anführer. Deshalb

werden Frauen nur allzuoft von Männern in ganz bestimmte Positionen und Verantwortlichkeiten abgedrängt. Frauen haben stets eine Hauptrolle in der sozio-ökonomischen und politischen Arena der Völker gespielt, werden aber selten öffentlich belobigt, anerkannt oder entsprechend geehrt. Dafür werden sie um so häufiger zum Schweigen gebracht durch Berufung in wenig einflußreiche, nicht sehr verantwortungsvolle Positionen, während Männer mit Ämtern und Würden bedacht werden, die sie kaum verdienen.

Mit den Frauen ist es schon so weit gekommen, daß sie im allgemeinen bereits über das bißchen vor Dankbarkeit zerfließen, das die Männer ihnen im privaten und öffentlichen Leben zukommen lassen. Wenn sie auf das Mißverhältnis aufmerksam machen, wie schlecht sie in der Entscheidungsstruktur (sowohl der politischen als auch der wirtschaftlichen) vertreten sind, werden sie bequemerweise als Rebellen, Radikale, Feministinnen, Weiberelite und dergleichen abgestempelt. Das geschieht in der Absicht, sie in der Öffentlichkeit zu diskreditieren, so daß alles, was sie von sich geben oder befürworten, argwöhnisch unter die Lupe genommen und nach Möglichkeit geringschätzig abgetan wird. Aus diesem Grunde fügt sich die Mehrheit der Frauen in eine Praxis, die unmenschlich mit ihnen verfährt, sie schwächt und quasi zu stummen Dienern der Männer degradiert, statt sie als Partner in der Entwicklung zu akzeptieren. Wie in allen Bereichen, in denen keine Rede von Gleichberechtigung ist, kann der vorsätzlich verbreitete Mythos von der Minderwertigkeit der Frau nur durch leuchtende Beispiele zerstört werden, die mit vernünftigen Argumenten nicht anzufechten sind. Die Grüngürtel-Bewegung und andere von Frauen in Angriff genommene Projekte sind nur einige unter vielen Beispielen ohne das „Markenzeichen" Küche, Kinder, Windeln, Sex.

Haben wir unsere kurz- und langfristigen Ziele erreicht?

Die meisten kurzfristigen Vorhaben konnten wir realisieren, darunter unter anderm die folgenden: Anregung zu Baumpflanzungen als Energiequelle in ländlichen Gebieten. Förderung des Aufforstens mit Nutz- und Obstgehölzen für den Energie- und Nahrungsbedarf des Menschen und seines Viehbestands. Unterstützung von Schutz- und Erhaltungsmaßnahmen zugunsten von Umwelt und Entwicklung durch Seminare, Workshops, Konferenzen usw. Ermutigung zum Aufforsten zwecks Erhaltung der Humusschicht und Rekultivierung des Bodens. Entwicklung von Methoden zur sinnvollen Bodennutzung. Schaffung von einträglichen Arbeitsplätzen für Landfrauen. Einrichten von Möglichkeiten zur selbständigen Arbeit insbesondere für die Behinderten und die arme Landbevölkerung. Ausarbeitung einer nachvollziehbaren Methode der ländlichen Entwicklung. Forschung und Zusammenarbeit mit der Universität von Nairobi und anderen Forschungsinstituten. Gestaltung von selbständigen Arbeitsmöglichkeiten für jungen Leute. Tätiger Einsatz zur Verwirklichung all dieser Projekte. – Tausende von Bäumen sind bisher von Frauen gezogen und von Gemeinden und Schulkindern in über 700 Grüngürtel ausgepflanzt worden. Tausende von Menschen haben aus Privatinitiative Grüngürtel angelegt. Das Aufforsten ist zu einer ehrenvollen Tätigkeit aufgerückt, und da unsere politische Führung die Naturschutz- und Wiederaufforstungsbemühungen offiziell unterstützt, macht die breite Öffentlichkeit gern mit. Der Anblick eines Präsidenten, der gerade einen Baum pflanzt und andere drängt, es ihm gleichzutun, ist ein wunderbarer Ansporn für das Volk, ihm nachzueifern. In weiten Teilen des Landes sind kommunale Baumschulen eingerichtet worden, die von Frauengruppen, Jugendclubs und Schulen unterhalten werden. Zur Zeit beläuft sich ihre Zahl auf 50. Die Bäume bringen den Züchtern nicht nur Einnahmen, sondern auch Fachkenntnisse ein, die ihnen geschultes Personal bei seinen Besuchen durch Anschauungsunterricht vermittelt. – Zahllose Menschen, insbesondere die Armen und die Behinderten, haben in ihrer gewohnten Umgebung mitten unter ihren Freunden und Verwandten Arbeit gefunden. Einige Kinder konnten ihren Schulabschluß machen, weil ihre Eltern als Grüngürtel-Förster eingestellt wurden.

Warum ist dieser Versuch gelungen? Viele Leute wollten wissen, warum der Weg, für den wir uns entschieden haben, gangbar war. Dafür gibt es verschiedene Gründe, darunter ganz offensichtlich die folgenden: – Die Grüngürtel-Bewegung verfolgt mehrere Ziele gleichzeitig und spricht unterschiedliche Zielgruppen an, die alle ihren Platz in der Bewegung finden können. Kurzfristige Projekte werden so schnell realisiert, daß Schwung und Interesse erhalten bleiben. Die Leute brauchen Erfolgserlebnisse, um sich überzeugen zu lassen. – Der Vorstand des Nationalrates der Frauen Kenias und die direkt Verantwortlichen an der Spitze der Bewegung haben sich persönlich sehr eingesetzt. – Die vorliegenden Aufgaben sind gut verstanden worden. Die Anführer begriffen, wie teuer die Überbevölkerung bei der bestehenden Landknappheit zu stehen kommt, sie wußten um das Verschwinden der schützenden Walddecke, und sie sahen ein, daß die Eliminierung einheimischer Bäume Auswirkungen auf das Ökosystem hat. Und weil sie das alles verstanden, fühlten sie sich als verantwortungsbewußte Menschen genötigt, in Aktion zu treten.

Hatten wir mit Schwierigkeiten zu kämpfen? Ja. Unser bei weitem größtes Problem war die Geldknappheit, um die Programme, der Nachfrage entsprechend, auszudehnen. Das zweiter Hindernis war die Unkenntnis der Leute in bezug auf richtiges Pflanzen und Pflegen der Bäume. Und unsere dritte Hürde ist wohl die Schwierigkeit, uns genaue Angaben zu verschaffen. Wir müssen erfahren, was wirklich draußen vorgeht. Vielleicht heißt die Wahrheit weniger Geld, Einkommensverluste und mehr Knochenarbeit.

Wer hat die Bewegung ins Leben gerufen? Ursprünglich haben wir nur auf unentgeltlicher Basis gearbeitet, was in unserm Land als Harambee bezeichnet wird. Dann kamen wir auf die Idee, Patenschaften für Bäume anzuregen, die wir pflanzen und pflegen wollten. Größere Beträge wurden unter anderm von der Mobil Oil Ltd., dem Zentrum für Umweltschutz und Zusammenarbeit, der kanadischen Botschaft, der deutschen Botschaft und dem Internationalen Frauenrat gespendet. Die Gesamtsumme belief sich auf 160.000 Kenia-Schillinge (das waren damals etwa 10.000 US-Dollar). Einen Riesenerfolg konnten wir 1981 verbuchen mit 1 Million Kenia-Schillingen (100.000 US-Dollar) aus dem Hilfsfonds der Vereinten Nationen, einer halben Million (50.000 Dollar) von der norwegischen Forstwirtschaftsgesellschaft und der Norad und 3,5 Millionen (300.000 US-Dollar) vom dänischen Entwicklungsfonds. All diese Zuschüsse laufen zur Zeit und enden termingerecht vor oder im Jahre 1985. Eben haben wir von der Norad wieder eine Finanzspritze in Höhe von 1,9 Millionen Kenia-Schillingen (zur Zeit 127.000 US-Dollar) erhalten.

Was machen wir mit den Spenden?

Wir erwerben Gerätschaften für unsere Baumschulen und Grüngürtel, organisieren Workshops und Seminare für die neuen Teilnehmer, kaufen Sämlinge von den Züchtern (meist Frauen), entlohnen die Green-Belt-Mitarbeiter (Baumschulenpersonal, Förderer, Helfer, Green-Belt-Förster und andere) und unterhalten ein kleines Büro im Hauptquartier. Viele Menschen tragen ehrenamtlich das ihre bei, indem sie Pflanzlöcher graben, Dünger bereitstellen, die Bäume überdachen, schützen und wässern, das Baumschulengelände herrichten, das heißt Geräteschuppen bauen, Saatbeete vorbereiten usw. Etliche unserer Leute beaufsichtigen die Arbeit in ihrer Region draußen und unterrichten nebenbei neue Interessenten. Ich werde oft gefragt: „Warum mußten ausgerechnet Frauen die Grüngürtel-Bewegung starten?" Die Idee kam mir nicht, weil ich eine Frau bin. Sie stieg in mir auf, als ich über die Lösung eines ganz bestimmten Problems nachdachte. Eingebungen haben wir alle, nur haben viele von uns zum kritischen Zeitpunkt nicht den rechten Seelenfrieden und die nötige Ruhe, um den Gedanken über das Stadium der Träumerei hinaus ausreifen zu lassen. Meines Erachtens haben die Frauen im Nationalrat Kenias diesen Gedanken sehr gut weiterverfolgt, obgleich er lange Zeit kaum Frucht trug. Aber solche Geduld ist kein vorrangig weiblicher Charakterzug. Männer hätten mit ähnlicher Inspiration und bei ausreichender Motivation das gleiche tun können. Typisch weiblich war vielleicht höchstens unser Gruppengeist und unsere schnelle Eingliederung in die Bewegung. Zusammenarbeit war bei der Natur des Projekts ein Muß. Die Grüngürtel-Bewegung hat von Anfang an eng mit dem Ministerium für Umwelt und natürliche Ressourcen zusammengearbeitet. Zu Beginn konnten die Interessenten noch direkt ins Forstamt gehen und sich die Anzahl von Sämlingen holen, für die sie bereits den Boden bestellt hatten. Die meisten, wenn nicht alle Förster haben bei dieser Sache mitgearbeitet, und sie alle befürworten die ehrenamtlichen und im Grunde einzigartigen Leistungen der Grüngürtel-Bewegung. Wir haben darüber hinaus sehr engen

Kontakt mit dem Präsidentschaftsbüro und der Administration gehabt, die uns auf Bezirks- und Gemeindeebene äußerst behilflich waren. Oft werden Green-belt-Mitarbeiter auch zu Häuptlingsversammlungen eingeladen, um den Leuten zu erklären, was es mit der Bewegung auf sich hat. Jeder Grüngürtel und jede Baumschule wird von einem Ortskomitee beaufsichtigt, das sich aus führenden Persönlichkeiten der jeweiligen Gemeinde zusammensetzt. Dieses Komitee hält den Geist der Sache und das Interesse wach, wenn die Gründungsabordnung des NCWK wieder fort ist. Es bildet den Kern, der die Gemeinde ringsherum weiterhin motiviert und zur Beteiligung anregt. Unter der Leitung des Grüngürtel-Ortskomitees graben die Bürger der Gemeinde in freiwilliger Arbeit Pflanzlöcher, versehen sie mit Dünger und warten dann nur noch auf den zeremoniellen Startschuß. In dieser Art wird Arbeit, die sonst den Steuerzahler eine Menge Geld kosten würde, unentgeltlich von der Gemeinde geleistet.

Wie sieht die Zukunft aus? Wir müssen uns vermehrt um Fragen kümmern, die nicht unmittelbar etwas mit der Befriedigung unserer physischen Bedürfnisse zu tun haben. Wir haben im Ökosystem auf unserem Erdball ein einzigartiges Erbe angetreten und tragen eine besondere Verantwortung. Wenn von denen, die mit Vernunft begabt sind, mehr erwartet werden kann, dann müssen wir bereitwillig unsere besondere Verantwortung gegenüber den „unvernünftigen" Elefanten und Schmetterlingen anerkennen. Wenn wir ihnen und ihren Nachkommen das Überleben sichern, werden wir auch das Überleben unserer eigenen Art sichern. Wo immer die Menschen das Leben der Bäume, des Erdbodens, der Gräser und Büsche, der kleinen Kinder ... ja alles Leben mißachtet haben, sind wir auf wahllose Abholzung, Bodenerosion, Überweidung, Überbevölkerung, Dürre, Versteppung, auf Hunger und Tod gestoßen. Über 60 % von Kenias Grund und Boden taugt nicht mehr für den Ackerbau, die Wälder sind auf 25 % zurückgegangen, und manche Flüsse sind so weit abgesunken, daß sie bald ganz versickert sind. Die Ernteerträge sind gefallen, die Viehzucht ist nicht mehr das, was sie einmal war, und unsere Städte sind voller Notleidender und Arbeitsloser.

Wir aber fliegen übers Land oder überqueren mit unseren

herrlichen Autos die Brücken und streifen die schlammigen Fluten unter uns nur mit einem Seitenblick; wir fällen unsere jahrhundertealten Bäume und ersetzen sie durch schnellwüchsige, profitable exotische immergrüne Nutzhölzer, und wir sträuben uns dagegen, dort Druck auszuüben, wo es nötig wäre, nur um uns nicht unbeliebt zu machen. Wir achten das Leben anderer gering und sind uns wahrscheinlich nicht darüber im klaren, wie sehr unser eigenes Leben von dem ihren abhängt. Dabei steht es mit Kenia noch nicht einmal am schlimmsten in Afrika. Deshalb müssen wir über die Grenzen unseres Landes hinauswachsen und die Öffentlichkeit auch in anderen Teilen des Kontinents wachrütteln.

Der Geldwert des Preises wird dazu verwendet werden, eine Stiftung zu gründen, mit der Startkapital für ähnliche Programme wie die Grüngürtel-Bewegung auch anderswo in Afrika aufgebracht werden kann. Wir sind zuversichtlich, daß sich, sobald der Anfang einmal gemacht ist, noch viele andere angesprochen fühlen, die sich ebensolche Sorgen wic wir um die zunehmende Versteppung, die immer länger anhaltenden Dürren, über Hungersnot und Tod in unserer Region machen.

Darum danke ich Ihnen persönlich und im Namen all derer, die jetzt und in künftigen Jahren davon profitieren. Ich danke Ihnen für Ihr Mitgefühl, Ihr Verständnis und für diese Ehrung. Mit Ihrer Freundlichkeit und herzlichen Großmut haben sie mich ermutigt, neu gestärkt und inspiriert.

Winefreda Estanero-Geonzon
Menschenrechte in der Dritten Welt

Lob und Preis sei dir, Allmächtiger Vater, von Ewigkeit zu Ewigkeit, Amen!

Ich repräsentiere einen Dachverband von 28 lokalen Gruppen, die der gemeinsame Wunsch miteinander verbindet, helfen zu wollen. Dieser Verband ist unter dem Namen Free LAVA bekannt, das heißt Free Legal Assistance Volunteers Association (Verband freier ehrenamtlicher Rechtshelfer) und hat seine Niederlassung in Cebu, der nach Manila größten Stadt auf den Philippinen.

Free LAVA ist eine nach Landesgesetz rechtmäßig eingetragene gemeinnützige Organisation. Wir sind unpolitisch und überkonfessionell. Unser dreigefächertes Programm der Rechtshilfe dient insbesondere der Verbrechensverhütung, der Rechtsbeihilfe und der Rehabilitation. Unsere Regierung hat ein eigenes Rechtshilfe-Amt für die Bürger (CLAO), mit Dienststellen im ganzen Land, die mittellosen Prozeßführenden beistehen. Die Anwaltskammer unseres Landes hat ebenfalls ein eigenes Rechtshilfebüro für die Öffentlichkeit mit zahllosen Zweigstellen.

Free LAVA ist eine private Organisation, die aus dem Bedürfnis heraus entstanden ist, bestimmten Notständen in unserem Land effektiv zu begegnen. Ende 1978 bin ich von der philippinischen Anwaltskammer zur Leiterin der Rechtshilfeabteilung in Cebu City ernannt worden. Zu diesem Zeitpunkt war das Kriegsrecht noch in Kraft. Als Leiterin der Rechtshilfeabteilung habe ich eine Haftanstalt nach der andern aufgesucht, statt in der gebräuchlichen Weise nur Klienten, die zu uns kamen, zu beraten. Ich wußte, daß es viele Gefangene gab und noch immer gibt, die in den Strafanstalten einsitzen, ohne abgeurteilt zu sein und ohne eine Möglichkeit, draußen um Hilfe zu bitten.

Obwohl staatliche Rechtshilfedienststellen existieren, mußte ich in den Justizvollzugsanstalten folgendes entdecken: – Ich lernte Gefangene kennen, die nahezu fünf Jahre ohne Anklage einsaßen; – Gefangene, deren Aufenthalt in der Strafanstalt den Gerichten gar nicht bekannt war, obwohl sie schon lange inhaftiert waren. In unserm Strafvollzugssystem muß der Haftbefehl gegen einen Bürger eigentlich an das zuständige Gericht zurückgehen. Wenn Haftbefehle nicht wieder vorgelegt werden, wissen die Gerichte nichts von der betreffenden Person, die inzwischen einsitzt. Ihr Fall wird also einfach übergangen. – Ich bin auf Gefangene getroffen, die zweimal wegen des gleichen Vergehens verurteilt worden sind. – Viele Inhaftierte hätten schon längst in die Freiheit entlassen werden können, wenn ihre Strafsache rechtzeitig abgehandelt worden wäre. – Jugendliche sind mit Erwachsenen und hartgesottenen Verbrechern zusammen inhaftiert, und viele von ihnen sitzen bereits viel zu lange ein. – Etliche Inhaftierte haben aus Hoffnungslosigkeit einen Selbstmordversuch unternommen, und ihre Zahl steigt an. Ich habe mich entschlossen, mich auf nachstehende Rechtsfälle zu spezialisieren: – Inhaftierte, denen die Mittel fehlen, eine offizielle Rechtsberatung in Anspruch zu nehmen; – Opfer von Menschenrechtsverletzungen, wer immer diese auch begangen hat; – die große Zahl verelendeter Stadt-und Slum-Bewohner und ihren Kampf für soziale Gerechtigkeit.

Im März 1979 habe ich im Stadtgefängnis von Cebu 39 Minderjährige angetroffen, die ihre Strafzeit längst verbüßt hatten. Laut Präsidialerlaß PD 603 unseres Landes ist die Strafe für jugendliche Straftäter zur Bewährung auszusetzen. Der Betreffende bekommt statt dessen die Chance, sich zu bessern, und wird in ein Rehabilitationszentrum eingewiesen. Wenn er besserungsfähig ist, wird sein Fall als erledigt betrachtet. Wenn nicht, muß er seine Strafe verbüßen. Ich lernte also 39 solcher Jugendlicher kennen, die zu geringfügigen Strafen verurteilt worden waren, dann aber weit über das verhängte Strafmaß hinaus inhaftiert blieben. Gut zehn von ihnen hatten sogar eigentlich nur eine Ordnungswidrigkeit begangen, die eine Inhaftierung gar nicht erforderlich macht, und trotzdem saßen sie fast drei Jahre lang ein.

Da im Gefängnis keinerlei Rehabilitationsmöglichkeiten geboten werden, habe ich, um die Zukunft der Jugendlichen zu retten, die Pfadfinderbewegung in den Haftanstalten eingeführt und Zeugnisse für gute Führung erwirkt. Seit 22 Jahren bin ich den Pfadfindern in unserem Land verbunden, und ich finde, diese Bewegung ist wie geschaffen für die Jungen. Einer nach dem andern wurden die viel zu lange Inhaftierten auf freien Fuß gesetzt, und die Verfahren gegen sie wurden eingestellt. Zur gleichen Zeit haben wir die Kirchen und Privatpersonen in unserer Gemeinde gebeten, uns dabei zu helfen, die Verhältnisse in den Strafanstalten für die Inhaftierten menschenwürdig zu gestalten. Viele Gefangene hatten nicht einmal Matten zum Schlafen, sie lagen vielmehr auf dem nackten Zement, und dabei waren sie auch noch äußerst dürftig bekleidet. Wir konnten auch unmöglich die völlig überfüllten Zellen ohne ausreichende Luftzufuhr ignorieren. Sie stanken nach Urin und Schweiß, und es war regelrecht Brechreiz erregend, von einer Zelle zur andern zu gehen und mit Gefangenen zu reden, die uns zu sich winkten. Mit Hilfe vieler einzelner Menschen und eigens zu Hilfszwecken gebildeter Vereine gründeten wir schließlich offiziell eine Bürgerhilfsgruppe, die sich der Grundbelange von Strafgefangenen annimmt.

Als ich das Pfadfindertum in der Haftanstalt einführte und mich der Sozialarbeit widmete, haben einige meiner Kollegen sich kritisch geäußert, ich würde mich in einer Art und Weise betätigen, die nichts mehr mit meinen Aufgaben als Leiterin der Rechtshilfeabteilung zu tun hätte. Der Präsident teilte mir mit, ich solle mich lediglich um Rechtsfragen kümmern, die Sozialarbeit jedoch gefälligst dem Ministerium für Soziales und Entwicklung überlassen. Wir konnten aber nicht darauf warten, daß diese Behörde endlich die notwendigen Schritte unternahm. Wir erlebten ja, wie Menschenleben im Gefängnis vergeudet wurden, wie Männer und Frauen Tag für Tag nichts anderes taten als essen, stehen, sitzen, gehen und kahle Wände anstarren, einzig in der Erwartung, bald aus der Gefangenschaft befreit zu werden.

Da mir als Leiterin der Rechtshilfestelle die Hände gebunden waren, ich aber dennoch mehr Sozialarbeit leisten wollte, ersuchte ich die weiblichen Anwälte um ihre Mitarbeit. Die Rechtsanwältinnen kamen meiner Bitte nach. So konnte ich meine Arbeit im Namen des Verbandes der Rechtsanwälte

Cebus fortsetzen, der als FIDA (Federacion Internacional de Abogadas) bekannt ist. Wir baten darüber hinaus die örtlichen Bildungsinstitutionen und Vereinigungen um ihre Mitwirkung bei Rehabilitationsmaßnahmen wie Kunsthandwerkskursen, Schreib- und Leseunterricht, landwirtschaftlichen und Druckerei-Lehrgängen und dergleichen mehr. Es kam so weit, daß ich mit der wachsenden Zahl der Fälle, die mir vorgelegt wurden (außer den Belangen der Strafgefangenen häufig Mißhandlungsdelikte von seiten des Militärs), nicht mehr alleine fertig wurde. Ich bat Anwaltskollegen um ihre Hilfe, und sie waren gern dazu bereit, unter der einen Bedingung, nicht in die Haftanstalten gehen zu müssen, sondern nur vor Gericht zu erscheinen. Deshalb ersuchte ich des weiteren die ortsansässigen Universitäten, uns freiwillige Helfer zur Verfügung zu stellen. Viele Jurastudenten, Studenten der Politologie und Sozialarbeits-Praktikanten meldeten sich. Um sie für ihren Einsatz zu schulen, hielten wir einführende Rechtsseminare ab und vermittelten ihnen die zur Projektdurchführung nötigen Grundkenntnisse. Außerdem rekrutierten wir freiwillige Helfer aus örtlichen Vereinen und versammelten uns regelmäßig in meinem Büro.

So entstanden in der Hauptsache drei Hilfsdienste, nämlich die Dokumentations- und Nachforschungsgruppe, die Rechtshilfegruppe und das Bürgerhilfswerk. 23 lokale Organisationen, die Hand in Hand arbeiten, schlossen sich schließlich – immer noch unter der Schirmherrschaft der philippinischen Anwaltskammer in Cebu – zu Free LAVA zusammen.

Die Verknüpfung örtlicher Gruppen durch LAVA hat auch andere asiatische Länder auf uns aufmerksam gemacht. Aus Papua-Neuguinea, Thailand, Taiwan, Malaysia, Indonesien und sogar aus den Vereinigten Staaten kamen Besucher nach Cebu, um sich unsere Arbeit anzusehen. 1981 wurde das Kriegsrecht in unserm Land aufgehoben. Nichtsdestoweniger gibt es in unserer Region noch immer Polizisten und Soldaten, für die es weiter besteht. Aus diesem Grund wird unsere Dienststelle ständig mit Bittschriften überschüttet, den Opfern der Übergriffe von seiten einiger Männer in Uniform beizustehen.

Wir kennen Gefangene, die noch immer unter furchtbaren Schmerzen durch die Mißhandlungen leiden, die ihnen entweder während ihrer Inhaftierung oder bei Anstaltsverhören zugefügt wurden. Wenn wir von den Folterqualen der Opfer, vom Wehklagen der Witwen und Waisen hörten, stieg Zorn in uns auf, und manchmal hatten wir das Gefühl, als kämpften wir mit einem Zahnstocher gegen den Riesen Goliath an. In unserm Glauben an das Gute im Menschen und in der Hoffnung, daß Mißhandlungen und Übergriffe nicht von oben diktiert waren , suchten wir das Gespräch mit der Führungsspitze des Militärs. Wir saßen mit den ranghöchsten Militärs unserer Region, dem Ortskommandanten und seinen Offizieren, am Konferenztisch und berichteten von den Übergriffen, die sich manche ihrer Männer im Dienst zuschulden kommen ließen. Wir brachten Opfer solcher Übergriffe leibhaftig mit: wir zeigten Aufnahmen von denen, die nicht selbst kommen konnten; wir legten Unterlagen vor. Bei diesen Unterredungen machten wir dem Militär verständlich, daß ein Forum für die Opfer geschaffen werden müsse, wo ihnen Gerechtigkeit widerfahren könne, und wiesen darauf hin, welche Gefahren unserer Gesellschaft drohen, wenn solche Abscheulichkeiten keine Beachtung finden.

Wir wissen, daß ein verzweifelter Mensch zu allem fähig ist. Wir wollen in einer Atmosphäre der Liebe und Brüderlichkeit leben. Seitdem ermutigen wir unsere Landsleute dazu, ohne Scheu vorzutreten und Übergriffe aller Art anzuzeigen, da sie unserer Hilfe in Rechtsfragen gewiß sein könnten. Einige Zeit später hatte ich ein Gefühl der inneren Leere. Ich hatte das Empfinden, als fehle meiner Arbeit etwas Wesentliches. Zwar half ich den Opfern der Ungerechtigkeit, aber wie stand es um die Menschen, die zur Kriminalität neigten? Und wenn wir jemandem helfen, körperlich wieder auf freien Fuß zu kommen, was tun wir für seine Seele? So haben wir denn unsere bisherige Arbeit auf Rehabilitationsmaßnahmen im geistigen Bereich ausgeweitet, die zusätzlich zu dem bereits in Haftanstalten gebotenen Programm wie Kursen in Kunsthandwerk, Landbau und Schweinezucht, Lese- und Schreibunterricht sowie Pfadfinderaktivitäten durchgeführt werden.

Ich gründete zu diesem Zweck offiziell die Gefangenenmission der Charismatischen Erneuerung, die mittlerweile zur größten neuen Bewegung innerhalb unseres Landes geworden ist. Dahinter stand der Gedanke, daß Gefangenenarbeit nicht allein auf die Haftanstalten beschränkt sein darf, sondern, daß gleichzeitig darauf hingewirkt werden muß, daß Menschen erst gar nicht straffällig werden, oder dies wenigstens auf ein Mindestmaß herabzusetzen, und darüber hinaus die Rückfälligkeit ganz oder zumindest weitgehend abzubauen.

Im Zuge eines Programms zu präventiven Verbrechensbekämpfung nehmen wir uns jetzt der Allerärmsten an, der Benachteiligten in unserer Gesellschaft, der Slum-Bewohner, Hausierer, Bauern, Hilfsarbeiter und Obdachlosen. Wir klären sie über die Menschenrechte auf. Wir machen Leute aus ihren Reihen zu Rechtshelfern und arrangieren regelmäßige Treffen mit ihnen. Wir halten diesen Menschen vor Augen, daß sie uns jederzeit um Hilfe angehen können, wenn sie schlecht behandelt oder gequält werden. Was sie bedrückt, wird durch uns den Behörden zur Kenntnis gebracht und dort diskutiert. Unseren Mandanten im Gefängnis helfen wir mit Veranstaltungen für Leib und Seele. Wir untersuchen ihre Fälle eingehend und spüren die wahren Gründe auf, aus denen sie im Gefängnis einsitzen. Hat es wirtschaftliche Ursachen, daß der Betreffende inhaftiert ist? Ist er vielleicht das Opfer eines Justizirrtums geworden, sollte seine Verurteilung nur den Anschein erwecken, Verbrechen würden aufgeklärt? Ist er womöglich drogenabhängig aus Sehnsucht nach einem Glück, das ihm seine Eltern nicht geben konnten? Oft entdecken wir bei unserer Arbeit, daß viele Gefangene aus kaputten Elternhäusern kommen. In diesem Fall führen wir Gespräche mit den Eltern.

All diese Dinge, die eigentlich außerhalb meines Arbeitsbereiches als Anwältin einer Rechtshilfe-Kanzlei liegen, haben mich endlich dazu gebracht, mein Amt niederzulegen und Free LAVA als von der Anwaltskammer unabhängige Körperschaft eintragen zu lassen. Weitere Vereinigungen boten ihre Mitarbeit an.

Inzwischen sind unter Free LAVA 28 solcher Vereine zusammengeschlossen, die eigenständig, aber im Austausch miteinander, in der Verbrechensverhütung, der Rechtshilfe und der Rehabilitation tätig sind. Wir organisieren unsere inhaftierten Mandanten und sorgen mit dafür, daß rehabilitierte Insassen die Führung der Organisation übernehmen. Mit Zustimmung der Gefängnisleitung kann dieser Vorstand jetzt selbständig Kontrolle ausüben und Anordnungen treffen. Obwohl wir nicht vermocht haben, die Minderjährigen von den Erwachsenen zu trennen, weil für diesen Zweck kein Gebäude zur Verfügung steht, haben wir immerhin die Mitglieder des Vorstands zu Pfadfinder-Führern ausgebildet. Damit haben wir in Cebu die einzige Pfadfinderbewegung, in der erwachsene strafgefangene Pfadfinder minderjährige inhaftierte Pfadfinder anführen. Haftentlassene werden von Hilfskräften weiterbetreut. Wir helfen ihnen, kleine Geschäftskredite von 15 oder 20 US-Dollar für den Start zu bekommen, die sie in Raten abzahlen können.

Wir wissen nur zu gut, daß es überaus schwer für Haftentlassene ist, Arbeit zu finden. Im Augenblick verstärken wir gerade die lokalen Aktivitäten, um 32 Jungen aus Abrißvierteln in Pfadfindergruppen zu organisieren.

Wir helfen ihnen, Einnahmequellen zu finden, denn unser größtes Problem sind Eigentumsdelikte, deren Ursache die Armut ist.

Letzten Oktober sind zum ersten Mal die Delegierten der asiatischen Rechtskonferenz nach Cebu gekommen, um LAVA-Programme zu studieren. Besucher aus verschiedensten Teilen Asiens strömten herbei. In der kurzen Zeit, die mir hier zur Verfügung steht, kann ich natürlich nicht alle Aktivitäten von LAVA aufzählen.

Wir machen noch vieles mehr. Nur noch so viel zum Abschluß, daß wir bei unserer Arbeit eine Kritik als müßig empfinden, die nicht gleichzeitig Alternativen anbietet. Wir halten nichts davon, das Dunkel lediglich zu verfluchen: Es ist immer besser, ein Licht anzuzünden. Unzählige Male haben wir beweisen können, daß der Mensch von Natur aus gut ist. Uns liegt bei unserer Arbeit mehr an einer Aussöhnung als an einer Verschärfung der Fronten. Ihnen allen meinen aufrichtigsten Dank, insbesondere der Right-Livelihood-Stiftung. Möge eure Zahl ständig wachsen!

Ela Bhatt
Ein neuer Umgang mit Geld

Im Namen meiner Schwestern von Sewa bin ich heute hier, um unsere große Dankbarkeit zum Ausdruck zu bringen für die Ehrung, die uns durch die Right-Livelihood-Stiftung zuteil wird.

Der Preis hat uns in der Überzeugung bestärkt, daß wir mit unseren Bemühungen auf dem rechten Wege sind. Er ist nicht allein eine ehrende Anerkennung für Sewa, sondern eine Ehre für die gesamte nichtindustrielle Welt, für die selbständig Werktätigen in aller Welt, die ein Anrecht auf ein weniger bedrückendes Los für den Rest ihres Lebens haben. Ich bin stolz darauf, den Right-Livelihood-Preis im Namen der Mitglieder von Sewa entgegennehmen zu dürfen, denen dieses Geld weiterhelfen wird.

Da ich heute stellvertretend für die Sewa-Frauen hier stehe, möchte ich sie Ihnen vorstellen und Ihnen von ihren Kämpfen, Erfolgen und Hoffnungen erzählen. Maku ist eine Gemüsehändlerin; allmorgendlich borgt sie 5 Dollar von einem privaten Geldverleiher und zahlt des abends 5,50 Dollar von ihren schmalen Einkünften zurück. So würde es wohl weitergehen, Tag für Tag, ihr ganzes Leben lang. Aber Maku hat sich mit Laxmi, Raji, Mangu und anderen zusammengetan und eine Genossenschaftsbank gegründet. Die Behörden meinten, wie denn bloß ungebildete, arme Frauen Bankgeschäfte machen könnten. Aber die Frauen haben es geschafft, 1974 ihre eigene Bank zu gründen, und zerschlugen damit den Mythos, mittellose, ungebildete Frauen könnten sich nicht im Bankwesen behaupten. Sie haben ihre Bank jetzt schon ein Jahrzehnt gewinnbringend geführt. Heute haben etwa 20.000 solcher Makus und Laxmis ihre Sparkonten bei dieser Bank, nehmen Kredite auf, um ihr verpfändetes Land, Haus und Silber wieder zurückzubekommen, und besitzen eigene Produktionsmittel. Sie wählen auch die Vorstandsmitglieder selbst, die jeweils eine Geschäftsbranche repräsentieren und inzwischen ein Betriebskapital von 800.000 Dollar verwalten. Kredite werden mit 98prozentiger Sicherheit zurückgezahlt.

Die Sewa-Bank ist mittlerweile von der Reserve (Federal) Bank of India als börsenfähiger Partner anerkannt worden und dem Womens's World Banking (der Frauen-Weltbank) in New York angeschlossen. Ich will Ihnen noch andere Schwestern von Sewa vorstellen. Da ist einmal Jashoda, die auf dem Markt in Manekchowk Fisch verkauft. Sie zeigt sich den Polizisten, die dort die Runde machen, nicht sehr gefällig und ist deshalb in Schwierigkeiten. Dann ist da noch Suraj, die auf diesem Markt ihr Leben lang Obst verkauft hat und sogar in Manekchowk geboren ist. 500 solcher Händlerinnen vertreiben hier ihre Produkte.

Im Januar 1980 entschlossen sich die städtischen Behörden, die Verkehrsprobleme im Marktviertel durch die Entfernung aller Straßenhändler zu beheben. Die Frauen wurden daraufhin Mitglieder von Sewa und beschwerten sich beim Polizeichef sowie den zuständigen städtischen Behörden, aber ohne Erfolg. Also organisierten die Marktfrauen eine Satyagraha, stellten sich hinter ihren Obst- und Gemüsekörben auf und leisteten den Anordnungen der Polizei gewaltfreien Widerstand. Wir halten uns ganz an das große Vorbild Mahatma Gandhis.

Im Januar 1980 gewannen sie mit ihrem Widerstand die alten Standplätze zurück. Aber das war keine Dauerlösung. Deshalb stellten die Händlerinnen mit Sewa zusammen einen schriftlichen Antrag an das Oberste Bundesgericht Indiens und ersuchten um das Recht, Handel treiben zu dürfen, das heißt, eine offizielle Lizenz zu bekommen. 1984 wurde ihnen durch Gerichtsbeschluß die Handelserlaubnis für den Manekchowk-Markt erteilt, auf dem sie bereits seit drei oder vier Generationen ihre Verkaufsstände hatten. Damit trat eine Wende in der Stadtpolitik ein. Ein Großteil der werktätigen Bevölkerung in den Städten sind Straßenhändler und Kaufleute, Slum-Bewohner und Obdachlose. Gehören sie etwa nicht voll und ganz zur Stadtbevölkerung? Sie tun im Grunde der Gemeinde und der Industrie gute Dienste. Sie verschaffen sich eigenständig Arbeit und stellen keinerlei Forderungen an die Gesellschaft. Aber bei der Stadtplanung wird ihnen ihr Lebensraum versagt.

Wenn sich die Stadt ausdehnt, werden sie einfach fortgejagt, ihrer Arbeitsmöglichkeiten beraubt und obdachlos. Häufig werden sie sogar wie der Abschaum der Gesellschaft behandelt! Die negative Einstellung ihnen gegenüber ist tief eingewurzelt. Mittelstandsbürger blicken auf sie hinab, als seien sie Ruhestörer, als seien sie der letzte Dreck. Behörden und Stadtplaner betrachten sie als Ärgernis und Verkehrsbehinderung. Fast alle Städte in den Entwicklungsländern kennen dieses Problem. Unsere Stadtplaner haben westliche Städte als Vorbild vor Augen. Wir brauchen jedoch unsere eigenen Städte.

Wir müssen unsere eigenen Landsleute mit ihren Arbeits- und Lebensgewohnheiten, ihren Sitten und Gebräuchen respektieren und den unaufhörlichen Austausch zwischen den Dörfern und städtischen Ballungsgebieten beachten – das Entstehen „neuer Städte" – ländlicher Stadtgebiete, wie ich sie nennen möchte. Aber wie dem auch sei, müssen denn unsere Städte überhaupt Großstadtcharakter haben? Nehmen wir einmal die 45jährige Radha, eine Lieferantin auf dem Kleidungsmarkt. Sie stellt sich um 8 Uhr morgens an und wartet auf ihre Arbeitszuteilung. Sie trägt auf ihrem Kopf Sachen von Laden zu Laden und wird pro Gang bezahlt. Am Abend hat sie dann 2 Dollar verdient. 1979, ehe sie der Organisation beitrat, verdiente sie nur einen halben Dollar. Radha arbeitet wohl genauso schwer wie ein Fabrikarbeiter oder irgendein Büroanstellter. Ihre Arbeit steht deren Tätigkeit sicher in nichts nach.

Aber wo sind die Gewerkschaften, die Radhas Recht auf Arbeit, auf einen gesicherten Arbeitsplatz und ein hinreichendes Einkommen verteidigen? Baluben ist Weberin in einem Dorf. Sie webt Wolldecken und wird nach Stückzahl entlohnt. Der Betrag ist sehr niedrig. Jeden Augenblick kann sie entlassen werden. Sie ist zu schwach, um Forderungen zu stellen. Balamma hustet den ganzen Tag und spuckt Blut, denn sie ist Zigarettendreherin. Trotz der Lohnschutzgesetze ist sie auf Gnade und Ungnade ihrem Arbeitgeber ausgeliefert. Babuben sammelt Lumpen und Papier von der Straße auf und verkauft das Zeug an einen Altpapierhändler. Jivatba geht zur

Holzlese in die Berge. Sie sammelt von morgens bis abends Brennholz und verkauft die Ladung, die sie auf ihrem Kopf trägt, für ganze anderthalb Dollar, die ihr gerade das tägliche Brot einbringen. Oft wird sie dabei auch noch von Forstbeamten durchgeprügelt. Zur Zeit der Baumwollernte sind Tausende von Frauen damit beschäftigt, die Samenwolle aus den Kapseln zu zupfen; sie werden nach Stückzahl entlohnt.

Wo sind die Gewerkschaften, die ihre Rechte vertreten? Wann werden die Probleme der auf sich selbst Gestellten endlich an den Konferenztischen der Weltgewerkschaften (WGB, WVA oder IBFG) diskutiert, die doch für das Arbeitsrecht in aller Welt eintreten? Kanku, Lali und Chandra sind Landarbeiterinnen. Sie haben höchstens fünf Monate im Jahr eine Anstellung. Ihr Kampf um höhere Löhne war erfolglos, weil sie keinen Druck ausüben konnten in ihrer Machtlosigkeit. Dann haben sie ihre Strategie geändert, neue Fertigkeiten erlernt, traditionelle Gewerbezweige wiederbelebt und Genossenschaften gebildet: Molkereigenossenschaften, Webergenossenschaften, Produktionsmittelgenossenschaften. Kanku, eine Landarbeiterin ohne Grundbesitz, sagt: „Ich habe jetzt einen Handwebstuhl, einen Büffel und ein Kalb – jetzt kann ich auch den Grundeigentümer um höheren Lohn angehen.“ Die Bambusarbeiter leben vom Bambushandwerk, aber das Rohr wird immer teurer. Der gleiche Bambus, den sie für 2 Dollar pro Stück einkaufen müssen, wird an die Papierfabrik für nur einen halben Pence abgegeben!

Wie können sie sich gegen die Übermacht der Großindustrie schützen? Gewerkschaftskämpfe haben ihre Grenzen, wenn die gesetzliche Rückendeckung fehlt. Darum mußte Sewa alternative Wirtschaftswege finden. Die Blockdrucker, die allmählich durch Siebdrucker verdrängt wurden, polierten ihr fachliches Können auf, lernten Buchhaltung und Betriebswirtschaft und gründeten ihre eigene Genossenschaft. Die Bambushandwerker folgten ihrem Beispiel. Die Lumpensammler planen eine dörfliche Papierfabrik. Die Holzfäller werden mittlerweile vom Forstministerium zur Aufforstung eingesetzt. Es sind sogar zwei weibliche Holzfäller als Waldhüter eingestellt worden!

Und wie steht's mit der Technik? Wir begrüßen eine Technik, die unsere Lebens-und Arbeitsverhältnisse verbessert, aber wir haben entschieden etwas gegen eine Technik, die uns das bißchen Arbeit, was wir haben,noch wegschnappt. Wir sind Landfrauen und verbringen die Hälfte unseres Lebens damit, Wasser, Brennmaterial und Viehfutter heimzuschleppen. Wir brauchen Erleichterung in unserm nächsten Umkreis. Ihr könnt uns Kunsthandwerkern helfen, besseres Werkzeug zu entwikkeln, damit wir schneller produzieren können. Eröffnet uns größere Absatzmärkte, aber in unserer Reichweite. Helft uns bei der Verbesserung von Besen, Körben und Handkarren. Wir tragen die Risiken allein, die unsere Tätigkeiten mit sich bringen. Wir knacken Erdnußschalen mit unseren Zähnen (unser Land verdient ausländische Devisen mit den Kernen) und können nicht mehr essen, weil unsere Lippen, unsere Münder davon wund werden. Wenn wir Baumwolle zupfen, bluten unsere Finger. Wir zerklopfen Steine, atmen Steinstaub ein, fegen die Straßen, verladen tagaus, tagein Zementsäcke und füllen unsere Lungen mit Staub und Zement, wir drehen Zigaretten und atmen Tabakdünste ein. Wir ziehen Karren mit 2000 Kilogramm Fracht und verlieren unsere ungeborenen Kinder dabei. Ein solches Leben können wir unseren Töchtern nicht zumuten.

Unsere hochberühmten Forscher haben Wunder vollbracht, sie können Herzen verpflanzen und zum Mond fliegen. Ob sich unsere Forschungsinstitute wohl damit beeilen können, geeignete Schutzmasken, Handschuhe, Fußschemel, Hämmer und Fingerhüte zu konstruieren? Menschliche Fähigkeiten werden oft von uns unterbewertet, und deshalb setzen wir blindes Vertrauen in Maschinen, die doch nur zur Zentralisierung von Geld und Macht führen. Trotz modernster Rechts-, Wirtschafts- und Sozialstrukturen einschließlich Gewerkschaften und Kooperativen bleiben die Bedürfnisse unseres Volkes unbefriedigt.

Für wen bauen wir bloß unsere Städte, Straßen, Industrien, Märkte, Schulen und Laboratorien? Fragen wir uns selbst. Sind es wirklich die wenigen Superstaudämme, Industrieriesen und Metropolen, die das Gesicht der Erde verändern? Schon ein kleiner Leistungsanstieg bei der Bevölkerung kann die Welt total umwandeln. Ohne sich an irgendwelche Modellvorstellungen oder Pläne zu halten, nahm Sewa 1972 seine Arbeit auf. Die Sewa-Frauen haben durch ihren Zusammenschluß viele Kämpfe bestehen und viel Bitteres hinunterschlucken müssen, aber sie sind im Laufe der Zeit zu menschlicher Würde gelangt, haben an Macht gewonnen und können jetzt besser denken, handeln, reagieren sowie ihre Angelegenheiten abwickeln und leiten.

Sie sind aus der jämmerlichen Passivität ausgebrochen, sich alle Ungerechtigkeiten gefallen zu lassen, und haben endlich den Mut, aufzubegehren und zu kämpfen. Worauf sie hinarbeiten, ist die wirtschaftliche und soziale Unabhängigkeit. Ohne diese Unabhängigkeit ist keine Entwicklung möglich.

Aber es gibt auch keine Abkürzung auf dem Weg zur Selbständigkeit, außer man organisiert sich. Sewa ist um Alternativen bemüht, um eine Gesellschaft, die auf Liebe und Gewaltfreiheit beruht, und will ein Forum schaffen, auf dem die Priviligierten den Unterprivilegierten die Hand reichen, ohne auf Ausbeutung zu sinnen.

Es ist ein harter Kampf, und wenn wir auch ab und zu den Sieg davontragen, so bleibt es doch ein kräftezehrender Krieg aus wirtschaftlicher Not. Meine Kollegen und ich sind wie Streichhölzer, die Lichter anzünden – Streichhölzer sind zu nichts mehr nütze, wenn ihre Aufgabe einmal erfüllt ist, sie vertreiben jedoch immerhin die Dunkelheit aus den finstersten Winkeln.

Der Right-Livelihood-Preis ist ein wunderbares Streichholz, das unzählige Lichter anzünden kann, und dafür danke ich der Stiftung im Namen von Sewa nochmals von ganzem Herzen.

Iman Khalifeh
Frieden für den Libanon

Zu Beginn meiner Rede möchte ich im Namen meiner libanesischen Landsleute wie auch ganz persönlich Jakob von Uexküll dafür danken, daß er seine Briefmarkensammlung in eine „immerwährende Friedensbotschaft“ umgewandelt hat.

Sie kennen den Libanon sicher von zahllosen Bilddokumenten her – dieses Land in seiner Schönheit, seiner Liebe und seiner Friedlichkeit. Ich habe ein Buch bei mir, das die Hauptstadt des Libanons beschreibt. Beirut vor und nach dem Krieg. Beirut, die Stadt, die nicht sterben will. Die Fotos in diesem Buch zeigen eine wunderschöne Stadt, eine glückliche Stadt, eine friedliche Stadt. Ich hätte nur zu gern zahlreiche Exemplare von diesem Buch, um sie denen zu geben, die beim Namen Beirut an nichts anderes denken können als an Zerstörung und Gewalt und wie diese Stadt der Schauplatz eines gemeinen Krieges wurde, der mittlerweile neun Jahre andauert. In diesen neun Jahren hat die Welt Beirut als eine Stadt voller Angst und verzweifelter Wut kennengelernt, als Synonym für Krieg und Tod. Das eben erwähnte Buch ist während des Krieges veröffentlicht worden. Beirut war immer die kulturelle Pulsader des Mittleren Ostens und ist es trotz des Krieges auch geblieben. Diese Stadt ist der Sammelpunkt für alle geistigen Impulse aus der gesamten arabischen Welt und ein Umschlagplatz für westliche Entdeckungen und Erfindungen. Meine Generation und ich konnten uns nicht an diesem Beirut freuen, dieser lichten, friedlichen Stadt, wie sie in dem genannten Buch geschildert wird.

Mein Vater wurde im Südlibanon geboren und ich in der Hauptstadt Beirut. Ich habe meine Kindheit in einer Umgebung verbracht, in der Freundlichkeit und Liebe vorherrschten. Aber seit ich mit offenen Augen in die Welt schaue, habe ich in Beirut und in meinem Heimatland, dem Libanon, nur einen fortdauernden Konflikt wahrgenommen, dessen Ursachen ich nicht begreife und dem ich nicht das Recht zugestehe, meinen Glauben an den Frieden zu erschüttern. Ich bin in die Universität eingetreten, als der Krieg eben anfing; ich bin ein Mädchen aus einer Mittelstandsfamilie und versuchte damals, dem Schrecklichen ringsum zu entgehen, indem ich mich auf Fachgebiete konzentrierte, die meiner Persönlichkeit entsprachen und mich meinen Zielen näherbringen konnten.

Von der Universität aus konnte ich auf einen Spielplatz innerhalb des Universitätsgeländes blicken, wo Kinder in aller Unschuld und völlig unbekümmert um die Gewalttätigkeit in ihrem Umkreis spielten. Da habe ich mich entschlossen, als Hauptstudienfach die Kinderpsychologie zu wählen. Und seitdem lebe ich in einem Zwiespalt, erlebe ich die Kluft zwischen der Unbekümmertheit der Kinder, die ich lehre, und dem ununterbrochenen Krieg um mich herum und um sie herum – gegen sie und gegen mich.

Ich habe gesehen, wie sie aus Angst in ihre eigene unschuldige Welt flüchteten und wieder zurück. Ich habe beobachtet, wie ihre Väter und Mütter zu diesem kleinen Spielplatz eilten, um ihre Kinder schützend fortzubringen, und wie sie sich nach Frieden und Sicherheit sehnten. Ich sah den unterbewußten Kampf mit an, den diese Kinder in einem kriegszerrissenen Land durchlebten, in dem sie versuchten, sich ihre Unbekümmertheit inmitten von Greueln, Gewehrgeknatter, Raketen- und Bombengetöse zu bewahren. Die Szene wiederholte sich Tag für Tag; ich begann, des Nachts wachsende innere Unruhe zu verspüren, was das Schicksal wohl für diese Kinder noch an Gefahren bereithalten mochte, und vergaß über meiner Sorge um sie meine eigenen Zukunftsängste. Der Krieg beraubte diese Kinder ihrer Kindheit, wie er mich und viele andere um die Möglichkeit brachte, Pläne für eine Zukunft zu schmieden.

Aus diesen Gefühlen und Gedanken heraus wurde die Idee des „Friedensmarsches am 6. Mai“ geboren, zu dem ich mit folgenden Worten aufrief: “Neun Jahre sind bei diesem Krieg vergangen, und umsonst haben wir auf alle möglichen Lösungen gewartet, während wir uns resigniert in unsern Häusern verkrochen ... aßen, tranken ... schliefen. Ist es nicht an der Zeit, uns zu fragen, worauf das hinausläuft? Wie lange noch?

Wollen wir uns durch das zehnte Jahr des Krieges vollends zugrunderichten lassen? Fürchten wir uns, und was ist denn noch geblieben, vor dem wir uns fürchten müßten? Laßt uns alle nach draußen gehen und in den Chor der Schweigenden einstimmen, bis er ein weithin schallender Schrei ist. Laßt uns nach draußen gehen. Männer, Frauen und Kinder. Laßt uns aus unserer Schweigsamkeit ausbrechen und einstimmig schreien ... Nein zum Krieg – nein zum zehnten Jahr. Ihr sagt vielleicht, wofür? Und wer hört schon zu? Laßt es uns gemeinsam probieren, und wir werden sehen ... Ist der Versuch nicht die Mühe wert? Wer hat nicht in diesen bitteren Jahren Seele, Besitztum ... Freiheit oder Nerven verloren? Macht es euch noch immer etwas aus, in dieser Sache zu verlieren? Wir werden nicht verlieren. Haben wir nicht von den Revolutionen der Völker im Lauf der Geschichte gehört, haben wir nicht davon gelesen?

Laßt uns in unserer Angst nach draußen gehen, zusammen marschieren und fordern, daß der Tragödie und Komödie gleichermaßen ein Ende gemacht wird. Wir wollen kein entstelltes Land. Wir wollen keine verschleppten, heimatlosen Menschen. Wir wollen einfach in Frieden leben. Wir wollen unsere Kinder aufziehen und unsere Brüder und Schwestern retten ... Wir wollen unsere Familien vollzählig erhalten. Laßt uns aus unserer Isolation nach draußen gehen, uns vereinen und am 6. Mai vom Barbir und Justizpalast zum Museum marschieren um 12 Uhr mittags, wo wir überall unsere Brüder und Schwestern treffen werden ... von nah und fern. Alle, die noch ein Gewissen haben, ein Fünkchen Hoffnung und Zukunftsglauben, laßt uns mit unsern Tränen und Schmerzensschreien losgehen und uns unter dem einen Ruf zusammenfinden:

Nein zum Krieg
Nein zum zehnten Jahr
Ja zum Leben."

Ich habe keinen neuen Gedanken aufgebracht – keine neue Idee. Es war der Schrei der „schweigenden Mehrheit", den ein Volk ausstieß, das neun Jahre lang einen schändlichen Krieg durchlitten und ertragen hat, ein Volk, das keine Waffen zu seiner Verteidigung trug, sich jedoch abmühte, dem Tod, der

Gewalttätigkeit und dem Ruin zu entgehen, um zu leben, etwas Konstruktives zu leisten und weiterzubestehen. Ganz nach Gandhis Motto, „... daß die Tyrannei besiegen Gebrauch zu machen heißt von der Waffe der Gewaltfreiheit.“

Viele Libanesen haben auf der Suche nach Sicherheit und Frieden den Libanon verlassen, aber sobald sie meinten, daß ein gewisses Maß an Sicherheit erreicht sei, sind sie in ihr Land zurückgekehrt, um es wiederaufzubauen, obwohl sie keineswegs wissen konnten, ob dieser Friede anhalten würde oder nur vorübergehend war.

Der Krieg hat die Bevölkerung nicht niederzudrücken vermocht. Das will ich Ihnen am Beispiel eines libanesischen Geschäftsmannes verdeutlichen: Er hat Tausenden von jungen Leuten die Gelegenheit gegeben, sich in Würde und Rechtschaffenheit zu betätigen, indem der ihnen zum einen die Möglichkeit bot, am Wiederaufbau ihres Landes mitzuarbeiten, und zum andern Zuschüsse und Kredite gewährte, damit sie studieren und ihre Ausbildung im Libanon oder im Ausland fortsetzen konnten ... Dieses Beispiel führe ich nur an, um den Geist zu beschreiben, der im Libanon waltet.

In diesem Geist haben die Menschen auch auf den Aufruf zum „Friedensmarsch am 6. Mai“ reagiert. Der Ruf nach Frieden war ein Sprachrohr für jeden einzelnen, der seine Sehnsucht nach Liebe und Frieden zum Ausdruck bringen wollte. Dieser Aufruf und die Reaktion darauf hat die Welt zutiefst überrascht. Er hat die internationale Gemeinschaft erschüttert. Sie hatten alle vergessen, daß im Libanon ein Volk lebt – ein Volk, dessen Schrei nach Frieden vom Waffengeklirr übertönt worden ist, ein Volk, das die schweigende Mehrheit darstellt und das von einer Minderheit zugrundegerichtet wird. Ein Komitee von zwanzig Leuten wurde gegründet. Die Mitglieder kannten sich vorher nicht, aber ihr vertrauensvolles Hoffen auf den Frieden vereinte sie.

„Der Frieden in seiner Stille hat einen lauteren Klang und einen helleren Ton als der Krieg mit seinen ohrenbetäubenden Explosionen.“

Die Reaktion auf den Aufruf war so stark, so gewaltig, daß der Krieg selbst vor diesem lauten Schrei erschrak, und am Tag vor dem anberaumten Friedensmarsch brachen die gewaltsamsten Kämpfe aus. Der Marsch wurde abgesagt, weil er seinen Zweck verfehlt hätte, das Ziel, das Morden zu beenden, statt die Zahl der Opfer noch zu vergrößern. Seitdem dringt die Bevölkerung des Libanon bis auf den heutigen Tag und trotz der langen Monate, die nach dem Aufruf zum Friedensmarsch vergangen sind, unentwegt in mich, doch die Friedensbotschaft weiterzutragen.

In Erinnerung an die Gründe, aus denen der Friedensmarsch abgesagt werden mußte, und um Blutvergießen zu vermeiden, geht jetzt gerade als Alternative eine Petition im Lande herum, die bereits über 70.000 Menschen unterschrieben haben. Unsere Bewegung ist noch immer jung und völlig spontan.

Wir wollen uns Gehör verschaffen und Wege finden, die schlimmen Spuren des Krieges im Gedächtnis der libanesischen Bevölkerung und besonders der Kinder auszulöschen. Wir arbeiten unter sehr schwierigen Bedingungen und haben kaum Mittel zur Verfügung, aber jeder tut das in seinen Kräften Stehende, wie Gandhi, „der stets etwas Konstruktives und Positives zu tun fand, wann immer sein Protest und Demonstrieren nichts fruchten wollte".

Wahrer Frieden bedeutet für uns mehr als nur Verstummen von Waffenlärm, Abwesenheit von Gewalt und Beendigung des Kriegszustands. An diesen Grundsatz halten wir uns bei der Verfolgung unserer Ziele. Vor Jahrhunderten hat Spinoza einmal gesagt, Frieden sei „nicht die Abwesenheit von Krieg, sondern die Bereitschaft zu Mildtätigkeit, Wahrhaftigkeit und Gerechtigkeit".

Diese Definition zeigt, wieviel jeder einzelne in seinem Lebensalltag im Namen des Friedens erreichen kann. Der Südlibanon befindet sich unter israelischer Besatzung, damit der Frieden an Israels Nordgrenzen gesichert ist, welche Maßnahmen dafür auch immer getroffen werden. Die Folge davon ist, daß ich für einen Besuch bei meiner Familie im Südlibanon einen Paß brauche und drei Tage am israelischen Grenzkontrollpunkt ausharren muß. Aber weniger Begünstigte als ich müssen noch viel größeres Ungemach erdulden, unter anderm diejenigen, die Flüchtlinge im eigenen Land sind, die nicht auf ihren Grund und Boden zurückkehren, ihren Acker bestellen, ihren Lebensunterhalt verdienen und ihre Toten begraben dürfen. Alles das, Demütigung und Grausamkeit, erleiden sie durch die Hand der Besatzer, sobald sie versuchen, zu ihren eigenen heimatlichen Dörfern überzuwechseln. Alles das geschieht im Namen des Friedens. Andere Regionen im Libanon leiden ebenfalls unter einer Minderheit von Unterdrückern, die ihnen das Recht auf Frieden verwehren. Im Grunde seines Herzens sehnt sich jeder Libanese, ob im Süden unter isrealischer Besatzung oder in anderen Gebieten, wo er in Unterdrückung lebt und seiner Freiheit als Mensch beraubt ist, wahrhaftig nach Frieden.

Ich rufe Sie und die Völker der Welt auf, mit uns zu gehen und mit vereinten Kräften aller Okkupation und Unterdrükkung ein Ende zu machen, uns zu helfen, den Schrei nach Frieden immer lauter und klarer erschallen zu lassen. Laßt uns auf Frieden und Sicherheit, auf das Wiederherstellen des Vertrauens in die Menschheit und auf eine bessere Welt hinarbeiten. Noch einmal möchte ich Ihnen danken für die Anerkennung des „Friedensmarsches am 6. Mai", die von Rechts wegen der schweigenden Mehrheit im Libanon gebührt, der darum dieser Preis auch zukommen wird.

Adressen der Preisträger und Projekte

Unter diesen Adressen können Sie ausführliches Informationsmaterial über die jeweiligen Projekte und Personen anfordern. Bitte denken Sie daran, Ihren Anfragen Rückporto bzw. die entsprechenden internationalen Antwortscheine beizulegen.

The Right Livelihood Foundation
1 – 2 Cambridge Gate, Regents Park
London NW1
England

1980

Plenty International
156 Drakes Lane
Summertown
T.N. 38483
U.S.A.

Prof. Hassan Fathy
International Institute for Appropriate Technology
4 Darb El Labanna
Citadel
Cairo
Egypt

1981

Permaculture Consultancy
Bill Mollison
P.O. Box 96,

Stanley, Tasmania, 7331
Australia
Tel. (0 04) 58 11 42

Patrick van Rensburg
P.O. Box 20906,
Gaborone
Botswana

Dr. Mike Cooley
95 Sussex Place,
Slough, Berkshire
England

1982

Petra Kelly
Hochhaus Tulpenfeld 718
5300 Bonn
W. Germany

Anwar Fazal
P.O. Box 1045
Penang
Malaysia

Sir George Trevelyan
The Wrekin Trust
Dove House
Little Birch
Hereford HR2 8BB
England

P.I.D.A.
(Participatory Institute for Development Alternatives)
32 Gotami Lane
Colombo 8
Sri-Lanka

Erik Dammann
Framtiden i Vare Hender
Torggade 35
Oslo
Norway

1983

Hunter and Amory Lovins
Rocky Mountains Institute
Drawer 248
Old Snowmass
Colorado 81654
U.S.A.

Manfred Max-Neef
Cepaur
Casilla 95, Correo Miramonte
Santiago
Chile

High Chief Ibedul Gibbons
Council of Chiefs
P.O. Box 100
Koror, Palau (Pacific)
Via U.S.A. 96940

Prof. Leopold Kohr
Fürstenweg 27
A-5034 Salzburg-Hellbrunn
Austria

1984

Mrs. Ela Bhatt

Self Employed Women's Association
Near Victoria Gardens
Lal Darwaja
Ahmedabad 380 001
India

Mrs. Winefreda A. Estanero-Geonzon
Free L.A.V.A.
(Free Legal Assistance Volunteers Association)
c/o IBP
City Health Building
Osmena Blvd.
Cebu City
Philippines

Prof. Wangari Maathai
The Green Belt Movement
c/o The National Council of Women of Kenya
Ragati Road
P.O. Box 43741
Nairobi
Kenya

Miss Iman Khalifeh
c/o Beirut University College
P.O. Box 13 – 5053 F 83
Beirut
Lebanon

Biographie des Herausgebers und Stifters des Alternativen Nobelpreises

Jakob von Uexküll, geboren in Schweden, ist aufgewachsen in Hamburg und besitzt die deutsche und schwedische Staatsbürgerschaft. Nach dem Studium der Politik, Philosophie und Wirtschaftswissenschaften an der Universität Oxford arbeitete er als Spezialist für Philatelie und postalische Geschichte, freier Journalist und Übersetzer in verschiedenen Ländern, unter anderem auch im Nahen Osten und in der Karibik. Mit dem Verkauf seines Bestandes an wertvollen Briefmarken gründete er 1980 die Right-Livelihood-Stiftung. Die erste Preisverleihung fand im Dezember 1980 statt. Jakob von Uexküll wurde 1984 auf der Liste der Grünen in das Europäische Parlament gewählt (1984 bis 1986 als Nachrücker, 1987 bis 1989 als ordentlicher Abgeordneter).